致青春 035

那天開始的美好時光

（下）

東奔西顧　著

高寶書版集團

目錄
CONTENTS

第十二章　梅竹雙清，高攀了

隔天晚飯，蕭子淵在飯桌上告知：「伯母，我明天就要回去了。」

隨母並沒有多驚訝，只是點點頭回：「有空再到家裡來玩。」

蕭子淵看了隨憶一眼，笑著回答：「我會的。」

吃了晚飯，趁著蕭子淵上樓收拾行李，隨憶被隨母叫到房裡。

隨母指著桌上的禮盒對隨憶說：「讓子淵明天帶回去吧。」

隨憶打開一看，倒吸了口氣：「媽媽，您做什麼呢？」

隨母看了隨憶一眼，嘆了口氣，意有所指：「妳這個丫頭，收了人家那麼重的禮，回禮不夠重，怎麼讓人看得起我女兒？以後他家人知道了，妳的腰桿還怎麼挺得直？」

隨憶一下就明白了，隨母說的是那支簪子。她頓了下又開口：「可是，這是外公最喜歡的。」

隨母神色風輕雲淡：「妳外公喜歡的東西那麼多，書房裡這種禮盒多得是，生不帶來，死不帶走的。」

隨憶最後只好抱著禮盒上樓去找蕭子淵，吞吞吐吐地開口：「我媽媽說送給你的。」

蕭子淵接過來打開一看就明白了隨母的意思，笑著闔上了蓋子：「我收下了，謝謝伯母。」

隨憶看著蕭子淵欲言又止，總覺得他們的感情裡不該混雜著這些鉤心鬥角：「你真的明白？」

蕭子淵拉著隨憶坐在床邊，揉著她的頭髮：「妳有個好媽媽。」

蕭子淵是第二天一早離開的，送他們回來的那輛車還停在上次的位置。隨憶在距離車子幾公尺外的地方，笑著和蕭子淵道別，雖然笑得有些勉強。

蕭子淵把東西放到車上後轉身說：「我走了。」

隨憶站在原地點頭。

蕭子淵嘆了口氣，似乎也有些捨不得，對著隨憶張開手臂：「過來再讓我抱一下。」

隨憶低了低頭，下一秒便眉眼含笑地撲了過去，摟著他的腰深吸一口氣：「你身上的味道真好聞。」

不知道蕭子淵怎麼會想起很久之前的事情，戲謔著開口說：「怎麼了？我身上可沒有福馬林[1]的味道。」

隨憶愣住，隨即也想起來了，忍不住笑了出來：「以前是我無知，我從來不知道原來一個人身上真的會有屬於他自己的味道。」

還有他指間熟悉的濃濃墨香——隨母每天找各種名義拉著蕭子淵練字，蕭子淵欣然接受，不知不覺間就染上了墨香。這讓隨憶想起外公，那個慈祥儒雅的老人，那種感覺很溫暖，很踏實。

說完又埋進蕭子淵的懷裡，耳邊是他的心跳，沉穩安定。

隨憶很小聲地說了句：「蕭子淵，你要快點回來……」

蕭子淵聽到後收緊手臂，輕輕回答：「好。」

車子開走了一陣子後，蕭子淵才開口：「怎麼樣？」

從剛才就坐在後座上閉目養神的人懶洋洋地睜開眼睛，笑得雍容華貴：「好久沒來這邊了，風景真不錯，難怪當年乾隆要七下江南，你倒是會找地方。」

蕭子淵似乎早已習慣了他的顧左右而言他，把圖紙遞過去：「我找喬裕看過了，你看看吧。」

旁邊的少年沒接過圖紙，反而挑眉看著蕭子淵，蕭子淵平靜地和他對視。

蕭子淵許久沒見過陳慕白了。他有一張精緻俊美到極致的臉，狹長的眉毛斜飛入鬢，滿面春色，一副玩世不恭的樣子卻難掩一身貴氣。

蕭子淵一直以為他認識的人裡面，江聖卓的五官長得最出眾了。

江聖卓是江家的小孫子，江爺爺和喬裕的外祖父是戰友，蕭子淵的父親、江聖卓的父親，還有喬裕的父親都是從小一起長大的。雖然中途因為各自的事分開了幾年，但最後還是一起住進了同個大院子裡。他和喬裕大了江聖卓幾歲，那個時候的江聖卓雖是個粉雕玉琢的小正太，但那張臉卻已顯現出日後妖孽的跡象。

誰知道某一年，陳老突然帶了個孩子回家，那是他第一次見到陳慕白，只看了一眼就清楚明白他會是江聖卓的同類。

如果說江聖卓是妖，那陳慕白就是魔。

從此以後，蕭子淵又結識了許許多多的人，在相貌方面卻再也沒人能和他們兩人相提並論。

陳慕白看了蕭子淵半晌，慢悠悠地摸出一支菸，還沒點燃就被蕭子淵丟出窗外。

蕭子淵面無表情地看著他，聲音漸漸冷了起來：「陳慕白，你的膽子真是越來越大了。」

陳慕白也不惱，收起菸盒笑著說：「那裡是林家的地盤啊，你幹嘛不找林辰處理？」

蕭子淵沒多做解釋：「林家不行。」

林辰的堂姑嫁給了隨景堯，如果這件事由林家出面，隨母和隨憶心裡可能會不舒服。

陳慕白油嘴滑舌地打太極：「那我也不行，我就窮學生一個，你找我幹嘛？」

蕭子淵瞪陳慕白一眼，冷哼著：「立升的幕後操盤手是陳慕白這件事，需不需要我說出去？」

陳慕白眉頭一挑，很快地妥協：「蕭子淵就是蕭子淵，真是什麼都瞞不過你的眼睛。本來我也想接，不過那塊地有問題，上面有出過人命的，是塊燙手山芋，沒人敢動，你不會不知道吧？」

蕭子淵一笑，眼底卻沒了笑意：「那麼好的地段，不棘手還會留到現在嗎？」

陳慕白把玩著手裡的打火機，一開一闔間火苗躥起又熄滅：「你既然知道那還來找我？」

蕭子淵看著陳慕白：「大家都說陳家的慕少做事正派中帶著三分歪，一向喜歡劍走偏鋒，越是別人不敢碰的東西他越喜歡，難道不是嗎？」

陳慕白聽完後很快笑起來，沉吟片刻又開口：「如果我接了能有什麼好處嗎？」

蕭子淵看向窗外，輕描淡寫地回答：「你接了，沒有好處。但是你不接，會得罪我。」

陳慕白瞇著眼睛想了半天，收起圖紙：「好吧，我接了。」

蕭子淵的勾起唇角不再開口，陳慕白則是繼續閉目養神。

過了半晌，蕭子淵的聲音再次響起，和剛才相比帶了幾分溫度：「華爾街的飯好吃嗎？」

蕭子淵知道他的經歷，也明白他的艱辛，他們認識了十幾年，表面上雖然沒露出什麼樣子，但心裡面一直把他當弟弟看。

陳慕白在車內寬敞的空間裡優哉遊哉地蹺起二郎腿，聲音中透著慵懶和不屑：「好吃啊，天天打仗，吃人肉、喝人血啊，刺激死了，比在陳家搞內鬥好玩多了。」

蕭子淵被他逗笑：「真想不通繞了一圈，你怎麼會去那種地方。對了，你在那邊應該和江小四離得挺近的，有聯絡嗎？」

陳慕白立刻翻臉：「停！別跟我提到他啊，我跟他不是一掛的！」

蕭子淵知道兩個人的恩恩怨怨，就不再提起。

倒是陳慕白來了興致：「剛才那女孩是你女朋友啊？」

蕭子淵還沒跟家裡說過，怕陳慕白到處宣傳就沒搭理他。

陳慕白絲毫不在意他的冷淡，興高采烈地湊過來追問：「說啊！還沒見過你對哪個女孩子這麼溫柔呢！」

「……」蕭子淵繼續保持沉默，於是陳慕白自言自語了一路。

「你們在一起多久了？」

「我剛才沒看清楚，要不是你警告我，我早就下車去看了……」

「你爸媽知道嗎？」

「對了，不是有個姓喻的在你身邊好幾年了嗎……怎麼換人了？」

蕭子淵被陳慕白聒噪了一路，一到X市，就把他踢下車自生自滅去了，就此被陳慕白扣上了過河拆橋的帽子。

〆

到了自家門口，蕭子淵剛從車上下來，就看到蕭子嫣一路小跑著衝過來喊他：「哥！」

蕭子淵笑著接住她，等她站穩了才開口：「今年怎麼回來得這麼早？」

蕭子嫣一臉不高興：「你還敢問，我畢業你都不去看我，一放假我就回國了。反而是你，回國了也不回家，爸媽都知道了，哥，你慘了！」

蕭子淵絲毫不慌亂，把行李從車上拿下來，邊說邊往家裡走：「爸媽都在嗎？」

蕭子嫣跟上去：「這個時間爸怎麼可能在，去開會了，但媽媽在。」

蕭子淵不動聲色地鬆了口氣。

進了門，蕭母看到他很高興，也沒多問什麼就準備開飯。

飯桌上一切如常，蕭母很久沒見兒子，笑著幫他夾菜，讓他多吃點。

倒是蕭子嫣有點看不明白，一臉不服氣：「媽媽，我晚回來一天就被您唸了一整個晚上，哥好幾天沒回家了，您怎麼都不唸唸他！」

蕭母把湯遞給女兒：「妳以為妳哥哥跟妳一樣啊？他知道自己在做什麼。」

蕭子嫣小口地喝著湯抗議：「您這明明就是差別待遇！」

蕭子淵笑著摸摸妹妹的腦袋：「快吃飯，哥哥帶了禮物回來給妳，吃完飯再拿給妳。」

蕭子嫣一聽立刻高興了：「真的啊？」

看到蕭子淵點頭，便不再說話，專注地吃飯。

吃完飯馬上追著蕭子淵要禮物，蕭子淵拿出一對耳環交給她。

這是他和隨憶在小鎮上閒逛時買的。那是一家純手工的首飾坊，店面不大，勝在有地方特色。一個款式只做一件，手法特別，做工精細，讓人嘆為觀止。

當時隨憶一眼就看中了這一對耳環，蕭子淵以為她喜歡。

誰知道她拿起來卻是問他：「好看嗎？買來送給你妹妹好不好？」

他當時愣了愣，自己在她面前提起妹妹的次數屈指可數，可她卻記得。

蕭子嫣看了果然高興，戴上之後立刻站在鏡子前左看看右看看，然後轉頭問蕭母：「媽媽，好不好看？」

蕭母笑著看了看：「好看，配妳昨天買的那件裙子正好。」

蕭子嫣歪著腦袋想了想：「那我去試試。」說完就跑上樓去換衣服。

蕭子淵這才拿出箱子裡的禮盒放在蕭母面前，什麼也沒說。

蕭母接過來打開看了一眼，臉上笑容未變。

蕭子淵遲疑了一下還是開口：「媽媽，您還記得去年我們在醫院見到的那個女孩子嗎？」

蕭母想了一會兒：「隨憶？」

蕭子淵點頭，看著蕭母的眼睛，一臉的認真：「媽媽，我很喜歡她。」

蕭母對這個消息一點也不意外，她意外的是蕭子淵說「很喜歡」。從小到大，蕭子淵內斂淡漠，從沒聽過他說對什麼東西、什麼人「很喜歡」過。

「這幾天是和她待在一起嗎？」蕭母看著蕭子淵問。

「是，我一直想去她長大的地方看看，這次有機會就去了。我送給她一件禮物，這是她媽媽的回禮。」

正說著話，蕭父從外面走進來，坐在了蕭母的旁邊，看了看妻子和兒子，又瞥了眼桌上的禮盒。

蕭母把茶遞到蕭父手裡，笑著說：「子淵有女朋友了，是他學校的學妹，我見過幾次，是個不錯的孩子。子淵送了她禮物，這是她媽媽的回禮。」

蕭父面上波瀾不驚，忽然想起了什麼似的開口：「上次那幅字也是她寫的？」

蕭子淵點頭：「是。」

蕭父又看了看禮盒裡的東西，微微點了點頭：「梅竹雙清？是好東西，聽說這是已故國學大師沈仁靜的最愛。」

蕭子淵聽懂父親話裡的意思：「那是她外祖父。」

他也是這次去了她家裡才知道的。一直以為她家只是普通的書香世家，直到那一刻他才知道為什麼上次問起的時候，林辰會支支吾吾地避開話題。

據說沈仁靜一生寬厚謙和，把名利看得很淡，最不喜歡身邊的人打著他的旗號說話做事，晚年更是過起了隱居的生活，不願再被人提起。

蕭父沉吟片刻：「古人云：『道德傳家，十代以上，耕讀傳家次之，詩書傳家又次之，富貴傳家，不過三代。』這麼看來，算是我們家高攀了。」

蕭子淵聽了這話眉頭皺了起來，沈隨兩家的事情父親不可能不知道，可是這句話又是什麼意思？他知道這不是他和隨憶兩個人的事情，他背後的是蕭家，而不管怎麼樣她都姓隨，一旦這兩個名字擺在一起拿到檯面上，那就會是兩個家族的事情。

從他成年開始，爺爺和父親就不時地提醒他不要和生意人打交道，更何況是結為姻親？

蕭子淵還未開口，蕭父就又出聲：「明年你就該回來了吧？還有很多事情等著你呢，現在談這些還太早。」

這幾年，蕭子淵提出來的事情父親鮮少有不同意的，可現在父親不說同意也不說不同意，他實在摸不透父親到底是什麼意思。

蕭子淵還想再問，蕭母卻在一旁開口：「等到時機成熟了，再帶來給我們看看。」

蕭子淵知道這件事不能急，他現在什麼都沒有，也沒資格談婚論嫁。今天他之所以提出來就是想探探父母的口風，雖然蕭父的態度不明朗，但至少也沒有排斥，算是個好的開始。

父子倆又聊了點別的，蕭子淵便上樓去了。

蕭母熱了飯菜坐在旁邊陪著蕭父，看他臉色沒什麼異常，有些好笑地開口問：「你今天怎麼了？心裡不舒服？剛才嚇到你兒子了。」

蕭父雖然表面上對這一對兒女要求極高，是個典型的「嚴父」，可他心裡卻是最疼愛兩個孩子的。

蕭子淵小的時候身體不好，常常發燒，即便他那麼忙，還是會整夜守在蕭子淵的床邊。蕭子嫣出生的時候，他特意從外地趕了回來，抱著女兒像是捧著世界上最珍貴的寶貝，臉上的笑容帶著滿滿的慈愛和驕傲。蕭子嫣從小調皮搗蛋闖了不知道多少禍，他雖然總是板著臉，卻從來捨不得打她一下。

蕭父放下筷子也笑了出來，難得開起了玩笑：「當年我娶妳回來的時候，老頭子可沒少為難我，現在怎麼能這麼輕易如這小子的願？」

蕭母想起陳年往事也有些動容，搭上蕭父的手臂：「那個女孩子我見過幾次，確實不錯。」

蕭父拍拍蕭母的手：「到底是什麼樣的女孩子？難得妳會這麼喜歡。」

蕭母想了想：「倒也沒什麼特別出色的地方，不過就是讓人喜歡，有機會你也該見見。」

蕭父看蕭母似乎已經有了要做婆婆的喜悅，緩了一下開口道：「我是相信子淵的眼光，一般的女孩子他也看不上，不過隨家……還是有些棘手。老頭子對子淵的期望那麼高，他不做出點成績來，怕是很難過他爺爺那一關。」

「再說他年紀還小，不用急。我看他這麼早就把這個問題亮了出來，一是顧忌隨家的問題，來探探我的口風；二呢，恐怕他是擔心『強強聯合』。」

說完有些好笑地看向蕭母，蕭母也有些莫名其妙，半天才開口：「我們兩個……像是那種連婚姻都要管閒事的父母嗎？」

蕭父喝了口湯，一臉輕鬆：「毛主席說過：『自己動手，豐衣足食。』娶老婆的事情啊，還要他自己來。我們就不用操這個心了。」

蕭母聽完這才徹底放心，剛才蕭父的那句「高攀」也嚇了她一跳，現在看來是虛驚一場。

吃過飯後蕭父去書房看文件，蕭母便去了蕭子淵的房間。她站在門口，敲了敲房門，然後推開半掩的房門，兄妹倆腦袋湊在一起正趴在檯燈下，聽到聲音一起抬頭看了過來。

「還沒睡啊？」

蕭子嫣一臉懊惱地點點頭，然後看向蕭子淵，又問了一遍不知道已經問了多少遍的問題：「哥哥能修好吧？」

蕭子淵正拿著鑷子小心翼翼地把一顆極小的裝飾物黏到耳環上，一臉專注，嘴上還不忘安慰妹妹：「能啊。」

蕭母看兩個人正忙著，便坐到床邊等，看著看著慢慢笑起來。

似乎又回到了他們兩人小時候，破壞大王蕭子嫣經常淚眼婆娑地拿著被她弄壞了的玩具來找蕭子淵，委委屈屈地抱著希望問：「哥哥，能修好吧？」

在她眼裡，哥哥似乎是無所不能的。

那個時候的蕭子淵明明還是小孩子，面對妹妹閃亮的大眼睛總是一臉無奈，皺著眉頭、硬著頭皮去修壞掉的玩具。修好了當然好，但如果修不好了，又得手忙腳亂、一臉愧疚地去哄哭得一塌糊塗的妹妹，似乎把玩具弄壞的是他。

一切都清晰鮮活得好像就發生在昨天，原來一轉眼，兩個孩子都長這麼大了。

最後，蕭母在蕭子嫣歡呼的笑聲中回神。

蕭子淵小心翼翼地把耳環放回盒子裡：「行了，等膠乾了就好了。」

蕭子嫣心滿意足地捧著首飾盒走了，走前還不忘對著蕭母傻笑：「蕭夫人，妳兒子好厲害啊。」

蕭子淵知道母親找他肯定是有話要說，就走過去關上房門，一轉身便看見母親正笑著看他，也不說話。

蕭子淵有些奇怪：「媽，怎麼了？」

蕭母拍拍旁邊的空位，叫蕭子淵過來坐後便問：「你今天怎麼了，難得看你這麼無助。」

要和母親討論這個話題，讓蕭子淵有些害羞，看著床正對面牆上裱好的那幅字，臉上帶著笑緩緩開口：「小的時候，您和爸爸就教我『凡人所以立身行正，應事接物，莫大乎誠敬。誠者何？不自欺、不妄之謂也。敬者何？不怠慢、不放蕩之謂也。』，而隨憶，大概就是我的不自欺，不怠慢。不是不能，是不敢。」

蕭母欣慰地點頭：「我明白了。希望你能早點帶她回家。」

蕭子淵走後的第二天，隨憶一早便被淅淅瀝瀝的雨聲吵醒。她躺在床上睜著眼睛看著窗外，隨著屋簷走向滴落的雨水出神。

她竟然開始想念他了。

想念他來叫她起床，想念一下樓就能看到他和母親坐在那裡聊天、想念每晚他房間裡的燈光、想念他在燈光下線條清晰的側臉。

玲瓏骰子安紅豆，入骨相思知不知。

小的時候外公教她這首詞時，她總是覺得彆扭，到底喜歡一個人到什麼程度才會思念入骨。同時又難以想像溫庭筠[2]那樣一個大男人怎麼會寫出這麼深情的東西。後來知道了他和魚幼薇[3]的曠世傳奇，再回頭去看竟然覺得詞中的字裡行間都透著一股悲傷，不知道是不是和那個才華橫溢的奇女子早逝有關。

玲瓏骰子安紅豆，
入骨相思知不知。
琉璃梳子撫青絲，
畫心牽腸痴不痴。

那樣一個絕代佳人一生被情所困，最後在生命的盡頭傾訴她這輩子唯一愛過的那個男人，他的名字叫溫庭筠，還留下了那句名言：易求無價寶，難得有情郎。

不知道溫庭筠面對魚幼薇的真情，選擇逃避時有沒有後悔過，應該是後悔的吧？如果當時他選擇了接受，那結局肯定會不一樣的，或許又會是一段才子佳人的故事吧。

想到這裡，隨憶微微笑了出來，還好自己領悟得早，還好一切來得及。

「隨丫頭，笑得這麼開心是在想什麼呢？」隨憶還在出神，被突然出現的隨母嚇了一跳。

隨憶搖搖頭，坐起來說：「沒什麼。」

隨母過來拍拍她的肩：「快起床，今天該上山去看妳外公了。」

隨憶點頭，很快跳下床換衣服。她一直記得今天是外公的祭日。

淅淅瀝瀝的小雨下個不停，上山的路比往常還要難走，等到母女倆站在墓碑前的時候，雨竟然下得更大了。

這個地方是隨憶的外公生前就選好的，四周花木繁茂，幽靜安寧，耳邊只有雨水沖刷著萬物的聲音。

墓碑上老人的照片已經泛黃，可笑容依舊溫和。

隨母和隨憶站在傘下看了許久，離開的時候，隨憶注意到不遠處的那棵樹，搖了搖隨母的手臂：「媽媽，那棵樹要枯死了。」

隨母聽後動也沒動，許久後慢慢吐出一口氣，依舊背對著那棵樹風輕雲淡地笑著說：「枯就枯了吧。」然後便繼續往前走，背影決絕。

隨憶有些不忍心，找了個藉口多留了一陣子，想去看看那棵樹。

這是她和母親回到這裡的那一年，母親親手種下的，也許隨母只是隨便種的，也許是為了留戀什麼。

隨憶站在雨裡想起上學時學過的《項脊軒志》，她最愛裡面的那一句：

「庭有枇杷樹，吾妻死之年所手植也，今已亭亭如蓋矣。」

而眼前這棵樹也已高聳挺拔，卻沒有絲毫生機。

十年的時間，不算長也不算短，所有的恩怨情仇都會隨著這棵樹的枯死而煙消雲散了吧。

隨憶的心情忽然低落了下去，或許是因為天氣、也或許是因為今天是外公的祭日、又或許是因為這棵樹，因為母親，因為……隨景堯。

她沒想到會在下山的路上遇到隨景堯。他和一個少年撐著黑傘，一前一後地走在上山的路上，手上拿著的東西一看就知道要去哪裡。

隨憶隱約猜到這個少年是誰，她不敢抬頭去看，撐著雨傘的手又往下壓了壓遮住了視線，避開目光去看隨景堯手裡的東西。

隨景堯也沒料到會遇上，有些尷尬地開口：「我以為這個時候妳們都下山了。」

是，平常的這個時候她和母親是應該下山了，年年如此。如果她沒有故意留下來去看了那棵樹。可他又怎麼會知道呢？這些年，他躲在她們看不到的地方觀察了多少次？

想到這些，隨憶的心情就更加鬱悶了，沒說什麼，低著頭從隨景堯身邊走過。

身後響起了少年的聲音：「爸，她是誰啊？」

「你叫她姊姊就行了。」

「喔。爸，我們去祭拜的到底是誰啊？每年您都讓我來，卻不告訴我是誰。」

「你別管那麼多，回去別在你媽面前提起。」

「知道了。」

聲音並不大，身後的兩個人漸行漸遠，可隨憶卻聽得清清楚楚。她終究沒忍住，停下腳步，許久後才回過頭看。

少年的背影在雨中並不清晰，只能模模糊糊地看到一個清瘦高挑的輪廓。

這是隨憶第一次見到他，這個和她血脈相連的人，可她卻連他的名字都不知道，連他長什麼樣子都不敢去看。

隨憶握著雨傘的手忽然收緊，她和母親，對這個少年到底是虧欠了什麼吧？

晚上，隨憶懨懨地躺在床上和蕭子淵講電話，有一句沒一句地聊著。

蕭子淵聽出她的心情不好，停下手邊的動作，站起來走到窗邊問：『怎麼了？』

隨憶避重就輕地回答：「下雨了。」

很快，耳邊傳來蕭子淵的輕笑，隨憶一下子就臉紅了。他可是蕭子淵，自己那點敷衍的小伎倆怎麼好意思用在他身上？

隨憶摩挲著床單上的花紋，沉默了很久才開口：「蕭子淵，你跟我說說你爸媽的事吧，還有你妹妹。」

蕭子淵知道她不願意說的事情是問不出來的，就開口講起自己的事來，低沉的聲音在雨夜裡聽起來格外安定人心。

『妳上次在醫院見過我媽媽，她的身體一直不太好。那個時候一胎化政策[4]很嚴格，我父母不小心又有了子嫣，他們捨不得放棄這個孩子。為了要生子嫣，爸爸受了處分，被調到邊疆工作，爺爺呢，戎馬一生從不驕縱孩子，沒有替爸爸說話，只說年輕人吃點苦是好事，媽媽就跟著爸爸一起去了邊疆。那個地方很困苦，冬天又乾又冷，夏天則是持續高溫，吃不好睡不好。媽媽一邊照顧爸爸和我，一邊又要帶著子嫣，就是在那個時候累壞了身體。後來是外公不忍心看媽媽吃苦，出面把爸爸調了回來，但媽媽的身體還是撐不住了，只能靜養，所以爸爸一直覺得很對不起她。』

隨憶靜靜地聽著，她一直以為蕭家的所有人都是一帆風順的，誰知道竟然還會有那樣的過去。她在電視上看過蕭子淵的父親，看起來溫文儒雅，卻不怒自威，沒想到對待妻子兒女卻是那麼深情。

「那你妹妹呢？」隨憶又問。

蕭子淵似乎笑了一下：『那個丫頭，怎麼說呢……有點任性，有點霸道，卻又古靈精怪的。』

隨憶想起了白天在山上遇到的那個少年，不知道他是不是也有點任性、有點霸道呢？

蕭子淵靜靜地等著，直到電話另一邊的聲音響起：「我是不是從來沒告訴過你，我有個弟弟？」

蕭子淵本來低著頭聽著，聽到這句後猛地抬起頭，他看到玻璃上倒映出的那張臉。那張臉上的笑容僵住，眼裡都是訝異和淡淡的心疼。

他想起林辰之前提起過那個孩子的存在，他以為隨憶這輩子都不會主動告訴他這件事，他也裝作不知道，只當作和她說的一樣，父母因為某些事情離婚，她跟著母親，和許多單親家庭一樣。可她卻願意對他說這件事，是不是代表自己已經走進了她的心裡？她願意對他說，可他卻不忍心讓她把那些傷疤再一次撕開。

『我知道，我問過林辰。』

隨憶一愣，很快就反應過來：「原來你都知道啊……」

蕭子淵本以為她會難過，誰知道下一秒隨憶卻有些憤恨地說：「林辰真是個大嘴巴！」

蕭子淵想到她此刻整張臉皺成一團、咬牙切齒的樣子，不自覺地笑出來，緩聲問：『阿憶，妳今天怎麼了？』

隨憶猶豫了一下才開口：「無論我等等說了什麼，你都只要聽就好，千萬不要回答我。」

蕭子淵很快地回答：『好。』

這次隨憶很直接地說了出來：「我今天看到……看到隨景堯和那個男孩子了。今天是我外公的祭日，我回來的路上剛好碰到他們去山上祭拜，我才知道這幾年我和媽媽去看完外公之後，他都會帶著那個孩子去祭拜外公。」

「其實我也不確定到底是不是，或許不是。我只有在他出生的時候見過他一次，從來沒想過會再見到他，他現在忽然出現在我眼前，讓我覺得有點……有點奇怪。」

她從山上回來後就看到母親在書房裡整理外公留下的東西，每年的這一天隨母都是這麼過的。她也不敢提起這件事，但憋在心裡實在是有些難受，只能跟蕭子淵說說。

蕭子淵不知道要怎麼安慰她，上一代的糾葛終究會影響到下一代。隨憶似乎並不打算聽到蕭子淵的安慰，頗為苦惱地接著說：「媽媽離開隨家那年在山上種了一棵樹，今天發現那棵樹快死了。我知道那棵樹肯定是有意義的，但她知道樹要死了卻表現得好平靜。」

蕭子淵靜靜聽著，他們都明白，樹的含義在於延續，可那到底是愛的延續，還是恨的延續？現在這棵樹要死了，在隨母心中又代表什麼？

無論代表什麼，那段往事都深深地刻在了沈潺的心中。

曾經愛得那麼深，又被傷害得那麼深，因為曾經深刻過，現在才能這麼平靜。

上一代的恩恩怨怨，他們又有什麼立場評論呢？

過了很久兩人都沒開口，只聽得到對方的呼吸聲。許久，蕭子淵極輕地叫了一聲：『阿憶？』

那邊似乎動了一下，接著傳出綿長平穩的呼吸聲。

蕭子淵無奈地笑了下，掛上電話，卻在通話結束的提示音後注意到了螢幕上的日期，重重地呼出一口氣後放下手機，靠在窗邊闔了闔眼。

他該走了，可是蕭家、隨家、父親的態度曖昧，至於祖父那邊，現在還不是能提這件事的時候，而隨景堯和隨憶的弟弟，這一切都不是小麻煩，真想把她一起帶走，把這麼多麻煩和困擾扔在這裡，讓她再也不會迷茫、再也不會沮喪……

蕭子淵想到這裡便硬生生停住思緒，這些想法終究是不現實的。他還是加快時間回國解決這些棘手的問題吧。

又過了幾天，在離開的前一晚，蕭子淵告訴隨憶這個消息。

隨憶安靜了很久才回了一個字：「喔。」然後就不再說話。

蕭子淵笑著逗她：『怎麼了，妳也不來送送我啊？』

隨憶確實有些沮喪，無精打采地開口拒絕：「才不去。」

『畢業的時候我出國，妳就不送我，這次還是不送嗎？』

「那個時候你也沒要我去送你啊。」

『我不說妳就不來送嗎？』

「我……」隨憶詞窮，她最受不了送別的場面，半天，才甕聲甕氣地開口：「那等你回來，我可以去接你。」

『嗯，這個好，我記下來了。』蕭子淵頓了一下：『對了，妳明年也要畢業了，有什麼打算嗎？』

之前隨憶一直都認為畢了業就要回家，後來她對蕭子淵敞開心扉後，這個想法就擱置了。蕭子淵一向是先考慮後行動的人，他想知道隨憶的想法。

「我和媽媽討論過了，我打算考研究所，前幾天問了一下，學校那邊許教授還有幾個名額，到時候我去聯絡一下。但許教授是醫學界的翹楚，想報名他研究室的人一定很多，不知道能不能考上。」

『許教授？』蕭子淵重複了一下這個名字，像是想起了什麼地笑出聲來：『一定考得上。』

隨憶好奇：「你怎麼知道？」

蕭子淵想到了一個人：『我找人幫妳放水。』

隨憶想起上一次蕭子淵對她說「放水」這個詞還是上次的知識大賽，脫口就說了出來：「上次你說要放水給我，不還是輸了。」

說完才回過神來捂住了嘴，真是哪壺不開提哪壺。

果然引來蕭子淵冷哼：『我自己不提就算了，妳還敢講！』

隨憶吐了吐舌頭：「嗯……我錯了。」

蕭子淵揪住了她的小辮子，沒打算放過她：『那好啊，妳說說看，妳哪裡錯了？』

隨憶很誠懇地認錯：「我不該提放水的事情。」

蕭子淵繼續冷哼：『還有呢？』

隨憶肯定不會主動揹起那麼大的黑鍋，不然以後都沒翻身之日了：「還有，不該不去送你。」

蕭子淵戲謔著笑起來：『妳倒是知道避重就輕啊。』

短短的幾秒鐘，隨憶很快就反擊回去：「那你到底為什麼不喜歡喻學姊？」

蕭子淵知道某些人是敏感話題，就算隨憶再大方也還是女人，咳了一聲後妥協：『我覺得，這件事既然已經過去了，就不要再提了。妳也不要太內疚，知道錯就好，我也不追究了。』

隨憶也很樂意看到這樣的結果，兩個人極有默契地就此休戰。

第二天一大早林辰就到了蕭家，準備去送蕭子淵。誰知剛下車就看到喬裕百無聊賴地靠在車邊。

林辰走過去左右看了看：「那兩個人呢？」

喬裕摸摸下巴：「偷情去了。」邊說邊指了指旁邊樹下站著的兩個人。

樹下，蕭子淵親切地攬著溫少卿的肩膀，像隻狐狸般笑著。

溫少卿挑眉看他：「幹嘛？」

蕭子淵微笑著開口：「聽說這幾年醫學系考研究所的題目都是許寒陽教授出的，今年似乎也不例外。」

溫少卿歪著頭問：「是又怎樣？」

「又聽說雖然是許寒陽教授出的，但許教授太忙，基本上都是交給一個得意門生來出題，還聽說這個得意門生姓溫。」

溫少卿終於知道蕭子淵的意圖，調笑道：「嗯，許教授前幾天是有和我聯絡了，怎麼？你打算棄工從醫？」

蕭子淵看了看腕上的錶，時間差不多該登機了，就不再拐彎抹角：「明知故問！」

溫少卿和他搭同一班飛機，卻絲毫不著急，顧左右而言他：「她不是林辰的妹妹嗎？林辰都不著急，你急什麼急？難道……你們暗度陳倉了？」

「嘖……」蕭子淵皺了皺眉：「怎麼同樣的意思從你嘴裡說出來就那麼難聽呢？」

溫少卿笑起來：「這不是那個丫頭的意思吧？隨憶成績挺好的，她在學校年年都拿獎學金，你對她就這麼沒信心？」

蕭子淵和溫少卿在同一屋簷下住了幾年，知道學醫有多辛苦：「不是沒信心，是捨不得她這麼辛苦。」

溫少卿邊搖頭邊嘆氣：「嘖嘖嘖……蕭子淵，你完了。不食人間煙火的蕭大才子終於栽在女人手裡了，多少女孩的芳心碎了一地啊！」

喬裕看了眼時間，朝那邊吼了一聲：「該走了！不然趕不上飛機了！」

蕭子淵和溫少卿立刻往車那邊走，邊走蕭子淵邊交代：「別跟別人說這件事，到時候把重點劃給我。」

溫少卿看蕭子淵這麼護著隨憶，有些好笑：「行。」

等隨憶回到學校開始新學期的時候，又是新一年軍訓的時候。

四個人坐在學校餐廳裡，看著穿著迷彩服，一臉青澀的新生，除了當初「你若軍訓，便是晴天」的詛咒，更多的是感慨，明年她們就要畢業了。

妖女一早就計畫好畢業後就出國。她敲敲桌子：「妳們畢業後都打算怎麼樣啊？」

何哥一臉苦海深仇：「母妃口諭，要不就考研，要不就嫁人，讓我自己挑！我不想考研，可我去哪裡找個男人來娶我？」

隨憶聽了倒是很開心：「考研啊，那正好啊，我們做伴。」

三寶、妖女、何哥一臉驚訝地齊聲問：「妳要考研？妳不回家了？」

隨憶這才想起，她和蕭子淵的事情似乎是忘了告訴這三隻。

「嗯……是啊，我邊讀研邊等蕭子淵回來……」

三個人立刻心領神會：「喔……」

三寶率先反應過來，皺著眉問：「妳和蕭學長什麼時候在一起的？」

隨憶有些心虛：「暑假。」隨憶以為她們會生氣，會氣她沒有第一時間告訴她們，誰知……

她話音剛落，妖女便歡呼一聲，何哥、三寶扯著嗓子哀號：「我的毛爺爺！」

妖女得意揚揚地伸著手：「願賭服輸，趕緊拿來。」

三寶、何哥掏出錢包，戀戀不捨地掏出一張粉紅色的紙幣。

隨憶疑惑：「妳們在幹什麼？」

三個人不敢輕舉妄動。

隨憶想了想，大概明白了，微笑著看向三個人，溫和地問：「拿我打賭，嗯？」

被隨憶詭異的微笑震住的三人組只能低頭默默吃飯。

過了一會兒，三寶忽然義憤填膺地摔筷子：「喂，怎麼能這樣！」

隨憶也是心虛：「不好意思，我暑假一直沒上網，沒及時跟妳們說……」

可三寶的重點卻並不在此：「蕭學長還沒請我們娘家人吃飯呢！為什麼你們不早點在一起！現在他都出國了，我們白白損失了一頓！」

隨憶垂頭沉默，果然是吃貨。

何哥一臉贊同：「對！至少要在海鮮樓吃一桌！」

說完，隨憶、三寶、何哥一臉凝重地對視了一眼後沉默下來，一起小心翼翼地看向妖女。

上一次喬裕和妖女公開戀情的時候，就趁機敲詐了喬裕一頓，說要請她們去海鮮樓，誰知道還沒去吃，喬裕和妖女已經分手了。

妖女一臉風輕雲淡地喝著湯，似乎根本不記得這件事，良久後才抬頭，一臉奇怪：「妳們都盯著我看幹什麼？我又不是海鮮。」

說完她自己也愣住。

那時候她和喬裕在一起沒多久，三寶沒事就調侃他們。有一次她在宿舍嘀咕著要送喬裕生日禮物，三寶沉默了半天突然湊到她面前：「妖女，妳和喬妹夫真的特別適合啊。」

妖女問：「為什麼？」

三寶笑咪咪地回答：「你們一個雙魚，一個巨蟹，都是海鮮啊。」

往事撲面而來，妖女有些難以招架。她已經很久沒想起喬裕了，自從喬裕畢業後，他們再也沒見過。她也馬上就要畢業了，畢業後便離他越來越遠，以後更加不會想起他，可有些事情怎麼就那麼深刻地印在腦子裡呢？深刻到隨便一個詞就能聯想到，她這輩子真的要栽在這個男人的手裡嗎？

三個人看著妖女一臉茫然地坐在那裡，對視了一眼，隨憶在桌下踢了三寶一腳。

三寶很快開口活躍氣氛：「我也想讀研，但想轉去中醫那邊。」

「什麼？」隨憶本意是想讓三寶岔開話題，說點好笑的事情，誰知道她這麼語出驚人。

三寶十分認真：「嗯……我總覺得臨床太危險了，妳說像我這種考前突擊型學生以後怎麼去臨床醫學科混啊？別人來找我看病，我總不能說，不好意思，你這個病不是老師當時考的重點，我不會治吧？」

「噗！」三個人齊聲笑出來。

三寶繼續：「還有啊，我覺得有人找我看病，在很大程度上就是來找死的，我不能拿別人的生命開玩笑啊！」

妖女很快從剛才的情緒中抽身，笑著問：「那妳去學中醫就沒風險了？」

三寶心虛：「中醫……中醫可以胡說八道啊，實在不行，我就開降火茶給他喝啊，又不會喝死人。」

隨憶盯著三寶看了半天，歪頭問：「三寶，妳真的是想學中醫？」

三寶支支吾吾了半天，才小聲承認：「不是……」

「那妳是……」

「妳們知道的……我當初填志願本來就打算考中醫的，我們家有好多地……」

三寶還沒說完，隨憶、妖女、何哥便異口同聲地接了下去：「妳的夢想就是全部種上中草藥，然後妳就發了。」

三寶立刻笑呵呵地點頭：「對的對的。」

三個人再一次無奈地撫額。

從那天起，除了妖女優哉游哉地邊做畢業設計邊等著畢業，其餘三個人便開始了漫漫考研路。

沒過幾天，有一天晚上，三寶在宿舍裡對著鏡子左看右看，看了半天，轉頭問其他三個人：「我是不是最近太努力用功了？我怎麼看我的臉色不太好，好像蠟黃蠟黃的呢？」

妖女從頭到腳打量了一遍三寶後，開始毒舌：「蠟黃沒看出來，不過妳的臉倒是又大了一圈。」

三寶立刻捂住臉：「人家這是骨架大！」

何哥一口水噴出來：「妳每天九點起床，去圖書館玩兩個小時的手機，然後去吃午飯，妳一個人就吃兩碗；午睡睡到下午三點，又去圖書館玩兩個小時的手機；晚飯吃那麼多不說，連宵夜都是兩人份的，能不胖嗎？」

三寶一臉委屈地撲到隨憶懷裡：「阿憶，她們又聯合起來欺負我！」

隨憶正拿著手機和蕭子淵聊天，聽到這裡抬起頭看似溫柔地安慰三寶：「妳別聽她們胡說，我看看，好像是有點黃……」

三寶終於找到了知己，眨著眼睛一臉天真地問：「隨醫生，為什麼這麼黃呢？」

隨憶微笑著緩緩回答：「面由心生啊！」

三寶在妖女、何哥的悶笑聲中一臉黑線地走掉了。

學校安排的實習依舊繼續，就在她們三個學校、醫院兩頭跑的時候，三寶終於等到了她的紅鸞星動。

某天，三寶在午飯時間拉著隨憶、何哥站在醫院花園的一條小道上，左看看右看看。

兩個人莫名其妙：「請問，我們站在這裡幹什麼？」

三寶臉紅紅的：「一會兒會有個很帥的醫生從這裡經過。」

「妳怎麼知道？」

「我連續兩天都會在這個時間點遇到他，妳說他是不是看上我了？」

隨憶、何哥無語。

三寶忽然小聲叫起來：「來了來了！」

隨憶、何哥一齊回頭，然後紛紛點頭，在心裡讚嘆，果然是三寶的菜。

幾個穿著白袍的年輕男醫生正走出醫院餐廳的大門，向她們款款走來，走在中間的那個高高瘦瘦，皮膚白皙，五官俊朗，白袍裡面的襯衫整潔筆挺，正歪著頭和身邊的人談笑風生，的確稱得上帥哥，很有仙風道骨的味道。

三寶趴在兩人耳邊小聲嘀咕：「我找小護士問了，是神經外科主任的關門弟子，在讀博士，怎麼樣怎麼樣，算不算實實在在的高帥富？」

隨憶看著三寶滿心滿眼的愛心，笑著點點頭，又看了眼已經走遠的背影，心裡有些擔憂。三寶好像是真的喜歡這個男人，就是不知道他懂不懂得欣賞三寶的好。她最不願意看到的就是三寶因為愛情而受傷，她希望三寶能一輩子都這麼高興。

隨憶還在出神，就聽到三寶又叫起來：「哎呀，十一點半了！完了完了！」

何哥掏掏耳朵：「又怎麼了？」

「我不是有個同鄉是中醫系的嗎？我找她幫我介紹了一位教授，說好上午要去會面的，快走快走！」

何哥站在原地不動：「我們兩個就不用去了吧？」

三寶躲在隨憶身後一臉嬌羞：「人家怕嘛！妳不知道現在教授和女學生是敏感話題嗎？萬一他要潛規則我怎麼辦？萬一我拒絕了，他來硬的怎麼辦？帶妳們去有安全感。」

隨憶聽得滿臉黑線，看著天空嘆了口氣，何哥則毫不留情地打擊三寶：「我們學校中醫那邊的教授們都是古董級的，最年輕的也快六十了吧？相比之下，我還是更相信妳會對他們硬來，而不是他們對妳。」

三寶推著兩個人往前走：「走了，一起去嘛！去見識見識古董也好啊！」

見到真人後，三個人臉上還保持著微笑，心裡卻默默哀號，果然是老古董啊。

頭髮花白的老人笑咪咪地和三寶說了幾句話後，看了眼時間：「任申同學是吧，妳幫我看一下這邊，我去藥房看一下，如果有病人來，妳讓他等一下啊。」

老教授前腳剛走，三寶就開始訓她的那個同鄉：「不是要妳幫我找個年輕一點的、長得帥一點的嗎？就是那種年輕帥氣、溫潤如玉的中醫大夫，身上都是藥材香，怎麼這個年紀這麼大？」

那個女孩子欲哭無淚：「妳以為是小說呢？哪有又帥又年輕的教授啊？我也想要。想要藥材味是吧？去藥房待幾天，洗都洗不掉！」

三寶還不死心：「真的沒有嗎？」

「真的沒有，蘇教授人特別好，妳就知足吧！我不跟妳聊了啊，我也要去藥房那邊，妳在這裡看著啊。」

老教授走了沒幾分鐘便有個女孩推門進來，看到三個穿著白袍的年輕女孩，很不確定地叫了一聲：「蘇醫生？」

三寶愣了一下很快點頭，一臉嚴肅地壓低聲音，「是我，坐吧。」

隨憶、何哥對視一眼後選擇旁觀。

女孩狐疑地坐下，三寶掩飾性地咳嗽了一聲：「把手伸出來，我把把脈。」

三寶邊把脈邊問：「哪裡不舒服啊？」

女孩指著滿臉的痘痘：「內分泌失調。」

三寶一臉高深地點點頭。

女孩又問：「您開一劑中藥給我吧。」

從藥房回來的老教授推門進來的時候正好聽到三寶的回答，頓時滿臉黑線。

「女孩，妳不缺藥，妳缺男人。」

隨憶、何哥看著一臉嚴肅的老學究[5]，很明智地選擇了丟下三寶逃走。

1 福馬林：有防腐、消毒、漂白功能的藥劑，會散發出刺鼻味。

2 溫庭筠：晚唐詩詞家，精通音律，文風濃綺瑰麗。

3 魚幼薇：唐代四大女詩人之一。晚年出家為道士，「玄機」是她的道號

4 一胎化政策：中國在一九七〇～一九九〇年代左右進行的生育政策。

5 老學究：思想古板、且重視學術理論、文獻研究的人。

第十三章　千里陪考，萬里想念

隨憶和何哥在中醫大樓門口分別，剛走了沒幾步便看到熟悉的人，她不太確定地叫了一聲：「伯母？」

蕭母轉頭看到隨憶便笑了出來：「隨憶啊，好久沒見到妳了。」

隨憶看著眼前的婦人臉色不好，身後還跟著兩個人，身板挺得筆直，雖然穿著便服也猜得到身分：「您怎麼了？」

蕭母拉著隨憶的手，看著她笑，這就是子淵說喜歡的那個女孩。

看到她輕皺著眉便開口安慰：「沒事，老毛病了，最近變天了，來看看醫生。」

隨憶感覺到蕭母的手心冰涼濕冷，有些擔憂：「您不要緊吧？我扶您過去要去的地方吧。」

蕭母拍拍隨憶的手：「真的沒事，妳去忙吧，我自己去就行了。等子淵回來了，妳再跟他到家裡來玩。」

隨憶點點頭，走了幾步後還是不放心，又回頭看了一眼。

蕭母走了幾步後忽然停住，然後身體晃了晃便往下墜，跟在她身邊的人立刻反應過來，走上前扶住她。

隨憶也很快轉身跑過去，扶起蕭母。

蕭母皺著眉，臉色蒼白，看清隨憶後，抓著隨憶的手，氣若遊絲：「不要告訴子淵。」

說完便昏了過去。

隨憶坐在病床前，看著蕭母鼻子發酸。她忽然想起獨自在家鄉的母親，她不在家的時候，母親如果不舒服了，是不是也會想著不要讓她知道，不想讓她擔心？大概天底下所有的父母都是如此吧，養兒一百歲，長憂九十九。

院長很快便帶著一群白袍醫生進了病房，隨憶閃到一邊，聽了幾句重點之後便退了出去。

如蕭子淵所說，年輕的時候透支了身體，現在要慢慢養回來才行，急不得躁不得。

隨憶推算著院長和專家小組差不多離開了，才又轉去病房，卻只看到了空空的病床，正發愣就聽到身後有個男聲響起，禮貌溫和：「請問是隨小姐嗎？」

隨憶一轉身，便認出了眼前的男人是剛才跟在蕭母身後的兩個人之一，她很快點頭：「我是。」

男人笑了一下，腰板依舊挺得筆直：「請您跟我來。」

說完便走在前面帶路，隨憶遲疑了一下就跟了上去。

隨憶跟著男子進了電梯，看到他按下的數字心裡便有了數。

頂樓的高級病房無論是環境和設施都是無可挑剔的，男子停在某間病房前，敲了敲門才推開門，自己並沒進去，而是伸手：「隨小姐請進。」

隨憶點頭致謝後便推門進去。說這裡是病房，倒不如說是套房更合適，外面是個會客的小客廳，旁邊還有個小廚房，裡面是間臥室。門打開著，蕭母坐在床上正對著她笑：「就知道妳會回去，換了病房怕妳找不到，特意留了個人。」

隨憶很快地走了過去：「伯母，您好一些了吧？」

蕭母的臉色比中午好了很多，卻依舊有些蒼白：「沒事了，年紀大了嘛。」

隨憶看看空蕩蕩的病房：「要不要我通知伯父或者其他人？」

蕭母笑著拍拍床邊叫隨憶過來坐：「子淵出國了，他父親去外地開會了，子嫣跟朋友去旅遊了，過兩天就會回來。喔，對了，子嫣是子淵的妹妹，他跟妳說過吧？」

隨憶想起蕭子淵口中那個猶如小魔頭的妹妹，笑著點點頭：「有說過。」

話音剛落便聽到淩亂的腳步聲，隨憶下意識地轉頭，便看到一個漂亮的女孩子一臉焦急地衝了進來，然後一頭撲到蕭母床邊：「媽媽，您怎麼了？」

隨憶很快站起來，女孩一臉風塵僕僕，看樣子是趕回來的，應該就是蕭子嫣了。

蕭母摸摸女兒的頭髮，笑著問：「不是說明後天才回來的嗎，怎麼今天就到了？」

「我打電話回家才知道您病了，就馬上趕回來了。您怎麼不跟我說呢？」

「沒什麼大事。」蕭母拉過隨憶的手介紹：「這就是子淵的妹妹。子嫣啊，這是隨憶，妳哥哥的朋友，叫姊姊。」

隨憶笑著對蕭子嫣點了一下頭。

「隨憶？好熟悉啊……」蕭子嫣看了隨憶一眼便皺起了眉，歪著腦袋看了半天，忽然一臉興奮地叫起來：「啊，我想起來了，妳不就是那個……」

說到一半忽然又想起了什麼便停住，捂緊了嘴巴，有些忌憚地看著蕭母。

蕭母一臉疑惑地看看蕭子嫣，又看看隨憶，隨憶也是一頭霧水。

蕭子嫣很快岔開了話題，親熱地拉著隨憶的手叫：「姊姊！」

蕭母雖然覺得奇怪，但也沒再問。

隨憶看到蕭母有人陪了便主動告辭，蕭母讓蕭子嫣去送隨憶。

蕭子嫣歡天喜地地去了，一路上攬著隨憶的手臂嘰嘰喳喳的很活潑。隨憶沒機會和自己的弟弟相處，現在看著蕭子嫣不由得多了幾分耐心，心裡很喜歡這個女孩子。她看著蕭子嫣微微笑著，似乎並沒蕭子淵說的那麼可怕。

「阿憶姊姊，我很久以前就知道妳了！哥哥藏了一張妳以前的准考證在房間裡，被我發現了，他還威脅我不許說出去！」

隨憶笑了笑，他那麼小心謹慎的人竟然會被別人抓到小辮子，看來對這個妹妹確實很寵溺：「那妳還告訴我？」

蕭子嫣一愣：「妳不一樣嘛！哥哥很少留女孩子的東西，從小到大有很多女孩子送他禮物，他從來都不看一眼，我喜歡的就送給我，我不喜歡的就送給巧樂茲。他留著妳的東西一定是喜歡妳！」

隨憶本來對人對事沒什麼好奇心，她對蕭子淵朋友的瞭解也僅限於學校裡的那些人，可現在她想要慢慢融入他的生活，便開口問：「巧樂茲是誰？」

「喔，巧樂茲叫喬樂曦，我們是從小一起長大的。」

隨憶想了想，又問：「她哥哥是不是叫喬裕？」

蕭子嫣握了一下拳：「對！喬裕是她二哥。」

隨憶一直以為蕭子淵和喬裕是上了大學後才認識，這麼看來，他們認識很久了。隨憶正出神，眼角餘光一下子看到蕭子嫣耳朵上一閃一閃的。

她伸手摸了一下：「妳很喜歡這個啊？」

蕭子嫣立刻點頭：「喜歡！這是哥哥送給我的，他說去朋友家鄉玩的時候，那個朋友買給他，說是要送給我的。」

隨憶一笑：「姊姊的家鄉有很多這種小東西，下次回家的時候再帶來給妳。」

蕭子嫣的眼睛眨了眨：「啊，我知道了！哥哥說的那個朋友就是妳對不對？」

隨憶摸摸蕭子嫣的頭髮點頭，心裡想這個小女孩真是聰明。

分別的時候，蕭子嫣的情緒一下子低落下去，拉著隨憶的手不放：「阿憶姊姊，我媽媽的身體真的不要緊嗎？」

隨憶拍拍她的手，溫柔地安慰著：「妳別太擔心，每年換季的時候多注意點。對了，妳可以多燉點湯給她喝，這個季節是進補的好時候。」

「燉湯啊？」蕭子嫣烏黑的眸子轉了轉，很快答應：「好！」

隨憶看著和蕭子淵相似的眉眼笑了一下，揮手道別。

隨憶從醫院回來，吃完了飯就去圖書館了，坐在老位置上，就看到三寶抱著一本《康熙字典》一臉的苦海深仇，何哥在一旁抱著一本單字也是一臉苦海深仇。兩個人每隔一會兒便羨慕地看看對方，然後繼續埋頭用功。

正好是吃飯的時間，圖書館裡的人不多，隨憶湊過去小聲問三寶：「妳這是幹什麼？」

三寶苦著臉：「蘇教授說我好像太閒了，讓我好好讀讀《康熙字典》，過兩天要考我。」

何哥在一旁悶頭笑：「誰叫妳今天亂說話！」

三寶瞪了何哥一眼，便又苦著臉去啃書。

隨憶中途收到蕭子淵傳的訊息。

『我從溫少卿那裡要了考試重點，妳多讀讀。』

隨憶想起上次知識競賽，蕭子淵也是拿了一本地理雜誌扔給她，也只說多看看，可是……這是考研究所啊……他上次說的放水是開玩笑的吧？

隨憶又想起蕭母住院的事情，總覺得不告訴蕭子淵不太好，可她又答應了蕭母不會說的。這麼想著，她竟然鬼使神差地撥通了蕭子淵的電話，那邊傳來一聲「喂」時她才驚醒，握著手機跑出了圖書館。

隨便聊了幾句之後，蕭子淵就要掛電話了，說是最近太忙，有很久沒打電話回家了，要打個電話回家，隨憶一聽，馬上慌忙地出聲叫住他。

「那個……」

蕭子淵倒是很少見到她不捨得掛電話，笑著問：『怎麼了？』

隨憶東拉西扯地找話題：「你媽媽喜歡什麼啊？」

蕭子淵的笑聲很快傳了過來：『怎麼，現在就想著怎麼討好婆婆了？』

隨憶臉一紅，立刻反駁：「沒有！」她只是想隨便找了個話題，誰知道哪壺不開提哪壺。

蕭子淵卻忽然沉默下來。

隨憶聽著耳邊平緩的呼吸，隱隱感覺到蕭子淵察覺到了什麼，但又不確定，便試探著叫了一聲：

「子淵？」

蕭子淵的聲音果然低沉了許多：『我媽媽是不是生病了？』

隨憶知道瞞不住：「你別著急。」

『我應該要想到的。』蕭子淵嘆了口氣，似乎是無意識地低喃：『又換季了……』

隨憶感覺到他的低落後心裡也有些不舒服，便開口安慰：「你別擔心，我今天在醫院正巧遇到，教授們建議住院觀察一下。我下午再去看的時候，伯母臉色好了很多，過幾天就可以回家休養了。伯母要我別告訴你，所以……你生氣了？」

蕭子淵似乎笑了一下：『沒有，我怎麼會生妳的氣。』

隨憶的聲音變得輕快：「那你不要不高興，以後我每天都會過去看你媽媽。」

這次過了很久，蕭子淵的聲音才再次響起：『妳在，我很放心。』

隨憶和蕭子嫣互留了電話號碼，本以為蕭子嫣只是小孩心性心血來潮，應該不會跟自己有什麼太多聯絡。誰知道第二天上午，她跟在一群醫生後面巡房的時候，收到了蕭子嫣的訊息。

『阿憶姊姊，江湖救急！』

查房時不允許使用手機，隨憶看了一眼後很快收了起來，終於等查完房才抽空去了頂樓看看。

剛出電梯就看到蕭子嫣站在病房門口東張西望，似乎在等什麼人，看到她以後立刻跑了過來，一臉凝重：「阿憶姊姊，我就靠妳了！」說完便拉著隨憶進了病房。

隨憶往房內看了一眼，臥室裡蕭母邊打著點滴邊休息，外面的客廳也一切正常，隨憶奇怪地看向蕭子嫣。

蕭子嫣很不好意思地指了指旁邊的廚房，一臉討好地笑。

隨憶轉頭一看，原本乾淨整潔的廚房此時一片狼藉，抄家滅九族也不過如此，她似乎能理解蕭子淵為什麼會叫自己的妹妹小魔頭了。

蕭子嫣看到隨憶出神，怕她會反悔，一把抓住隨憶的手，可憐兮兮地博同情：「嫂子，妳不會不幫我吧？」

隨憶一下子被嗆住，咳了半天終於鎮定下來。她轉過頭，第一次認認真真地打量起眼前的這個女孩子，她自認一向淡定自若、處事不驚，竟然被這個看起來單純嘴甜的女孩子破了功，這就是所謂的一物剋一物嗎？還是說，這個和蕭子淵有著血緣關係的女孩子，其實骨子裡也是腹黑如他？

她邊這麼想著，邊脫了白袍，在一旁指揮蕭子嫣怎麼燉湯。

蕭子嫣本來還興致勃勃地忙前忙後，後來神色忽然落寞下來。

隨憶一邊看著火候一邊看手機裡的考研題庫，過了一會兒，就看到蕭子嫣磨磨蹭蹭地湊到她身邊，蹭著她欲言又止：「阿憶姊姊……」

隨憶順口應了一聲：「嗯？」

蕭子嫣皺著眉，猶豫了半天還是沒說出口，只是蹲在隨憶腳邊發呆。

隨憶看著蹲在腳邊一臉不高興的蕭子嫣就很想踢踢她，笑著問：「擔心妳媽媽啊？」

蕭子嫣搖搖頭，咬著唇問：「我之前一直想搬出來住，不想和家人住在一起，哥哥幫我跟爸媽說了，他們也同意了。我本來很高興的，可是……爸爸那麼忙，哥哥也老是不在家，媽媽身體又不好，我這麼做是不是不對？」

隨憶似乎想起了什麼，有些動容，蹲到蕭子嫣身邊摸著她的頭髮，眼睛看著臥室的方向，表情別樣的溫柔，微笑著開口：「子嫣，其實我們陪著父母的時間沒有幾年，從出生開始到離家求學，然後工作嫁人……妳今年也不小了，能陪著父母的日子還能有多少呢？人生以後的幾十年都是妳的，可是我們陪著他們的日子卻只有現在了，到時候怕是子欲養而親不待……這是人生中最遺憾的事情了，我不希望發生在妳身上。」

蕭子嫣垂著頭沉默了半天才抬起頭，一臉真誠地看著隨憶：「我明白了，阿憶姊姊，我喜歡妳做我的嫂子。」

隨憶笑了笑。

基因是很強大的東西，和蕭神有著相同基因來源的小魔頭很快就上手了，雖然過程是艱辛的，可最後燉出來的紅藕排骨湯還是可以入口的。

當鍋裡的湯飄出香味的時候，蕭母被拔針的刺痛驚醒。隨憶邊拿棉球替蕭母止血邊笑著問：「該吃午飯了，您要不要起來？」

蕭母聞到空氣中的香味，笑著點點頭，隨憶邊扶她坐起來邊解釋道：「子嫣燉了湯給您。」剛說完，蕭子嫣就捧著碗走到床邊，遞到蕭母手邊：「媽媽，您嚐嚐看。」

紅藕粉嫩可愛，濃湯醇厚，蕭母喝了一口點點頭：「很不錯。」

蕭子嫣立刻興奮地跳起來：「真的啊，那我再去幫您盛一碗！」

說完，一溜煙地跑進了廚房。

蕭母喝光了後笑著看隨憶：「妳做的吧？」

隨憶笑了一下：「我只是教她怎麼做，她很用心地在學，都是她動的手。」

蕭母把碗放到一邊：「這個丫頭很喜歡妳。」

隨憶已經把蕭子嫣當成親妹妹，很快開口：「子嫣很開朗，又懂事，很好相處。」

蕭母嗤笑出來，「她是我生的，我還不瞭解她？從小就被家人寵壞了，哪個不說她刁蠻任性的？只有妳才會這麼誇她。妳不知道她有多霸道，以前要是有女孩接近子淵，她肯定先跳出來反對。」

「她還小，慢慢教。」隨憶看著廚房裡的背影緩聲回答。

蕭母一愣，這話很熟悉，似乎聽誰說過，想起來後忍不住笑了出來，真是天生一對。

「妳挺會和小孩子相處的，家裡有弟弟妹妹嗎？」

隨憶心裡一顫，艱難地開口：「有個弟弟，但是一直跟著父親……」

蕭母雖然知道隨家的事情，但具體情況也不瞭解，聽到隨憶的回答心裡也明白了，很快轉了話題：「子嫣很聽妳的話，妳以後多教教她，她跟著妳，我很放心。」

蕭母和隨憶正說著話，有人敲門進來。昨天通知隨憶過來的男人畢恭畢敬地走近，把手機遞給蕭母：「您的電話。」

然後對隨憶點了一下頭，便退了出去。

蕭母接電話後情緒明顯高漲，笑容也多了，柔著聲音說了幾句後掛了電話，看著隨憶在一旁沉默，便笑著開口：「子淵大概是知道了，也沒說破，只是要我多注意身體。」

隨憶早就猜到了，自首道：「是我不小心說溜嘴了……對不起……」

蕭母拉著隨憶的手：「沒事的，孩子。妳是子淵喜歡的人，我也很喜歡妳，在我心裡妳就和子嫣一樣是我的女兒，不用這麼拘謹。」

隨憶笑著點點頭：「好。」

隨憶下午去參加了醫院的培訓，結束時已經到下班時間了，她換了衣服打算去看看蕭母就回學校，誰知道剛進門沒多久蕭子淵的父親便來了。

這是隨憶第一次見到蕭子淵的父親，雖然之前在電視上也看到過，可見到真人後才發現本人更加風度翩翩。

這個年紀的男人，帶著歲月積澱下來的睿智和淡定，虛懷若谷、海納百川，或許他也曾年少輕狂、肆意妄為過，而此刻卻收起了所有的鋒芒，看起來溫文爾雅，卻又不怒自威。他波瀾不驚的眼神隨隨便便一掃，便讓人心裡忍不住一驚。

他一身正裝像是剛從會議上解脫，臉上難掩倦意卻又不慌不忙，身後跟著一個祕書模樣的中年男人，沉默幹練，接過蕭父脫下來的西裝外套掛到衣架上，詢問一聲後便離開了。

蕭父進門後就看到妻子一再使眼色給自己，他又多看了隨憶一眼。

這個女孩明明穿著很普通的白上衣配牛仔褲，靜靜地站在那裡，眼神清澈，平靜如水毫不做作，相貌也沒有多麼的驚豔，可就是讓人覺得很有氣質，覺得很舒服。

她是沈家的孩子，有句話叫「腹有詩書氣自華」，雖然有點過時，可用在她身上卻再合適不過。

蕭父收回目光，和蕭母對視了一眼。

隨憶垂頭去看地毯上的花紋，密密麻麻的不規則圖形讓她看得頭暈。都說門第不重要，可這樣一個家庭，這樣一對父母，不去看他們身後的背景就已經讓人自慚形穢了，他們不需要說什麼就會讓人自動放棄。

她一直隱隱擔心的問題又浮上了心頭。

隨憶離開後，蕭母有些驕傲地問：「怎麼樣，漂亮吧？」

蕭父笑笑沒接話，反而岔開了話題：「在我眼裡，妳最漂亮。」

「嘖。」蕭母有些不好意思地瞪了蕭父一眼，皺起眉：「子嫣還在，說什麼呢？」

蕭子嫣站在一旁笑咪咪地看著，絲毫沒有回避的意思。

蕭母看著蕭父沉默地翻看著床頭的記錄，打發蕭子嫣出去：「去把中午做的排骨湯熱一熱，端給妳爸喝一點。」

「好啊。」蕭子嫣開心地跑去了廚房。

室內再無別人，蕭母便沒了顧忌直接問出來：「你到底滿不滿意？」

蕭父靜靜地看完了醫生寫的記錄，顧左右而言他：「恢復得不錯，再過幾天就回家吧。」

蕭母受不了蕭父的敷衍：「問你話呢！」

蕭父好整以暇地看著蕭母，半天才有些好笑地開口：「妳著什麼急？子淵還沒正式帶她回家，我在這裡遇見了，只當她是子淵的普通朋友，哪有什麼滿意不滿意的？蕭家考兒媳婦的習慣妳是知道的，真到了子淵帶她回家的那一天，再說滿不滿意也不遲吧？」

蕭母瞪了他一眼：「你總是這樣，明明心裡最心疼孩子，卻總是板著一張臉。」

蕭父看到妻子有些不開心了，才開口解釋道：「她如果不是姓隨，那我對她一百個滿意，可她偏偏姓隨。我是沒什麼，只要子淵處理得好，我一點意見都沒有。可是老爺子那邊呢？老爺子一直想找個能和子淵並肩奮鬥的孫媳婦，先不說別的，單單這個隨字，就是定時炸彈，老爺子會輕易答應？妳同意我同意，又這麼早表現了出來，兩個孩子這個時候是能高興了，但萬一到時候老爺子不同意，那不是空歡喜一場？還不如先別表明態度，兩個孩子如果摸不清底細，自然不敢放鬆，起碼有個心理準備。」

蕭母思索半天，嘆了口氣：「隨憶真的是個好孩子，可惜了……」

蕭父笑著拍拍妻子的手寬慰著：「我還是那句話，既然子淵想要娶她，就該有這個能耐讓家人接受她，如果做不到，豈不是白白辜負了人家女孩子的一片真心？別人家的掌上明珠養了二十幾年，和我們家沒有半點瓜葛，憑什麼要低聲下氣地來看我們的臉色？」

正說著就看到蕭子嫣端著湯推門進來，邀功似的遞給蕭父：「爸爸，我做的，您嚐嚐看吧。」

蕭父看看蕭子嫣，又看了看眼前的湯，不說話。

蕭母知道他在想什麼，便督促：「喝看看啊。」

蕭父喝了一口，點點頭：「是不錯，不過，真的是妳做的？」

蕭子嫣有些沒底氣地看向蕭母。

蕭母笑著解釋道：「是隨憶教她做的。」

蕭父低頭看著碗裡奇形怪狀的蓮藕，笑了出來：「這我相信。不管怎麼說都是很好，起碼知道孝順了。對了，房子找得怎麼樣了？」

蕭子嫣垂下頭，悶悶地回答：「爸、媽，我還是想住在家裡。」

蕭父蕭母對這個答案有些吃驚，對視一眼後，蕭父問：「為什麼？」

「阿憶姊姊說的啊……」蕭子嫣似乎對於那些和隨憶的對話感到害羞，說不出口，支支吾吾地掩飾：「哪有什麼為什麼啊，住家裡那麼好，可以蹭吃蹭喝。」

蕭父挑眉笑了，看來這個女孩子真的不簡單，連這個小魔頭都能收拾得服服貼貼的。

蕭子嫣忽然湊到蕭父跟前，賊兮兮地笑著：「爸爸，您剛才看到阿憶姊姊了吧，她和哥哥是不是很配？」

蕭父有些好笑，這是怎麼了，大的小的都在問他這個問題。

他臉上沒有顯現出任何表示，也沒回答。

蕭子嫣沒得到想要的答案，氣得直哼：「老蕭同志，你真的是一點都不可愛！」

蕭父臉色驀地一沉，就在蕭子嫣以為要挨罵的時候，就看到他一臉嚴肅地反問：「我哪裡不可愛了？問問你媽，我到底可不可愛！」

蕭母給了他一拳，臉色微紅。

蕭子嫣捂住臉跑了出去，「天哪！老前輩撒起狗糧來是原子彈級別的！」

蕭母臉上的紅暈未退，質問蕭父：「當著孩子的面，你胡說八道什麼啊？」

蕭父還不自知，一句「我說什麼了嗎？」又惹來蕭母一拳。

沒過多久蕭母出了院，隨憶沒再見過她，倒是蕭子嫣有事沒事地會跑來找她玩。

天氣漸漸變冷了，離考研究所的日子越來越近，隨憶心無旁騖地整天泡在圖書館裡，而蕭子淵的學業似乎也越來越繁重，每次講電話兩個人不是你聽著我的呼吸聲睡著，就是我聽著你的呼吸聲睡著。

一直到了考試前一天，隨憶索性扔了書本在宿舍裡睡覺，妖女被畢業設計折磨得眼冒紅光，何哥捧著溫少卿給的重點虔誠膜拜，三寶繼續對著電腦螢幕喊打喊殺。

第二天一早，四個人坐在餐廳吃早飯。這個時間來吃飯的多半是考生，氣氛凝重。

三寶突然扔了筷子，義憤填膺地開口：「妳們說，學醫的為什麼要考政治！難道是為了以後不用麻藥，靠這些東西來止痛？」

何哥叼著根油條，含含糊糊地回答：「為了提高妳的政治覺悟啊。」

三寶又開始托著下巴憶當年：「想當初我上小學的時候，還被評為優秀少先隊員[6]，那是我政治生涯的巔峰。」

妖女涼涼地諷刺她：「那還真是巔峰！」

三寶吃完了手裡的包子，大手一揮：「其實政治這種東西不就那幾本書，總結下來不就是愛國愛民！這個我懂！」

三個人立刻扔下筷子起身：「我們今天還要考試。」

三寶追在後面，「喂，妳們三個真沒義氣！」

四個人打打鬧鬧地出了餐廳，隨憶一抬頭便愣住。

蕭子淵穿著一件黑色毛呢外套，圍著她送的圍巾站在樹下，正對著她笑，冬日明媚的陽光灑在他清俊英挺的臉龐上，格外蠱惑人心。

妖女、何哥、三寶異口同聲地起鬨：「哇啊！」

隨憶想也沒想便跑了過去，滿臉驚喜：「你怎麼在這裡？」

前幾天蕭子淵告訴她最近會很忙，再加上有時差，他怕打擾她休息，這幾天就不和她講電話了，讓她好好複習好好休息，誰知道他現在竟然站在她的面前。

蕭子淵從她手裡接過包包，輕車熟路地牽起她的手：「來陪妳考試啊。」

蕭子淵揚著聲音對那邊笑嘻嘻看熱鬧的三個人打了個招呼：「我們先走了！」

三個人立刻一副狗腿的模樣：「好的好的，蕭學長，您慢走！」

隨憶邊走邊直勾勾地盯著蕭子淵看，半天後才反應過來，知道這一切都是真的：「你不是說很忙嗎？」

蕭子淵歪頭挑眉看著她，一臉戲謔：「是很忙啊，要擠出幾天的時間陪某人考試，不加課怎麼辦得到呢？」

隨憶心裡一暖，攬上蕭子淵的手臂：「你什麼時候回來的？」

蕭子淵對她的親暱很滿意：「淩晨才到，就沒告訴妳。」

隨憶仔細一看，果然眼下一片青色，心裡一軟：「那你一會兒回去補個眠吧。」

蕭子淵沒說行也沒說不行，只是牽著她的手：「快走吧，時間快到了。」

到了考場，隨憶從蕭子淵手裡拎過包包：「好了，我進去了，你快回去吧。」

蕭子淵站在原地點頭：「好。」

隨憶和蕭子淵道別後就往教室裡走，誰知道蕭子淵竟然也跟著她。

隨憶一臉詫異：「你幹什麼？」

蕭子淵拿出一張准考證甩了甩：「陪妳考試啊！」

隨憶拿過來一看，居然和她一個考場，有些不可置信：「你……你以權謀私！」

蕭子淵挑眉瞇起眼睛，反問了一句：「以權謀私？」

隨憶絲毫沒有意識到危險，老實地點頭：「要不然怎麼會這麼巧？」

蕭子淵揉了揉眉心，也有些無奈地笑著：「如果我跟妳說，我本來是打算以權謀私換到和妳同一個考場的，結果幫忙的人很無言地告訴我，我們本來就在同個考場，妳信不信？」

隨憶眨了眨眼睛，半天才憋出一句：「那還真的是好巧啊……」

蕭子淵伸手揉了揉隨憶的腦袋，笑得溫柔：「走了，要考試了。」

隨憶以為在數量龐大的考生大軍中，兩個人能夠在同個考場已經是莫大的緣分了，可當兩個人找到位置後才意識到有更大的緣分在等著他們。

隨憶一直忍不住扭頭看向隔著一條走道的蕭子淵，他側臉的線條清晰漂亮，眉目沉靜的樣子讓她移不開眼。

蕭子淵的唇角忽然勾起，轉頭看向她，手伸過來把隨憶的臉轉回去，低低的聲音裡都是笑意：「別再看了，考試了。」

隨憶心滿意足地轉過頭去，別人都是如臨大敵的緊張樣子，她卻一臉笑咪咪地等著發考卷。

蕭子淵低頭看著准考證號碼，笑意卻慢慢從眼底溢出來。

當年他們就坐在同一個考場裡，她就坐在他旁邊，他卻輕易忽略了，這一次，他不會再放手。

交卷後，兩個人手牽著手走出去，這才有人注意到蕭子淵，小聲地討論著。

「喂，那個不是蕭神嗎？」

「真的是啊，他不是出國了嗎，怎麼來考試啊？」

幾個男生小聲議論著，很快有女聲響起，聲音裡帶著壓不住的興奮。

「啊，那個不是他女朋友嗎？醫學系的那個！」

「好浪漫啊，陪女朋友來考研！」

「就是就是！浪漫死了！這樣的男人怎麼不屬於我？」

隨憶聽了又忍不住轉頭去看蕭子淵，蕭子淵看著前方無奈地笑著：「別再看了，妳知不知道考試的時候就因為妳老是看我，監考老師瞪了妳好幾眼。到時候妳沒考上可不要錯怪我。」

隨憶這才後知後覺：「是嗎？監考老師瞪我了？你怎麼不告訴我？」

蕭子淵徹底無言了：「本來就盯上我們了，我再跟妳說，我們都會被請出去，誰都別考了。」

隨憶抿著唇：「你又沒複習，我怎麼會抄你的呢？監考老師盯錯人了。」

蕭子淵輕笑了一聲：「我沒複習也考得比妳好。」

隨憶不服氣：「怎麼可能！」

蕭子淵一臉悠然自得地設下圈套：「要不然，我們打個賭？」

「好啊！」隨憶自信滿滿地迎戰。

蕭子淵轉頭看了隨憶一眼，笑了出來。

過了若干天，成績出來的時候，隨憶盯著電腦螢幕欲哭無淚，只能任人宰割。

蕭子淵本來是打算陪隨憶考試，誰知道她每隔幾分鐘就會看自己一眼，怕真的會影響到她答題，下午就沒去考英語。

隨憶問起的時候，蕭子淵看似好心實則很欠扁地回了一句：「英語是我的強項，我怕我寫得太快會影響到考場裡其他同學的心情。」

隨憶努力咽下一口氣，默默地轉身走了。

她以前怎麼沒發現蕭子淵這麼……這麼……這麼欠揍呢？

最後一場考試快結束的時候，蕭子淵站在考場外等隨憶。

冬季的校園本來就蕭條，再加上很多學生已經回家過寒假，就更加淒涼了。蕭子淵靠在考場對面的樹上，看著已經離開一年多的校園，感慨良多。

那幾年無憂無慮的日子大概是一去不復返了。

蕭子淵輕輕嘆了口氣，很快又勾起嘴角，好在還有個他喜歡，也喜歡他的人陪在他身邊。

沒過多久，便看到一大群的學生從考場裡冒出來，臉上洋溢著暫時解脫的興奮和「考」焦了的疲憊。不管結果如何，幾個月苦行僧的生活總算告一段落，可以放鬆一下了。

蕭子淵正在人群裡找著隨憶，就聽到旁邊有人叫他。

「蕭學長！」

蕭子淵一轉頭便看到三寶和何哥勾肩搭背地站在一起，笑嘻嘻地叫他。

「在等阿憶啊？」

蕭子淵覺得三寶似乎無論什麼時候都是笑哈哈的，好像從來都沒有煩惱。

蕭子淵笑著點了一下頭，剛想說話，眼角餘光便看到了人群中的隨憶。

隨憶一臉疲憊地慢慢挪到三個人面前，無精打采地打著招呼。她就是這種人，無論什麼事情，做的時候總是神采奕奕的，一旦結束便覺得全身無力，想要睡個天昏地暗。

蕭子淵把她拉過來，不著痕跡地讓她靠在自己身上，低頭詢問：「林辰他們知道我回來了，說一起吃晚飯，正好替妳慶祝。我們回去休息一下，晚上一起去？」

隨憶很久沒見林辰了，她也想見見，便心不在焉地答著：「好啊。」

蕭子淵又轉頭問三寶和何哥：「一起去？」

三寶眼裡又開始冒星星：「真的要帶我們去啊？好啊好啊，也叫妖女一起去吧！」

何哥在一旁高興地點頭。

隨憶本來面無表情，毫無精神地靠著，聽到這一句忽然一臉緊張，猛地抬眼看向蕭子淵。

蕭子淵給了她一個安撫的眼神，然後笑著對三寶說：「妳跟紀思璿說，天兒不在，我們等她吃晚飯。」

三寶皺著眉：「天兒是誰啊？」

隨憶心念一轉便明白了，笑著對三寶說：「妳就這樣告訴妖女，她會明白的。」

三寶點點頭：「我記住了。」

該說的事情說完了，蕭子淵轉頭問隨憶：「去我那邊休息一下？」

隨憶點點頭，然後又想起什麼，看向三寶剛想開口。

三寶和何哥齊齊地擺手：「這個我們就不去了，我們懂的。晚上見！」說完便手牽手跑遠了。

隨憶無語地笑了笑，她是真的有些累了，把身體重心都放到蕭子淵身上，蕭子淵擁著她往前走。

身後三寶跑了幾步又停住，轉過頭看著，一臉羡慕地流口水：「以後我也要找個男人靠著走！」

何哥上上下下打量了三寶幾秒鐘，冷冷諷刺著：「妳還是先減肥吧，從來沒見過考研究所還變胖的。」

三寶圓圓的臉皺成一團：「妳看不出來我剛剛考完試受了打擊嗎？妳就不能對我再好一點嗎？」

「哈哈哈。」何哥假笑了兩聲：「受了打擊？我倒是一點都沒看出來妳受打擊了，我更擔心到時候成績出來了，妳家太后會不會受了打擊對妳做出什麼。」

三寶聽完之後立刻安靜下來，不知道想起了什麼眼睛瞪得圓圓的，一臉驚恐地看著何哥不說話，似乎在想像老太太知道她考了多少分之後的反應：「妳說得好像很有道理，能打擊到我的只有我家太后，那不是一般的打擊，根本來就是五雷轟頂啊……何哥，恐怕我要渡個劫了……」

何哥看到效果已經達成，哼著小曲走了，留下三寶站在原地發呆。

蕭子淵和隨憶回到學校後門的社區後，隨憶洗了澡便摔進床上睡著了。

蕭子淵幫她蓋好被角，坐在床邊靜靜地看著。

這幾個月她確實累壞了，也瘦了不少，本來就不大的臉更小了，倒顯得那雙烏黑清澈的眼睛越來越靈動。

蕭子淵聽著她的呼吸聲漸漸平穩綿長，才起身去了書房。

他為了回來陪她考試走得匆忙，事情雖然也做得差不多了，但還留了一點後續作業，趁著隨憶休息了，他正好能夠收尾。

等打完最後一個符號，蕭子淵捏著眉頭，深深地吐出口氣。

不知不覺間，太陽早已下山，屋內沒開燈，視線有些昏暗，蕭子淵瞥了眼電腦螢幕右下角的時間，很快闔上電腦，起身去了臥室。

臥室中間的大床上，隨憶抱著棉被睡得正香，一室靜謐，只有加濕器不斷往外噴灑水霧的聲音。

蕭子淵站在一室昏暗中，忽然有些愣怔。

他突然有種感覺，好像他們在一起很多年了，他只不過是在尋常日子裡去叫午睡的妻子起床。

歲月靜好，與卿同行。

蕭子淵的腦子裡突然冒出這句話來。

半晌後他回過神，走到床邊輕聲叫著：「阿憶，起來了，時間到了。」

隨憶怔忪著睜開眼睛，一臉茫然地看著蕭子淵。

蕭子淵幫她理了理睡亂的頭髮，嘴裡重複了一遍：「他們不是約好要替妳慶祝吃飯嗎？再不起床就來不及了。」

隨憶點點頭，然後蕭子淵便起身走了出去，還不忘回頭囑咐道：「快洗臉換衣服。」

隨憶迷迷糊糊地應了一聲。

蕭子淵在客廳等了半天也沒動靜，又回了臥室，一推開門就看到隨憶趴在床尾睡得正香，似乎是曾經掙扎著坐了起來，後來還是向周公妥協了。

他無奈地笑著走過去，心裡一片柔軟，輕輕撫著隨憶的臉：「憶寶，起床了。」

隨憶模模糊糊地聽到了聲音，似乎只有媽媽才會這麼叫她，恍惚間，她以為自己還睡在家裡的床上，拉著來人的手撒嬌：「媽媽，我真的好睏，考試好辛苦啊……我好累……」

蕭子淵看著她捲翹的睫毛下一片青灰，不忍心再折騰她，摸摸她的臉，也不在意她認錯人、聽不聽得到，溫柔地回答：「好，妳繼續睡，我們不去了。」然後拿了枕頭輕輕塞到她頭下，替她蓋上被子。

忽然手機鈴聲響起，蕭子淵退出房間接起電話。

那頭一個女聲夾雜在喧鬧聲中問：『怎麼還沒到？』

蕭子淵也沒多作解釋：「我們不去了。」

喻千夏有些愕然，蕭子淵答應的事情從來沒爽約過，她不得不問一句：『為什麼？』

蕭子淵的聲音中帶著無可奈何的笑意，讓人感覺似乎是頗為無奈又偏偏寵溺到了極點：「她從考場回來就一直在睡覺，我叫不動。」

喻千夏在那頭自嘲地笑了一下：『這世上還有什麼事是你蕭子淵做不到的？叫不起來？你不如直接說你捨不得叫。』

蕭子淵無聲地笑起來，並沒反駁。

許久後，喻千夏嘆了口氣感嘆道：『人和人果真是不能比。』說完也沒等蕭子淵回答，就掛上了電話。

隨後，蕭子淵打電話和林辰說了一聲。

林辰在電話那頭唏噓了半天，帶著不正經的笑問：『到底是賴床呢，還是根本起不了床啊？』

蕭子淵哼笑了一聲，既沒惱也沒羞，只是抿唇輕笑答了一句：「思想真齷齪，怪不得法律系的某佳人選醫生不選律師。」

林辰立刻跳腳，氣急敗壞地問：『你……你是怎麼知道的！』

蕭子淵卻微笑著「啪」一聲地掛了電話，右手撐在左手手臂上抱在胸前，摩挲著下巴笑容加深，想不到溫少卿和林辰還會有這種緣分。

---

6 少先隊員：中國的一個少年群眾組織，申請者年齡需在六至十四歲之間。

第十四章　心深似海，註定無眠

隨憶一直睡到第二天早上，拉著窗簾，屋內一片黑暗，冬季的天空本來就黑得早亮得晚，她也不知道現在的時間，打開檯燈看了眼床頭的鬧鐘，六點半。

她記得七點約了林辰他們吃飯，猛然坐了起來。衝到客廳，客廳裡沒人，她又跑到隔壁敲門，邊敲邊叫：「蕭學長！快起床，我們要遲到了！」

片刻後，蕭子淵穿著睡衣來開門，似乎是剛剛被她吵醒了：「什麼遲到了？」

隨憶著急：「我們不是七點要去吃飯嗎？現在都六點半了！你怎麼不叫我還自己睡著了呢？」

蕭子淵實在是很無語，第一次發現這個丫頭剛睡醒的時候真的是很迷糊啊。拉著她走到窗前，拉開窗簾，指著外面，很不忍地告訴她真相：「妳看清楚，現在是早上六點半。」

隨憶睜大眼睛看著窗外，然後一臉不可置信地表示懷疑：「我睡了那麼久？不可能！」

蕭子淵沉默著挑眉看她，直到隨憶被看得投降，終於接受了事實。

隨憶有點不好意思地低下頭，甕聲甕氣，毫無威懾力地問：「你為什麼都不叫我？」

問完之後又有些心虛地偷偷去看蕭子淵的反應，極小聲地又問「……還是說，我沒聽到？」

除了無語，再也找不出別的詞語來形容蕭子淵此刻的心情了。

過了幾天，隨憶完全休息好了之後，一群人還是湊在一起吃了頓飯。

酒足飯飽後，三五個人圍成一圈聊著天。

林辰湊到隨憶面前和她說話，他喝多了，話也比平時多了不少。

「蕭子淵對妳真是沒話說，大老遠跑回來陪妳考試……」

自從林辰考上了研究所後，兩個人見面的次數屈指可數，不過因為認識多年，見面倒是一點都沒有生疏。

隨憶眼角餘光瞟了眼似乎正往這邊看的喻千夏，笑了笑沒接話。

喝醉的人大多不在乎聆聽的對象有沒有回應他，他需要的只是一對耳朵。

林辰接著說：「當初介紹你們認識的時候，他就猜到妳和隨家有關係，他以為妳是我故意安排給他的，才對妳態度不上不下的。後來不知道為什麼突然找我吵了一架……不過吵過也好，起碼你們在一起了啊……阿憶啊，以後有人照顧妳了，我真替妳高興……」

林辰的聲音有些大，他大概真的喝多了，完全不知道自己在說什麼，可是那幾句話的含義重重，他的話音剛落，幾乎所有的人都看了過來。

隨憶臉上的微笑僵住。

怪不得呢，怪不得她和蕭子淵認識了那麼久都保持著不遠不近的距離，怪不得他會突然對她熱絡起來。原來他根本什麼都知道，知道隨家和她的事、知道隨景堯是她父親、知道她父母的事，自己在他面前根本來就是透明的！

當時他為什麼會突然熱絡起來？是真的對她動了心，還是說……

如果她再往壞處想一些。

他不過是無聊了，或者要報復才會和她在一起，看著她沉迷而他卻作壁上觀，在心裡嘲笑她的愚蠢，嘲笑林辰布下的一顆棋子被他玩弄於股掌之間。

想到這裡，隨憶忽然感覺到一股涼氣從心底冒出來。他那麼心思深沉的人，讓她怎麼不多想？罪魁禍首林辰卻在扔下一顆炸彈後，趴在桌子上睡著了。

一室安靜中，蕭子淵接完電話推門進來，看到眾人臉色都很奇怪，便走到隨憶面前問：「怎麼了？」

隨憶面無異色，良久後露出一抹笑容：「沒事，林辰喝醉了，剛剛摔了個杯子嚇了大家一跳。」

蕭子淵隱隱感覺到不對勁，但看到隨憶笑容如常，也就沒再多想。

包廂的氣氛很快又刻意地熱鬧起來，一堆人一邊看似興致盎然地聊著天，一邊又偷偷地去瞄當事人的臉色。

隨憶神色如常，端著茶杯一口一口地喝著水，似乎並沒把林辰剛才的話放在心上。

一杯水喝完之後，隨憶大方得體地笑著轉頭看向蕭子淵，開口說：「時間差不多了，林辰也喝多了，解散了吧？」

再待下去就是看我們的笑話了，特別是我。

走出去的時候，隨憶故意慢了兩步，和妖女、三寶、何哥走在一起。蕭子淵以為隨憶有話和她們說，便幫忙扶著林辰往外走。

走到飯店門口，眾人很快散去，喻千夏看了看蕭子淵，又看了看隨憶，忽然笑了一下，也跟著人群離開了。

蕭子淵叫了兩個人送林辰回宿舍，一手扶著林辰，一手去拉隨憶，準備和她一起回去。

隨憶不著痕跡地推開蕭子淵的手，站在不遠不近的地方客客氣氣地說著官腔措辭：「林辰喝醉了，你還是扶他去你家好好照顧他吧。我好幾天沒和三寶她們見面了，今晚想回宿舍睡，和她們說說話。」

這個理由並不牽強，甚至合乎情理，可蕭子淵依舊敏銳地捕捉到了異常，輕輕地皺起了眉。是哪裡不對？

蕭子淵去看隨憶的眼睛，她果然不敢和他對視，還扭過頭去和旁人說著無關緊要的話。蕭子淵又去看她的手，縮在衣袖裡握成一團僵硬著。

蕭子淵一向順著她，既然這是她想要的，他就給她。

他的嘴角勾起一道極淺的弧度，淡淡地回答：「好。」

隨憶這才願意抬頭看向蕭子淵，也是清淡地笑著：「那，再見了。」

蕭子淵聽到這句話的時候心頭沒來由地一跳，他突然有種預感，想要伸手去攔下隨憶，她卻已經轉身走了。

蕭子淵看著黑夜中那道越來越模糊的背影，突然間覺得有種淒涼的感覺。

他有種感覺，似乎從這一刻起隨憶會離他越來越遠。

蕭子淵隨即搖搖頭，自嘲地笑了一下，自己什麼時候這麼多愁善感了？她不過是回去和朋友們聊聊天，不過就是一個晚上，自己就捨不得了嗎？

蕭子淵壓下心裡的不安，扶著醉醺醺的林辰離開了。

走遠之後，一直在粉飾太平的四個人有默契地沉默下來。過了許久，妖女、三寶、何哥的聲音同時響起，三道不同的聲音，一樣的問題。

「妳沒事吧？」

隨憶突然笑了出來：「妳們有沒有這麼有默契啊？」

其實她也不知道自己有沒有事，只是淡定早成了習慣，知道大吵大鬧不止不能解決問題，而且場面還會很難看。

更何況她現在根本不知道該怎麼面對蕭子淵，這份感情她突然不確定了。

不確定這份感情的純度，不確定蕭子淵的心意，不確定這一切是他的一片痴心還是別有用心。

他那樣一個心深似海的男人，如果真的只是一場戲，她怎麼鬥得過他？還有自己付出的感情呢？一切都是一場笑話嗎？

她入戲已深，而他則冷靜自持，想想就覺得可怕。

這一夜，隨憶註定無眠。

蕭子淵本以為一切都是自己想太多了，可第二天打電話給隨憶卻沒人接。到了中午還沒有回應就轉而打了她宿舍的電話。

是三寶接的，吞吞吐吐地告訴他隨憶回家了。

蕭子淵十分詫異：「回家了？什麼時候？」

『一大早就走了。』

今年過年早，離除夕還有五天，隨憶說過要早點回家，可她也說過要在這裡陪他兩天才回去，怎麼會一聲不響地就走了呢？

昨晚發生的一切加上現在的情況，蕭子淵心裡的疑團越來越大了。

他正準備掛電話，三寶卻忽然叫住他：『蕭學長……』

「什麼？」

三寶欲言又止：『如果你做了什麼惹阿憶生氣的事，還是快點去自首坦白吧，我們實在幫不了你。』說完，很快掛了電話。

蕭子淵握著手機，坐在沙發上開始很認真地反省。

可是想破了腦袋也想不出什麼。她不是矯情任性的女孩子，現在這樣肯定是有原因的。

是什麼原因呢？三寶說的話又是什麼意思？

年輕的男人第一次體會到了，愛情除了甜蜜之外還有酸澀。

蕭子淵等了一天，到了晚上才接到隨憶回的電話。

她隻字不提為什麼會突然回家，只是解釋為什麼沒接電話：『我在車上沒注意到手機。』

聲音如常，卻讓人捕捉到若有似無的異樣。

蕭子淵「嗯」了一聲後便沉默了。

兩人之間第一次出現尷尬的氣氛。

蕭子淵主動打破沉靜，輕聲叫了一聲：「阿憶……」

他剛出聲便被隨憶打斷：『喔，我媽媽叫我了，我先掛了啊。』

說完便匆忙掛了電話，蕭子淵舉著手機發呆。

她為什麼躲著他？

第二天蕭子淵也回了家。剛從車上下來就看到蕭子嫣一路小跑過來，看到只有他一個人有些奇怪，又往車裡看了看，什麼都沒看到才一臉失望地問：「哥，就你一個人啊？」

蕭子淵受隨憶的事影響，有些情緒低落：「妳以為還有誰？」

「阿憶姊姊啊！」蕭子嫣說起隨憶來立刻眉飛色舞，「你怎麼沒帶她回來？」

蕭子淵聽到蕭子嫣不停地提起那個名字更鬱悶了，邊往家裡走邊輕描淡寫地回答：「她回家過年了。」

蕭母看到蕭子淵一個人回來也很詫異：「不是跟你說，要你年前帶隨憶回來吃頓飯嗎？人呢？」

蕭子淵本來確實是這麼打算的，帶隨憶回家吃頓飯再送她回家，誰知道計畫趕不上變化。

一抬頭看到母親一臉疑惑，蕭子淵倒了杯水遞給母親，笑著寬慰道：「她家裡有點事，所以回家去了，以後有的是機會。」

蕭母是過來人，雖然蕭子淵偽裝得極好，可她一看就知道兩個人肯定出了問題，再看蕭子淵眉宇間吹不散的苦惱，便沒再多問。

一連三天，蕭子淵打電話或傳訊息給隨憶，隨憶都是過了很久才回，每次說不到兩句她就找理由掛了電話，連蕭子淵想問問她到底怎麼了都沒有機會。

而且說的話都不是他愛聽的。

言下之意不過就是告訴蕭子淵她很忙，沒事不要找她。

蕭子淵越來越莫名其妙，甚至手足無措，坐立難安。

他把所有能想到的可能都想了一遍，甚至連生理期這個原因都想過了。

蕭母看著蕭子淵又一次一大早就坐在沙發上看著手機出神，走過去問：「吵架了？」

蕭子淵嚇了一跳，很快回神，搖搖頭：「沒有。她不會和別人吵架。」

蕭母笑起來，她確實不是：「那就是冷戰？」

蕭子淵繼續搖頭：「也不算是冷戰，只是她忽然開始躲我，對我客氣起來了。」

蕭母瞭解自己的兒子，也瞭解隨憶，兩個都不是會無理取鬧的孩子，事出必有因。

蕭子淵一臉困惑地看著蕭母：「我想問她怎麼了，但是她不願意說，我問也沒用。」

蕭母笑，自己的這個兒子從小聰慧，從不讓她操心，可在感情問題上似乎缺少經驗。

「子淵啊，你永遠都不要問一個女孩子她怎麼了。她忽然對你態度冷淡，原因只有一個，那就是你讓她不舒服了。」

蕭子淵更加疑惑：「可是我沒惹她啊。」

蕭母看著他反問一句：「你確定？」

「我……不確定。」蕭子淵在母親面前，似乎又變成了那個垂頭喪氣的小男孩。

蕭母像蕭子淵小的時候一樣，耐心地教導著：「女孩子都是要哄的，你從小就把你妹妹哄得服服貼貼的，怎麼就哄不好隨憶呢？」

蕭子淵想了想：「她和子嫣不一樣，她又溫柔又懂事……」

蕭母開口打斷他：「她就算再溫柔懂事也終究只是個女孩子，你不能因為她溫柔懂事就把原本屬於她撒嬌的權力剝奪掉，難道只有刁蠻任性的女孩子才需要被哄嗎？這叫什麼？會哭的孩子有糖吃。她溫柔懂事難道還做錯了？這對她公平嗎？」

蕭子淵沉默了。

他確實從來沒有像蕭母所說的一樣哄過她，就連現在這種情況，他都打算讓她靜一靜，想清楚了自然就會恢復正常。

蕭母拍拍蕭子淵的手：「你啊，心思都用到別的地方去了，這麼好的女孩子你可要好好珍惜。」

話音剛落，蕭子嫣就從樓上跑下來：「走了走了，奶奶又打電話來催了。」

今天是除夕，他們一家人都要去蕭爺爺那裡吃團圓飯。

蕭子淵看時間確實到了，便把這件事暫時壓了下去。

剛踏進爺爺奶奶家的門，蕭子淵就接到了林辰的電話。

林辰一開頭便是一堆廢話，蕭子淵本來心裡就有事，聽得心煩，便有一句沒一句地應著。

林辰本來興高采烈地說著，卻突然欲言又止起來。蕭子淵隱隱有不好的預感，也沒了耐心：「你到底有什麼事？」

林辰硬著頭皮說完，又補了一句：『我也是今天才從別人口中知道的，馬上就打電話給你了。』

蕭子淵的心一下子跌到了谷底。

怪不得她不讓他送她回家，怪不得她對他那麼冷淡，怪不得她不接他的電話。

她有那樣的過去，對男女之事一向敏感，聽了這些話再前後一聯想，怎麼能不誤會？

蕭子淵懊惱地嘆了口氣，拿了鑰匙就往外走，迎面碰上蕭奶奶。

「你這麼著急要去哪裡？」

「奶奶，我出去一下，你們吃飯不用等我。」

蕭子淵心急如焚，一邊踩著油門一邊撥隨憶的電話，依舊是無人接聽，他懊惱地把手機扔到了副駕駛座上。

隨憶看著不斷閃爍的手機螢幕，就是不接電話。

隨母注意隨憶很久了，瞄了一眼笑著問：「吵架了？」

隨憶把手機壓在抱枕下，沒精打采：「沒有。」

隨母笑得更開心了：「那這是……調情？」

隨憶無語，咬著嘴唇一臉無奈地叫著：「媽！」

隨母微微笑著，別有深意地看著隨憶，隨憶一臉不自在。

她倒說不上有多生氣，只是覺得有些彆扭，有些委屈，有些……害怕。

隨母笑著站起來：「好了好了，我不問了，你們年輕人的事啊，我可搞不懂。遇到妳這麼任性的大木頭，白白浪費了人家那麼多心思。」

隨憶一時沒聽明白：「您說什麼？」

隨母看著這個遲鈍的女兒很是無奈，循循善誘：「看到那座重新動工的療養院沒？」

隨憶點頭，她回來那天看到了還覺得奇怪，因為心裡一直有事便沒放在心上。

「看到了，不是蓋好多年了嗎？後來出了事故就一直放著，怎麼突然又開始蓋了？」

當初開始建設的時候，隨憶還高興了很久。據說這座療養院不只是醫療中心，還包含了年長者的娛樂設施。當時她還在想，如果建好了，應該會有不少老年人去，她不在家的時候，母親去那裡就不會孤單了，最主要的是有醫護人員在，她也放心。

可天不從人願，後來建設過程中出了事故，專案被擱置，雖然是塊肥肉，卻一直沒人吃得下去。這次不知道是誰有這麼大的能耐，能夠拿到這個案子。

隨母狀似無意地反問：「是啊，怎麼會又開始蓋了呢？還是妳上次開學剛離開後就開始蓋了，真的是好巧啊！」

隨憶越來越聽不明白：「您到底想說什麼啊？」

隨母也是無意間發現的。暑假的時候，蕭子淵剛走後沒幾天，她從垃圾桶裡發現了揉成一團的圖紙，打開看了一眼。當時沒在意，誰知道後來療養院又重新開始動工，她把這一切聯想到一起，才明白蕭子淵的用心良苦。

「妳不覺得這件事有點巧嗎？擱置好幾年都沒人問起，偏偏妳帶著蕭子淵來了一次之後就開始動工了……」

隨母留了一半沒繼續往下說，隨憶皺著眉開始回憶。

倒真的有那麼一次。那天他們出去逛逛的時候，蕭子淵指著那個地方問她是什麼，她就大概講了講，只是沒想到蕭子淵在那個時候就已經動了心思。而且照目前的形勢來看，療養院繼續建下去，完工後，之前隨憶打算畢業就去工作的那家醫院恐怕是要關門了。

隨憶想起上次她拿了那家醫院當藉口婉拒蕭子淵，蕭子淵當時一臉風輕雲淡，誰知道……

隨憶想到這裡忽然笑了出來，斬草除根，真是不知道該說他虛偽還是說他霸道？

笑過之後，隨憶又斂了神色，捏著手機發呆。

真的會是他嗎？

如果他只是報復，那她早已沉迷，他根本不需要再做這些，難道真是她想太多了？

蕭子淵上高速公路沒多久後就開始飄雪了，開到一半的路程時雪反而越下越大，路況越來越差，一向教養很好的蕭子淵忍不住在心裡爆了一句粗口。

等他看到熟悉的小鎮時，已經到了晚上。古樸的小鎮，銀裝素裹，到處張燈結綵，紅色的燈籠映紅了水面，小孩子們湊在一起放煙火、玩雪，很是熱鬧，年味十足。

蕭子淵停下車，匆匆忙忙地往前走，在雪地上留下一個又一個交錯的腳印。

快要走到的時候，突然看到一個圓滾滾的身影從旁邊衝過來撲到他的腿上，那團小東西一臉興奮地笑著：「哥哥！」

蕭子淵藉著路燈光仔細看，隨即笑出來，蹲下來扶住豆豆：「豆豆，阿憶姊姊有沒有回來？」

豆豆點點頭：「回來了！我先去放煙火，一會兒去找阿憶姊姊要糖吃，哥哥你和我一起去吧！」

蕭子淵看著近在咫尺的小院，委婉拒絕：「哥哥找阿憶姊姊有點事，就不去了，妳自己先去好不好？」

豆豆想了一下點點頭，又有些不放心地拉著蕭子淵吩咐道：「但是你不能把糖都吃光喔！」

蕭子淵笑笑，小孩子的想法真單純，因為單純所以那麼快樂。

「好，哥哥等妳再一起吃。」

小女孩樂呵呵的，一蹦一跳地走遠了，蕭子淵站起身繼續往前走。

隨母和隨憶剛吃過年夜飯，正準備收拾碗筷就聽到急促的敲門聲，隨母一笑：「隨丫頭啊，快去開門，大概是豆豆來找妳要糖了！」

隨憶想起那個圓滾滾的小丫頭也笑了起來，披了件外套穿過庭院走到門口，邊開門邊說著：「豆豆，妳怎麼……」

話才說到一半就停了下來，笑容僵在臉上，手慢慢收回，愣愣地看著站在門外的人。

他只著了一件薄薄的毛衣，連外套都沒穿。頭髮上、臉上、身上都沾滿了雪，他似乎絲毫沒注意到，只是氣喘吁吁地撐著門看著她，漆黑清亮的眸子直直地看到她心裡去。

隨憶的心跳亂了幾拍，垂下眸子故作鎮定地問：「你……你怎麼來了？」

蕭子淵看到她面無表情，甚至聲音都是冷的，突然間混亂了，來的路上想好的說辭全都不見了，急急地開口：「妳別聽林辰胡說，我沒有……」

說到這裡，蕭子淵滿臉都是懊惱，像是個洩了氣的皮球：「是，我承認，剛開始我確實是那麼想的，可是後來我知道真相以後就再也沒那樣想過妳。我也知道自己小人之心，一直不敢告訴妳，可妳還是知道了。我知道是我錯了，妳不要生氣好不好？」

隨憶聽著聽著再次愣住，忍不住抬頭去看蕭子淵，一臉詫異。她根本沒想過要蕭子淵跟她道歉認錯，而且也認為蕭子淵這種人根本來就不會認錯。

他從小生活在那樣的家庭裡，自身又那麼優秀，就算再低調，也是在周圍人眾星捧月下長大的，即便表面謙恭有禮，內心也是驕傲的，怎麼會輕易向別人低頭認錯？更何況他現在言辭懇切，眼底帶著愧疚。

他一向沉穩睿智，淡定從容，哪裡見過他如此狼狽、如此心急如焚，連條理都亂了的時候？

一時間兩個人誰都沒再說話。隨憶還處在蕭子淵主動認錯的震驚中，而蕭子淵則在安靜地等待隨憶的決斷。

就在兩個人相對無言的時候，就聽到隨母的聲音從隨憶身後傳過來：「隨丫頭，是不是豆豆來了啊？」

隨母看隨憶去開門後很久沒有動靜，走到門前才看到站在門外的蕭子淵，看那兩個人都是一臉不好意思，就假裝沒看到兩人的情況，若無其事地笑著朝蕭子淵招手：「子淵來了啊，怎麼穿得這麼少？趕緊進來吧！」

隨憶這才反應過來，看到他的臉凍得發青，著急地去拉他進門，才碰到就覺得他的手冷得像冰塊，心裡一顫也顧不得別的了，另一隻手也覆了上去幫他暖手，拉著他往屋裡走。

蕭子淵看她剛才故意繃起的臉上此刻都是心疼，懸著的一顆心也放下了，默默鬆了一口氣。她的手一碰上便被蕭子淵包在掌心裡，半點都沒有要鬆手的意思。

兩個人跟在隨母身後，隨憶瞄了一眼隨母，小動作地掙扎了一下，沒有成功；她再掙扎，還是失敗。

隨憶抬起頭一臉惱怒，無聲地用口型說：「放手！」

蕭子淵挑著眉，心情極好地搖頭。

兩方進入對峙階段。

隨憶只能咬著唇瞪他，前面的隨母隨時都有可能回頭，他還在這裡和她拉拉扯扯的。她心裡還在委屈呢，他明明是來道歉的，怎麼還這麼強勢！都那麼大了也不知道穿暖一點再出門，南方的冬天濕濕冷冷的，冷到骨子裡，不知道他受不受得了。

這麼想著，隨憶突然紅了眼眶，又不想被他看到，只能極快地低下頭去。

可還是被蕭子淵看到了，他一愣，手下就放鬆了，而隨憶那邊還在用力掙扎。

於是，隨母便聽到了身後的驚呼聲，一轉頭就看到隨憶摔倒在地板上，恨恨地瞪著蕭子淵。

蕭子淵一臉愧疚，他當時是想去拉她的，可已經來不及了。

他馬上向隨憶伸出手要拉她起來：「對不起，有沒有摔到哪裡？快起來。」

隨憶滿臉怨恨，一把推開蕭子淵的手，自己從雪地上爬起來，還沒站穩便感覺到腳下又是一滑。

這次蕭子淵穩穩地扶住了她。

隨母笑咪咪地旁觀，看著女兒在雪地裡打滾絲毫沒有要幫忙的意思，只是動動嘴：「地上很滑，小心一點。」

隨憶出了這麼大的糗就要羞死了，卻又聽到隨母的聲音：「子淵啊，這丫頭平衡感不好，你牽著她走吧，免得一會兒又摔倒了。」

說完也不管兩個小朋友在後面怎麼解決矛盾，自顧自地往屋裡去了，邊走邊笑了起來。

阿憶，妳不知道媽媽看到妳這個樣子有多開心，妳不知道相比於妳的乖巧恬靜，媽媽更願意看到妳像個孩子一樣生氣撒嬌。在蕭子淵面前能夠想哭就哭、想笑就笑，是不是表示妳已經放下過去的一切？這個男人能喜歡妳的溫婉淡定，也能包容妳的任性淘氣，能護妳周全，已經足矣。

蕭子淵站在雪地裡看著隨憶氣鼓鼓地垂著頭，忽然笑了出來，上前一步把隨憶擁進懷裡，緊緊地抱住，下巴擱在她的頭頂，緩緩開口。

「阿憶，之前都是我的錯，我不該那樣想妳。世人都說富貴權勢好，可高處不勝寒又會有多少人知道呢？我從小看太多了，看著多少人落馬，看著多少人栽在一個『錢』字上，我不得不小心，不得不謹慎。在認識妳之前，所有的巧合在我眼裡看起來都是刻意的，但在認識妳之後，我願意相信巧合，願意相信緣分，我願意相信的前提是妳，不是別人。我所有的錯都是因為那個時候不知道妳有多好……」

隨憶趴在他胸前，他的氣息縈繞著她，她能清楚地感覺到他的心跳和體溫。沒見到他的時候，她惶恐、委屈、不確定，現在被他擁在懷裡，之前那些害怕的心情都不見了，只覺得安心，不想放手。

隨憶忽然開口：「療養院的事，是不是你做的？」

蕭子淵沒想到她這麼快就猜到了，只能承認：「是。」

隨憶嘆了口氣。

他說得對，他就算誤解過她，那也是很久以前了。很久以前，他們還只是普通朋友，她又有什麼好生氣的呢？

大年夜，又正下著雪，他連外套都沒穿就跑來找她，如果只是玩玩，不用花這麼大的力氣。還有那座療養院，不知道他花費了多少努力才能讓它重新動工。

回想他們在一起的日子，蕭子淵對她的心她怎麼會不明白。或許一個人的嘴巴可以騙人，可他的心是不會騙人的。

既然如此，她又有什麼好糾結的呢？

蕭子淵半天都沒得到回應，輕輕叫了一聲：「阿憶？」

隨憶緊抿著唇，伸手摟住蕭子淵的腰，有些懊惱地問：「我是不是太無理取鬧了？」

蕭子淵低頭去吻她的髮頂，笑了起來：「沒有，就算妳真的無理取鬧，我也會哄妳的。」

忽然又想起蕭母的話，遲疑了一下，似乎有些不好意思，半晌後才鼓起勇氣保證似的加了一句：

「之前是我做得不夠好，以後會好好改進。」

隨憶沒聽懂，抬頭去看他，他的心跳是亂的，今晚的蕭子淵似乎和之前氣定神閒的形象落差有點大。

蕭子淵目光閃爍，誇張地吸了吸鼻子，顧左右而言他：「那我們可以進去了嗎？我都快凍成雪人了。」

隨憶這才反應過來，拉著蕭子淵往屋裡走去。

剛踏進門，就看到隨母穿戴整齊地走出來，看到兩人牽在一起的手笑了笑：「你們先坐一下啊，豆豆這會兒還沒過來，肯定是她爸爸媽媽不讓她來，一定在哭鼻子呢，我過去看看啊。子淵還沒吃飯吧？隨丫頭，妳去熱熱飯菜。」

說完，留下兩個人在家，自己施施然出去了。

兩個人靜靜地站著，尷尬再一次充斥在兩人之間，蕭子淵的手機突然響了起來，他看一眼後，掛掉了。

他的家人一定在等他吃年夜飯，他又這麼急著出門，肯定是沒交代就跑了出來。這麼想著，隨憶有些過意不去，倒了杯熱水遞給他暖手，主動開口問：「你想吃什麼？我去做。」

蕭子淵一臉疲憊地坐到沙發上，朝隨憶揮手：「不吃了，一會兒還要回去，我們說說話？」

隨憶知道這次自己是任性了，一句解釋都不聽就跑了回來，還不接他的電話，讓他千里迢迢地追了過來。

她垂著頭坐到蕭子淵旁邊。

蕭子淵幫她拍掉身上的雪，撫著她的頭髮，在柔滑軟香的觸感中緩緩開口：「我想讓妳知道，我不過是個平凡的男人，我也是第一次談戀愛，沒有經驗，我也有很多做得不好、不對的地方，就像這次一樣。女孩子的心思我也會捉摸不定，妳生氣了可以告訴我、可以和我吵架，但是無論發生什麼事都不能不接我的電話，這樣我會很擔心。」

室內的溫度正好，隨憶一直有些反應遲鈍的大腦也恢復正常，聽著聽著就愣住了。仔細回想了一下這件事，道理明明在她這邊啊，怎麼一轉眼就變成她的錯了？蕭子淵到底是怎麼成功逆轉局勢的？

聰明如隨憶當然不會去揹這個大黑鍋，避重就輕地問了一句：「那我們吵架……你會讓我嗎？」

蕭子淵手裡把玩著隨憶的髮尾，瞇起眼睛，似笑非笑地反問：「妳說呢？」

他剛才在雪地裡站了半天，臉上、身上都是雪花，進屋後溫度一高，雪花便融化了，此刻他的頭髮和眉毛帶著水氣，連那雙深邃的眼都是濕漉漉的，漆黑如墨，燈光下的那張臉稜角分明，那雙眼睛狹長，目光幽深，勾魂攝魄。

「那……還是算了吧！」很識時務的某憶敗退了下來。

蕭子淵笑著去握隨憶的手，還沒笑完就悲劇了。看了眼手機螢幕上的那個號碼不敢再掛斷，又瞄了隨憶一眼，他一臉淒然地接起來。

隨憶被他那一眼看得心虛，湊過去聽。

電話那邊的老人聲如洪鐘，也沒問蕭子淵到底去了哪裡，只是別有深意地叮嚀了一句：『雪大路滑，回來的路上小心點，慢慢開。明天早上一起賞雪吧。』

掛了電話，兩個人面面相覷。

隨憶還心存幻想地問了一句：「這是說沒有一個合理的理由的話，你就不要回去了的意思嗎？」

蕭子淵無奈地笑：「老爺子沒那麼溫柔，他想說的是要我馬上滾回去，而且最好在路上想好了理由，如果明天一早還看不到我……」

「那會怎麼樣，家法伺候？」隨憶想起蕭子淵受罰的場景，竟然沒來由地覺得興奮。

蕭子淵想起爺爺的「手段」，瞇起了眼睛，聲音裡難得帶了幾分說不清的膽怯：「我倒真的希望打幾下就沒事了。可老爺子從來都不動手，笑嘻嘻地把你送到部隊的炊事班去，切馬鈴薯絲，要細要薄必須完全符合標準，切到手拿筆都會發抖為止。」

隨憶眨了眨眼睛，不自覺地吸了口氣，果真是……酷刑、果真是……高人。

隨憶看到蕭子淵還一副閒散的模樣坐在沙發上，立刻站起來拉起蕭子淵：「那你還坐在這裡幹什麼？還不快走！」

蕭子淵歪著頭逗她：「我得想好理由啊。」

隨憶拉著蕭子淵往外走：「你在路上想啊！」

走到門口，隨憶又想起蕭子淵沒有穿外套，便看著蕭子淵一臉討好地笑，試探著問：「要不要你先穿我的衣服，到了車上再脫下來？」

蕭子淵挑眉看著隨憶，不說行也不說不行，直到隨憶被看得低下了頭，自己小聲認錯：「這樣是不是不太好？」

蕭子淵拉著隨憶的手往外走：「算了，今天氣溫不算低，就這麼幾步不會冷的，走吧！」

夜黑如墨，小鎮路邊的牆上留了一排的路燈。橙色溫暖的燈光下，雪花紛飛。孩子們玩累了早已回家，小鎮的雪夜萬籟俱寂，只聽得見腳下咯吱咯吱的踩雪聲和耳邊撲簌簌的落雪聲。

兩個人靜靜地走了很遠，直到看見靜靜停在巷口的黑色轎車。

隨憶一直緊握著蕭子淵的手，似乎想要把溫暖傳遞給他。蕭子淵捏捏她的手心：「沒事，我不會冷。」

隨憶皺著眉，有些擔心地問：「你想好理由了嗎？」

蕭子淵伸手去撫平她眉間的「川」字，悠然自得地逗她：「要不然，我實話實說，就說我惹他老人家未來的孫媳婦生氣了，我跑來追媳婦了？」

「不行！」隨憶立刻一臉認真地反對，那她豈不是直接上了黑名單？

「要不然就妳跟我一起回去好了，這也是個機會，讓妳見見我家的人，難得湊這麼齊。」

蕭子淵還在說笑，隨憶卻忽然沉默了，眼前雪花飛舞，她的心也亂了。

蕭子淵伸手貼上她的臉頰，低聲笑了出來：「我說好玩的，我怎麼會把妳推出去做擋箭牌呢？妳放心，我不會不顧一切地就把妳帶到家裡去，一定是一切妥當了再帶妳去見家人。」

隨憶擔心的並不是這個：「上次你媽媽來醫院做檢查時，我見過你爸爸，他好像……不是很喜歡我。」

對於這個蕭子淵一點也不擔心，緩緩開口解釋：「我父親因為工作的關係，喜怒不形於色，誰也摸不透他的喜好。但我能確定，只要是我媽媽喜歡的，他都會愛屋及烏。而且，我知道，我媽媽很喜歡妳。」

隨憶很快調整好了情緒，既然決定和他在一起了，她就應該相信他，所有的困難總會有辦法解決。這麼想著，隨憶微微笑了出來。

她摘下脖子上的圍巾，踮起腳尖，仔細幫蕭子淵圍上，迎著漫天的雪花看著蕭子淵，笑著開口：「這條圍巾是素色的，看不出來是女款，你回去還要好幾個小時，萬一高速公路上封了路會冷，你戴著吧。」

說完之後又去看蕭子淵的眼睛，臉上的不捨實在是太明顯了。她的睫毛上落了雪，蕭子淵看著看著便忍不住垂頭去吻她的眼睛，冰涼的觸覺馬上化成了濕意，沾在他的唇邊。

雪花紛紛，落在兩人的臉上，從眼睛到鼻子，蕭子淵一路慢慢吻化她臉上的雪花，最後覆上她的唇。

帶著涼意的舌尖細細勾畫著她的唇形，柔軟香甜，又覺得不夠便去撬開她的貝齒，一顆一顆纏綿地滑過，最後探進她的口中，勾著她的舌和他共舞，引誘，包裹，糾纏，耐心地引著她慢慢滑入他的口中，溫柔而霸道地吮吸著。蕭子淵覺得她又軟又甜，似乎下一刻就會在他口中融化。

他越吻越深，兩個人的呼吸越來越亂。隨憶感覺到舌根處癢癢的，身體不停地發軟，忍不住踮起腳尖纏繞上他的脖子。

蕭子淵再冷靜自持，終究是個男人，會有需求，會衝動，他知道再這麼吻下去他就真的把持不住自己了。他又深知，她雖然看起來對男女之事並不在意，又時不時冒出一兩個黃色笑話，但內心深處還是很傳統的。

若是他要，她會給。可是，他不忍心就這麼要了她。

最後，蕭子淵強行把理智推到上風，慢慢放開她，溫柔而纏綿地抵著她的額頭，又輕輕地去吻她的鼻尖。

兩個人急促的呼吸在寂靜的夜裡格外清晰，最後，蕭子淵重新抵上隨憶的額頭，呼吸相聞，柔情蜜意。

忽然一聲巨響，天空中出現一朵絢爛盛開的煙火，緊接著，漆黑的天幕上出現了五顏六色的煙火，很快爆竹聲也響了起來，不遠處又響起了小孩子的吵鬧聲。

一切都預示著新的一年已經來臨。

兩個人相視而笑，蕭子淵慢慢放手：「真的要走了。」

隨憶忽然鼓起勇氣，那句話就要脫口而出，可還是被她咽了回去：「……一路小心。」

蕭子淵這次很快轉身，上了車後，打開車窗和隨憶打了個招呼，便發動車子離開了。

隨憶站在原地看著車子越駛越遠，直到車燈都模糊不見的時候才轉身往回走。

大衣口袋裡的手機響了一聲，隨憶拿出來一看，是蕭子淵。

『我知道妳剛才想要跟我走，總有一天，我會讓妳說出來。』

隨憶看著漫天的煙火，慢慢笑出來。

過了很久，才回了四個字和幾個嘆號：『專心開車！！！』

蕭子淵看到回覆後，眼前似乎出現了她嬌嗔的臉龐，笑了一下，收起手機專心開車。

明天一早怕是不好過啊。

蕭子淵進門的時候天剛微微亮起來，雪已經停了，一院寂靜，大概是昨晚鬧得晚了，都還沒起床。蕭子淵想了想，便去了蕭爺爺、蕭奶奶所住的小院門前站著。

蕭父、蕭母晨練回來，看到蕭子淵難得規規矩矩地站在那裡，對視一眼，有默契地假裝什麼都沒看到，繼續往前走。路過蕭子淵的時候，蕭母順手把手裡的衣服遞給蕭子淵，蕭父、蕭母便邊說邊笑地走遠了。

蕭父狀似無意地說了句：「瑞雪兆豐年啊，一會兒的雪景肯定好看。」

蕭母忍住笑，回頭看了眼蕭子淵，蕭子淵有些好笑地嘆了口氣。

看樣子，一家人都在等著看他的笑話。

蕭奶奶站在窗前，掀起一角窗簾往外看了看，轉頭對著屋內開口。

「差不多了，都站一個多小時了。」蕭奶奶心疼孫子，低聲勸著。

蕭爺爺坐在桌前悠閒地喝著茶，似乎已經起床有段時間了，卻並不出門，聽蕭奶奶一說，花白的眉毛一抬，一臉突然警醒的表情：「這麼快啊，都一個多小時了？那就再站，湊夠兩個小時吧！」

說完閉上了眼睛，小聲地哼起了小曲，看起來心情極好。

蕭奶奶拿他沒辦法，便起身打開門走了出去。

蕭子淵走到門前的臺階下站住，扶著蕭奶奶走下來，恭恭敬敬地叫了聲：「奶奶。」

蕭奶奶笑著應了一聲，仔細一看，發現蕭子淵臉色紅得不正常，有些擔心：「是不是發燒了？讓奶奶摸摸。」

蕭子淵小的時候身體弱，時常發燒，即便長大之後身體一直不錯，很少再生病，但此刻清瘦的身體似乎搖搖欲墜，蕭奶奶自然心疼。

蕭子淵並沒在意這些，只是問：「我沒事，奶奶，爺爺醒了嗎？」

蕭奶奶拍拍蕭子淵的手：「早就醒了，我去做幾個你爺爺喜歡吃的點心，你一會兒端進去認個錯就沒事了。老頭子真是的，越老越像個小孩，還要人哄。」

蕭子淵笑著點頭：「好，謝謝奶奶。」

蕭子淵本以為自己還要再站一會兒，誰知蕭奶奶前腳剛走，面前的門卻再一次被打開，精神矍鑠的老人站在門口，很快走了出來。

蕭子淵立刻站直：「爺爺。」

蕭爺爺踱了幾步走到樹下，蕭子淵畢恭畢敬地跟著，蕭爺爺沒問，他也不急著認錯。

蕭爺爺手裡拿著不知道從哪裡找來的樹枝，去敲枝頭的殘雪，雪便撲簌簌地往下落：「小子，苦肉計只對你奶奶有用。」

蕭子淵深知薑是老的辣，他知道昨天晚上是自己衝動了，可他並不後悔，那樣一個女子，值得他拋下所有，為她衝動。

但這些話卻不能對眼前的老人說。蕭子淵帶著歉意的笑容服軟：「爺爺，我知道錯了，我保證只此一次，下不為例。」

蕭爺爺看了蕭子淵一眼，笑了。

這就是他為什麼看重這個孫子的原因。

別的家長遇到這種事總要問上幾句，去哪裡了？去做什麼事了？

其實最終的目的不過是要一句話而已。

蕭子淵心裡透徹得很，便直接略過中間過程，給了家長們想要的結果。和聰明人相處就是輕鬆愉快。

蕭爺爺是從小看著蕭子淵長大的，知道蕭子淵做出了承諾就一定會遵守，看著他兩頰不自然的紅暈，鬆了口：「行了，去休息吧！」

蕭子淵聽了倒是有些吃驚，怎麼這麼容易就過關了？

蕭爺爺拄著手裡的樹枝，神清氣爽地站在雪地裡，嘴邊的白氣不斷往外冒，聲如洪鐘地吼了一聲：「還不快去做早餐！今天你做飯！」

蕭子淵低下頭，笑著答應：「好，馬上去。」說完轉身去了廚房，走了幾步又轉頭看過去，蕭爺爺已經在樹下打起了太極。

隨憶一早便醒了，等了半天都沒接到蕭子淵的電話或訊息，怕他正在挨罵，也不好打電話過去，只能等著。

她心不在焉地吃了早飯，便盯著手機發呆。

蕭子淵陪著蕭爺爺吃了早飯，筋疲力盡地回到房裡，這才拿出手機打電話給隨憶。

隨憶很快接起來，開口就問：『沒事吧？』

蕭子淵聲音有些啞：「沒事。」

『發燒了？』隨憶一聽便聽出了不對勁。

蕭子淵清了清嗓子：「好像是有點，沒關係，睡一覺就好了。」

隨憶想起他開了一夜的車，有些心疼：『那你快睡吧。』

蕭子淵躺在床上，閉著眼睛卻不想掛電話，不自覺地彎起唇角，輕聲叫了句：「阿憶……」

隨憶以為他還有事：『嗯？』

蕭子淵不答卻又喚了她一聲：「阿憶……」

似乎只是無意識地低喃，隨憶輕聲笑了出來，他平時看起來少年老成，病的時候倒像個孩子。

後來，蕭子淵舉著手機睡著了，隨憶便笑著掛了電話。

沒過多久，蕭子淵的房門被輕輕推開，蕭父、蕭母走了進來。

蕭父為兒子掖了掖被角，摸著兒子的額頭輕聲說：「出汗了，沒那麼燙了。」

蕭母輕輕摸著蕭子淵的手臂和腿：「不知道老爺子有沒有打他？」

蕭父沉吟了下：「應該不會，老爺子那根棍子大多數時候都是唬人的，妳什麼時候看過他真往孩子們身上甩的？」

蕭母點點頭：「讓他睡吧，我們走吧。」

蕭子淵迷迷糊糊，感覺有人來過，想要睜開眼睛，大腦卻一片混沌，掙扎了幾次又睡了過去。

蕭父、蕭母剛消失在小院的轉角處，蕭爺爺、蕭奶奶便從另一條小道上相互攙扶著走了過來。

蕭爺爺剛要推門，蕭奶奶攔住他：「輕一點，孩子病著呢！」

蕭爺爺按在門上的手緩了一下，力道輕了幾分慢慢推開門。兩位老人走了進去，站在床邊看著床上的人，蕭爺爺把手裡的水壺放在床頭。

蕭奶奶有感而發：「那個時候他還是個孩子，總是生病，也是這樣躺在床上，吃再苦的藥眉頭連皺都不皺一下。」

蕭爺爺也是笑咪咪的，似乎對這個孫子很滿意：「這個孩子這點像我。」

蕭奶奶瞪他一眼：「那你還讓他在風口站了那麼久？知道你愛吃豌豆黃，那天剛進門就去了廚房泡豌豆，說是團圓飯的時候要做給你吃，今天一早又在廚房裡忙了半天。」

蕭爺爺有些好笑：「妳不愛吃？他不也是做給妳吃的嗎？我倒不是罰他，他這兩年的注意力似乎偏向了別的地方，我是讓他好好想清楚，不要本末倒置！」

蕭爺爺忽然又問：「那個女孩子的情況妳知道嗎？」

蕭奶奶搖頭：「不知道。」

蕭爺爺沉默片刻，「要不然，我派人去查查？」

蕭奶奶一臉不贊同：「你這個人真是的，孩子們還沒一點隱私了，你查什麼？他想讓你知道的時候自然會帶回來。子淵也是聰明孩子，知道現在說你也不會答應，就隻字不提。你放心吧，這個孩子心裡有數。」

蕭爺爺想了想笑著點點頭，此事便再也不提，老人家小聲地相互交流了幾句後也離開了。

蕭子淵並沒有在國內待多久，過了幾天便回學校去了。

再開學的時候，隨憶忙得天昏地暗，等考研成績、準備複試、準備畢業、拍畢業照、畢業典禮、畢業聚餐，一波一波接踵而至，等她們終於閒下來的時候，畢業生已經該離校了。

最後一頓聚餐結束後，四個人走在校園的小道上，三寶忽然小聲抽噎起來，三個人都有些動容。

隨憶、何哥順利考上了本科系的研究所，三寶憑著低到不能再低的成績考進了蘇教授的研究室，為此她還得意了很久，而妖女將會在幾天後按計畫去國外的學校報到，從此和她們三個天各一方。

隨憶剛想出聲安慰大家，誰知三寶忽然站住，對著眼前的男生宿舍大吼：「學弟們！你們等著！等著我出去賺了錢回來包養你們！」

隨憶、妖女、何哥立刻傻眼，路邊的行人也捂著嘴看過來，而眼前宿舍裡則有人站在陽臺上吹起了口哨，還有幾個男生叫起來：「學姊，我們等妳！早點回來喔！」

周圍的人立刻爆笑出聲。

離校那天，四個人拉著行李箱站在宿舍門口，看著空蕩蕩的宿舍，誰都不願意離開。

記得那年的宿舍，擺滿了雜物。每晚我們躺在被窩裡，漫無邊際地聊天。記得那年校園，天很藍，風很清澈，我們來來回回地走在校園的小道上，一遍又一遍，我們酣暢淋漓地說著笑著，最美好的時光就從我們腳下走過了。

第十五章　不要走，好不好

幾天後，隨憶、三寶、何哥站在機場大廳裡送妖女。

三個人一臉依依不捨，不時轉頭看向機場門口，唯獨妖女一臉微笑地和她們說著話。

最後，妖女拉起行李箱：「好了，我該進去了。」

隨憶心裡清楚，喬裕是不會來了，如果要來的話早就來了。

三寶和何哥立刻抓住妖女：「別！」

三寶支支吾吾地開口問：「不等喬妹夫……喔，不，不等喬學長了？」

妖女面不改色，握緊手裡行李箱的拉桿：「我走了，記得常聯絡喔。」說完笑著揮揮手，頭也不回地走了。

機場監控室裡，一個穿著制服的年輕男子走過來問：「要不要攔下來？」

喬裕坐在沙發上揮揮手，眼睛一眨不眨地盯著螢幕上那張朝思暮想的臉，繼續沉默，不自覺地點了支菸。

有人想上去阻攔，卻被剛才那個年輕男子攔住，向他搖搖頭，然後，年輕男子坐到了喬裕旁邊。

喬裕轉過頭，聲音嘶啞：「我知道這裡不許抽菸，我只抽一支，抽完就走。」

說完繼續盯著螢幕，直到飛機衝入天際的時候，喬裕的手中已只剩下菸蒂，他卻一口都沒抽。指間的疼痛讓他回神，喬裕很快起身，神色也恢復了正常，對旁邊的年輕男子道謝：「謝謝你了，我走了。」

年輕男子拍拍他的肩：「多年兄弟，客氣什麼。」

年輕男子對於喬裕的反常隻字未問，而是問起了別的：「大哥的身體怎麼樣了？」

喬裕眉宇間的鬱色越發遮不住了：「越來越不好了，你知道，要是他挺得住，我也不用這樣。」

說完，又看了眼早已沒有那道窈窕身影的監視器畫面，果決地轉身離開：「你忙吧，我走了。」

雖然伊人已經離開，可腦海中那張傾國傾城的臉卻越來越清晰。

這一年的秋天來得很早，一場大雨過後氣溫便降了下來，秋風、落葉，席捲著整座城市。

低調嚴肅的辦公大樓前，一輛黑色轎車緩緩滑行，停穩後蕭晉下了車，緊跟其後的是低眉斂目的蕭子淵，清傲盡收，看起來溫和無害。

一間辦公室裡，幾年前見過面的中年人依舊眉開眼笑地迎接父子倆，他這次特意留心看了蕭子淵幾眼，溫文儒雅、沉穩幹練，怕是更勝幾年前了。

他不由得在心裡苦笑一聲，蕭家長孫的這塊墊腳石他勢必得當了。

蕭父並沒有多留，只是寒暄了幾句，拍著蕭子淵的肩膀，微微笑著對旁邊的中年男人說：「徐部長，子淵這孩子初來乍到，什麼都不懂，希望你多教教他，趁這個機會好好鍛煉鍛煉他。」

徐飛笑呵呵地點頭，蕭父卻語調一轉，眉宇間也添了幾分厲色：「徐部長，他，我就交給你了。」

徐飛心裡一驚：「哎喲喂，您放心好了，您回去轉告老爺子，他的意思我懂。」

蕭父笑著點了點頭，很快離開。

隨憶、三寶、何哥三個人從醫院走出來的時候便看到蕭子淵靠在車邊等人，他正在接電話，視線落在別處。

涼爽的秋日正午，明媚的陽光在他身上灑下金色的光圈，眩目得不真實。

三寶驚呼了一聲，攔住隨憶、何哥，一臉神祕，問：「靠在車上等美眉，什麼角度最帥氣？」

三寶的腦子裡永遠充滿了奇奇怪怪的問題，隨憶此刻卻沒了興致，只想飛奔過去，看都沒看三寶一眼，直勾勾地盯著那個方向。

何哥被吹毛求疵的Boss虐了一上午，毒舌等級空前高漲：「那得看是誰吧，換做根號250的話……妳還會嚮往嗎？」

當時何哥在學校網站上看了某吹毛求疵的Boss半身照後被其顏值所欺騙，興高采烈地報考了他的研究室，見到本人後看著只到她鼻子的老頭大呼上當，一怒之下便給Boss取了外號「根號250」，因為他的身高只有一百五十八公分。

隨憶點頭贊同：「有道理，而且還得看靠的是什麼車吧，如果是堆土機呢？」

三寶幽怨地看著兩人，氣鼓鼓地不斷喘著粗氣。

隨憶和何哥不斷抖動雙肩，何哥笑著攬過三寶的肩膀，邊說邊走：「別喘了，我們走吧，別耽誤人家夫妻雙宿雙飛了。我講個故事給妳聽啊，妳知道嗎？有一種很可愛的小禽獸叫氣蛤蟆，如果妳戳牠一下，牠就會像氣球一樣鼓起來，眼睛通紅，發出咕嚕咕嚕的呼吸聲，就和妳現在一樣……」

蕭子淵掛了電話，一轉頭便看到隨憶就站在他身前，眼睛裡滿滿的都是欣喜，直直地盯著他看了半晌也沒臉紅，很久之後才笑著開口問：「還走嗎？」

蕭子淵笑著拉她入懷，在她頭頂輕聲回答：「不走了。」

隨憶本以為蕭子淵會很忙，可他卻清閒到不可思議。

隨憶讀了研究所後，大部分時間都是醫院、學校兩頭跑，便在醫院附近的社區租了房子。蕭子淵每天按時出現在她家樓下送她去上班，再按時出現在醫院門口接她下班。

當她某天下午提前從醫院回來時，竟然看到蕭子淵圍著圍裙在廚房揮舞鍋鏟，她甚至有些懷疑蕭子淵是不是改到她家上班了。每當她拖著疲勞的身體從醫院回家，看到蕭子淵不是在做飯就是在收拾房間，她內心作為女朋友的愧疚就加重一分。

直到有一天，隨憶拉住站在玄關穿鞋，準備離開的蕭子淵：「我這個女朋友是不是不太及格？」

蕭子淵微微歪頭看著她不說話，隨憶猶豫了半天，終於皺著眉問出了憋在心中已久的疑問，「你是不是把工作丟了？」

蕭子淵好整以暇地笑著，等隨憶說完才問：「妳就這麼見不得我清閒？」

隨憶有些不好意思：「不是……只是這種感覺很奇怪……」

蕭子淵靠在門邊認真地聽完她亂七八糟的解釋後說：「妳不用再奇怪了，我忘了告訴妳，我的好日子到頭了。從明天起，我會很忙很忙。」

那天之後，蕭子淵就真的如他所說，很忙很忙。

有時候隨憶都準備睡了，他還在辦公室加班或在飯桌上應酬。隨憶第二天醒來，就會看到他衣衫整齊地半躺在沙發上睡得正香。

有一次隨憶在樓下看到一輛黑色轎車來接蕭子淵，她無意間瞄了一眼車牌才真正明白，蕭子淵為什麼會這麼忙。

蕭子淵來她這裡的時間也漸漸沒了規律，每次都是提前打電話來問她在不在，不在的話就會在隨憶臨睡前打電話過來；在的話，他就會上來坐一會兒。一般都是晚上來，坐一會兒就走，有時候是剛開完會過來、有時候是剛應酬完微醺。他似乎很累，每次都只是靜靜地看著她，微微笑著，話也不多，再也沒了以往逗她的情形，隨憶心疼之餘也感覺到了淡淡的失落，他們這是漸行漸遠了嗎？

學醫本來就辛苦，再加上隨憶的導師許寒陽對學生一向要求嚴格，隨憶更是不敢有一點鬆懈，每天除了在醫院忙，還要複習準備考試，覺得時間過得飛快，倒也沒感到空虛。

隨憶跟著許寒陽坐了一天的門診，看完最後一個掛號，跟著許寒陽的幾個學生同時鬆了口氣。

許寒陽看著幾個學生，笑著大手一揮：「行了，這段時間都辛苦了，回去休息吧！明天週末，讓你們放假！不用過來了。」

幾個穿著白袍的學生明明興奮得不得了，還裝模作樣地忍著笑回答：「不辛苦不辛苦。」

結果許寒陽前腳剛走，便有人哀號起來。

「這還是不是人過的日子啊，我昨天寫論文寫到淩晨，今天六點就起床過來了！」

「誰不是啊，我昨晚跟教授上手術臺，站了整整六個小時！」

「好不容易今天早走，我們一起去吃飯吧，吃完飯去唱歌，好好放鬆一下！」

「好好好！」

這幾個人都是許寒陽這兩年帶的學生，有碩士有博士，大家年齡相仿，平時都是玩在一起的。收拾東西時有人招呼隨憶一起去：「阿憶，一起去吧！」

隨憶想了想，蕭子淵有好幾天沒過來了，她怕他今天過來自己又不在家，便笑著搖頭拒絕，「我今晚有事，就不去了。」

那人一臉遺憾：「那好吧。」

隨憶收拾好東西、換好衣服準備回家時，在走廊上碰到許寒陽，他正提著一個黑色袋子發愁，看到隨憶突然眉頭舒展。

隨憶心裡一顫，不會被抓去打雜吧？

心裡這麼想著，卻也只能恭恭敬敬地打招呼：「許教授。」

許寒陽笑著點頭：「還沒走呢，正好，病人非要塞給我兩隻野鴨子，我也吃不完。來，妳拿一隻回去。」

邊說邊遞給隨憶，隨憶聽了一愣，沒接過來，反而有些疑惑地看著許寒陽。

許寒陽向來是不收病人半點好處的，隨憶跟著許寒陽一年多，對這點再清楚不過了。

許寒陽看隨憶半天沒收，也沒說話，有些奇怪地看過來，一看她的神情便明白了，笑著開口解釋道：「15床病人的父母送過來的，老人家家境不優渥，為了這兩隻野鴨子也費了不少勁，年紀又那麼大了。我不收他們也不放心，我就收了，塞了點錢給他們，算我買的。」

隨憶這才明白，卻不好意思拿：「教授您帶回家吃吧，或者給別的學長學姊。」

許寒陽笑：「我一個老頭子，哪吃得下這麼多？再說了，妳學長姊一個個跑得那麼快，我去哪裡追？妳這個小女孩瘦瘦弱弱的，多吃點肉補補，不然以後上手術臺手抖，拿不動刀。」

老教授自嘲的話卻讓隨憶聽了心酸，老教授一輩子都奉獻給了醫學，沒結婚無子女，似乎永遠都是孤孤單單的一個人。

她伸出手接過來，有些動容：「教授，您多注意身體。」

其實許寒陽一早就聽研究室裡的學生說過隨憶，但一直對不上臉。後來溫少卿又特意漂洋過海地打電話過來推薦她，只有簡單的一句話：聰明卻不精明，是真正可以沉下來學東西的人。

許寒陽當時第一反應就是：「女朋友？」

溫少卿輕聲笑起來，竟然回了兩個字：『不敢。』

隨憶他不瞭解，可他瞭解溫少卿，溫少卿眼光極高，很少誇人，他倒真想見見這個女孩子。複試的時候他特意觀察了一下，在這個焦躁不安的年代，是個難得內心平靜的女孩子，是塊學醫的料。後來接觸多了也漸漸瞭解，這個女孩子聰明漂亮又努力，跟著他看門診做手術辛苦是自然的，可她從不抱怨一句，對病人也極有耐心。他嘴上不說，心裡卻很滿意，也願意多教教她，他手裡有個升博士的名額，最想留給她，只是一直沒找她談過。

許寒陽笑著點點頭：「好、好，快回去休息吧！」

隨憶拎著野鴨子走到醫院門口才想起什麼，轉身去了中醫大樓找三寶，在三寶那裡蹭了點東西才離開了醫院，從醫院出來又去超市買了點菜，一回家便鑽進廚房開始幹活。

加了料酒提香後，隨憶又扔了點黃芪、淮山、黨參、紅棗進去，大火煮開後撒了點枸杞入菜，轉小火慢慢地燉。

隨憶在一室香氣裡站在窗前往外看，似乎在等什麼，樓下不時有車燈由遠及近，可那輛熟悉的車子一直沒出現。

隨憶以為蕭子淵今天不會過來了，便拉上窗簾打算洗澡睡覺，誰知卻傳來了門鈴聲。她這裡平時基本上不會有人來，這個時間更不可能。隨憶打開門，竟然看到蕭子淵站在門外。她一臉驚喜：「沒看到你的車啊，怎麼過來的？」

蕭子淵看著隨憶的笑容也跟著笑了出來：「那輛車送去保養了，司機開別的車送我過來的。」他的聲音裡帶著濃濃的疲憊，進了門便慵懶地坐進沙發裡，半閉著眼睛，一隻手撐著額頭，一句話也不說。

隨憶幫他倒了杯茶，然後半蹲在他坐著的沙發旁，側頭看他，他的眼下帶著淡淡的青色，不知道又熬了幾個晚上。

蕭子淵揉了揉眉心，強打起精神端起杯子喝了一口，彎了眉眼，挑眉看她：「我記得妳是學臨床的，什麼時候開始研究中藥了？」

隨憶展顏一笑，有些調皮：「我從三寶那裡蹭來的，她的導師對這個最感興趣，每天都讓她研究這些。金盞花、甜菊葉、馬鞭草、香蜂葉、橙皮再加上肉桂，我放了點蜂蜜，舒緩安神，很有效果，醫院裡很多西醫都找蘇教授開這些茶喝。」

蕭子淵嘴角噙著笑，靜靜地看著隨憶，邊說邊笑。

「累了？睡一下？」隨憶被他看得不好意思，轉了話題。

蕭子淵慢慢撫上隨憶的臉，棱角分明的臉早已在不知不覺間染上了笑意，拉著她坐在他的腿上，輕輕擁入懷裡，有些沙啞的聲音在頭頂響起。

「阿憶，我每天最高興的時候就是能坐在妳身邊，看著妳笑。」

妳若一笑，春暖花開。

隨憶有一下沒一下地按摩著他的頭頂，青蔥十指穿過他烏黑濃密的頭髮揉捏。蕭子淵埋在她的胸前重重地呼出口氣，似乎極為滿足。

後來醫院有急診，隨憶被叫過去幫忙，等再回來的時候蕭子淵已經睡著了。

隨憶站在門口愣住。

一室靜謐，房間裡只留了壁燈，橘黃色的燈光替整間屋子籠上了一層溫馨的氣氛。他靜靜地靠坐在那裡，閉著眼睛，長而濃密的睫毛安安靜靜地趴在那裡，留下一片陰影。高挺的鼻梁此刻看起來格外誘人，那張看了無數次的側臉有些不真實的英挺，讓她想要伸手摸一摸。

他大概真的很累，以往隨憶一走近他就會醒來，可現在在他旁邊看了這麼久他都沒醒。隨憶去臥室抱了條薄被子蓋在他身上，然後去了廚房，輕手輕腳地做飯。

後來隨憶隱隱聽到低沉嘶啞的聲音，便出去看，蕭子淵已經坐了起來，正在講電話。

匆匆交代了幾句就掛了電話，然後愣愣地坐在那裡看著窗外，面無表情，背影蕭索寂寞。

隨憶站在他背後，心裡忽然空了一塊，酸澀難忍，他肩上壓著的東西太多了。名利場裡的人際關係錯綜複雜，水那麼深，每走一步都要深思熟慮，他也厭煩了吧。

有人落馬，有人上位。權術、算計、爾虞我詐，她想想就覺得累，最難算計的是人心。

隨憶心裡也有不安，可她卻一直記得，那個下午，他笑意盈盈地對她說過：

無論將來我變成什麼樣子，在妳面前都是妳認識的那個蕭子淵。

無論什麼時候，我都會記得那個笑起來會要人命的少年。

隨憶正神遊，就看到蕭子淵掏出了一支菸，很快，腥紅的火星和煙霧便散開了。他吸了一口後才猛然反應過來自己身在何處，有些懊惱地掐滅，然後站起來想要去開窗戶，誰知一轉身就看到隨憶站在他身後。

隨憶好像什麼都沒看到，笑了一下走過去，聲音輕快地問：「睡醒了？」

不知蕭子淵是太累了還是剛睡醒，抑或是心虛，他反應極慢地點了頭，像個做錯了事的小孩子。

隨憶絲毫沒提剛剛的事情，歪著頭問：「那我們吃飯？我用野鴨湯煮了蝦肉小餛飩，要不要嚐嚐看？」

蕭子淵洗了臉出來坐在飯桌前，可愛鮮嫩的小餛飩一個個臥在雪白的瓷碗裡，香氣四溢，上面撒了紫菜和蛋絲。蕭子淵用筷子夾起來，咬開一口，清爽不膩，齒間都是清香。

他一整天都沒吃飯，晚上的飯局滿桌子的菜，他卻一點胃口都沒有，現在卻覺得餓了。

隨憶煮了一鍋，她只吃了一小碗，其他的全部都被蕭子淵吃光了。

隨憶看他吃得差不多了才試探著開口：「如果你有什麼煩心事，可以跟我說。」

蕭子淵抬頭看她，無奈地笑了一下：「庸人瑣事，骯髒不堪，不想讓妳操這個心。」他本是清高之人，這些世俗榮華他看不上眼，可生在這樣的家庭，又坐上這樣的位置。

隨憶伸手去握他放在桌上的手，一臉鄭重地看著蕭子淵的眼睛：「可是我想知道。我不想躲在你身後，我想站在你身邊。」

蕭子淵知道她的心意，坐過去撫著她的眉眼：「阿憶，妳知道嗎？妳經歷了那麼多事，可妳的眼睛還是乾淨得像山間的泉水，我不想讓那些事髒了妳的眼睛。」

隨憶繼續堅持，蕭子淵沉吟了一下：「這週末部會裡有個圍棋比賽，我帶妳一起去？」

隨憶坐在一旁看著蕭子淵落子，漸漸皺起了眉，不由得轉頭去看他，蕭子淵一臉的漫不經心。直到分出了勝負，坐在蕭子淵對面的那個人才得意地大笑出聲，頗有嘲諷的意味：「枉費那麼多人誇蕭祕書的棋藝多麼精湛，這麼看來也不過如此……哈哈哈。」

周圍圍了不少部門裡的同事，多多少少都知道簡凡被蕭子淵壓著不服氣，聽了這句話皆粉飾太平地呵呵一樂。

蕭子淵依舊謙恭地笑著：「謠傳而已，不得當真。」

簡凡的眼裡夾雜著揚揚得意，看了蕭子淵一眼後便去了旁邊一桌觀棋。

隨憶一直安靜地坐著，直到旁邊沒人了，這才扯了一下蕭子淵的衣袖，輕聲問：「你怎麼……」

蕭子淵的實力她是知道的，就算閉著眼睛也不至於下到剛才那個地步。

蕭子淵的手搭在隨憶的手上，傾身在她耳邊笑著說了一句什麼，隨憶隨即領悟，緊接著似笑非笑地看著他。

一旁的徐飛和陳老悠閒自在地品著茶，卻把一切都看在眼裡。

陳老忽然一笑：「蕭家的這個孩子倒真是不一般，往日總聽別人說起，今天真是見識到了，果真是很厲害。」

徐飛心裡清楚，自然知道蕭子淵的手段，臉上卻是一臉不解：「陳老這話怎麼說？」

陳老瞇著眼睛看著不遠處的某個背影，緩緩開口：「這盤棋輸贏早已定了，不過是時間的問題。蕭子淵能輸得這麼不動聲色，說明早已運籌帷幄。其實一盤棋不看什麼，有時間和耐心足矣，可貴的是他能看到除了棋局之外還有更大的天地在，輸和贏都掌握在他手裡。簡家的小子在部門裡時間不長也不短，眼看就要爬上那個位置了，忽然有人空降過來，他心裡自然是有怨的。蕭子淵主動示弱，不過是哄著他玩罷了，簡凡要是再這麼下去，也就只能到這個位置了。蕭家這個孩子聰慧從容，他進來部裡這麼久了，殺伐果決，難得又收斂得了鋒芒，控制得了情緒，虛懷若谷，懂得適時地退讓，我在他這個年紀還真沒這份覺悟。」

徐飛冠冕堂皇地拍馬屁：「在您面前，他還不是小巫見大巫？」

「可怕的是他還年輕啊。」陳老臉上笑容依舊，心裡卻開始深思。這樣一個年輕人，在舉手投足間，擁有了在巔峰和谷底之間進退的韌性、擁有了識時務的智慧，最重要的是他擁有了掌握自己才華的能力，雖然年輕，已不容小覷。想起家裡那個差不多年紀的逆子，不由得皺起眉頭嘆了口氣。

回去的時間還早，兩個人沒開車，漫步在兩旁種著整排銀杏樹的街道上。

深秋時節，飄落而下的銀杏樹葉肆無忌憚地鋪滿整條道路，陽光明媚，穿過枝頭金黃的樹葉灑在兩人身上，帶著金黃的誘惑。週末的上午，這個時間大概很多人還在家中的床上睡懶覺，從街頭到街尾竟然只有他們兩個人，難得在這座喧鬧的城市中有這麼靜謐的一個角落。

一男一女十指相扣，悠閒地踏在滿地的金黃樹葉上，隨憶忽然噗哧一聲笑出來。

蕭子淵難得被她笑得窘迫，停下來幫她理好被風吹亂的頭髮：「好了，別笑了。」

隨憶輕咳一聲，努力繃起臉忍住笑意：「嗯，不笑了。」

蕭子淵忽然想起了什麼，開口問：「妳快畢業了，有什麼打算？」

隨憶拉著蕭子淵繼續往前走：「許教授找我談過，他那裡有個直升博士班的名額要給我，我也和醫院簽約了，邊工作邊讀博士。」

蕭子淵為報剛才的一箭之仇，轉頭壞笑著特意重複了一遍：「女博士？」

隨憶揚著下巴反問：「你有意見嗎，蕭祕書？」

蕭子淵低頭笑起來：「不敢。」

隨憶笑得開心，卻聽到蕭子淵問她：「妳什麼時候要搬到我那去？」

隨憶臉一熱，開始找藉口：「你那裡離醫院有點遠……」

蕭子淵揉捏著她的手建議：「那我搬去妳那裡住？」

蕭子淵雖然經常去隨憶那裡，但到了睡覺時間她就開始趕人，連睡沙發都不被採納。

隨憶忽然有些心慌，她從來沒考慮過這個問題，忽然提起她一點準備都沒有。她知道男人有生理需求是很正常的，如果她不答應，蕭子淵會不會生氣？

隨憶正低著頭左右為難的時候，感覺到牽著她的那隻手在晃動，一抬頭就看到蕭子淵笑得不可抑制，看到她一臉茫然竟然還戲謔地問了一句：「妳在想什麼呢？」

隨憶這才明白過來他是在收剛才的利息，惱羞成怒之下轉身就走，蕭子淵邊笑邊追了上去。

微風吹過，金黃色的落葉中，兩道身影一前一後消失在街道盡頭。

隨憶畢業後正式進了醫院，轉到神經外科時，竟然遇上了舊人。

那天主任在辦公室裡笑著把她介紹給科室裡的其他同事，說到一半，忽然叫住從門口匆匆而過的一道身影：「陳簇！」

那個身影很快回來，站在門口探頭進來問：「老師，什麼事？」

主任笑呵呵地指著隨憶：「這是我們科新來的小女孩隨憶，我們科一向陽盛陰衰，我特意搶回來的，你以後多照顧點。」

說完又和顏悅色地對隨憶介紹：「這是我學生，妳跟著他們叫大學長就行。這小子手藝不錯，妳跟著他多看多學。」

隨憶笑著點點頭。

陳簇朝隨憶點頭笑了一下，又匆匆離開了。

隨憶這才看清楚門口的人，下一秒卻愣住。

這不是那個誰嗎，三寶念念不忘的那個？陳醋？人參？人參（生）和醋（何處）不相逢？她要不要馬上通知三寶？

隨憶在科裡轉了幾天之後，對這個大學長由衷地佩服，思路清晰，專業知識深厚，為人也謙遜好學，很有醫者之風。

只是不知道三寶那貨能不能鎮得住。

蕭子淵要去鄰省出差，隨憶特意看了天氣預報提醒他帶著厚一點的衣服，以免感冒。誰知蕭子淵沒什麼事，倒是她，這天一起床就感覺喉嚨不舒服，渾身又痠又疼。

想起晚上還有夜班，她幽幽地嘆了口氣。

晚上隨憶值夜班的時候，腦子便開始昏昏沉沉的，靠著職業敏感性知道應該是發燒了，便找了兩片藥吞了下去。

終於熬到第二天一早交班，她裹緊外套從醫院走出來，回到家便一頭紮進被子裡，迷迷糊糊地睡著了。

她睡得並不安穩，夢裡都是搶救的場景，各種醫療器材亂成一團，各種藥品的名字在她腦子裡一圈一圈地盤旋。

忽然好像又回到了小時候在隨家的日子，所有人看她的時候都帶著不屑和嘲諷，隨景堯站在旁邊一臉歉疚地看著她，欲言又止。

緊接著，便看到年輕時的母親一臉悲涼地笑著：「隨景堯，我再也不欠你們隨家什麼了。」

隨景堯的懷裡抱著一個小小的嬰兒，他抬抬手想要挽留隨母，最後卻還是無力地垂了下去。

隨憶很快跟上去，拉住母親的手：「媽媽，我跟您走。」

可她忽然摔倒了，沒有牽到母親的手，等她好不容易爬起來，周圍黑漆漆的，一個人都沒有……

忽然額上有了溫暖異樣的觸覺，她一下子驚醒。

急促的呼吸後，隨憶慢慢睜開眼睛，眼前蕭子淵的笑顏清晰可見，可他在下一秒又皺起了眉：「發燒了？」

隨憶在蕭子淵的攙扶下昏昏沉沉地坐起來，盯著他看了半天才反應過來，本能地伸出雙手想讓他抱：「你回來了？」

蕭子淵站在床邊彎著腰，看著隨憶難得孩子氣的舉動有些好笑，卻只是伸出手去握住她的手，清亮的眸子裡滿滿的都是寵溺，低聲誘哄著：「我剛從外面回來，風沙太大，身上都是塵土，一會兒換了衣服再來抱妳。」

隨憶不依，使勁拉著他坐下，鑽進了他的懷裡。

她現在什麼都不想，只覺得身心疲憊。

蕭子淵對於隨憶的主動有些受寵若驚，撫摸著她的頭髮問：「妳這是怎麼了？」

說完又抬手去摸她的額頭，滾燙，心裡一疼，拍著她的後背輕聲催促道：「快起來，我帶妳去看醫生。」

隨憶趴在他懷裡，耳邊是他平靜有力的心跳聲，鼻間縈繞著他清冽的氣息，這一切才是她想要的，只有他才能驅散她心裡的難過和不安。

隨憶攥著蕭子淵的襯衫，像是怕他不相信一樣孩子氣地強調道：「我就是醫生。」

蕭子淵把她攬在懷裡笑起來：「是，隨醫生，可妳有沒有聽過醫者不自醫呢？」

隨憶懵了，她現在不想去醫院，至少今天不願意再去了。

「我吃過藥了，睡一下就好了。」

蕭子淵拗不過她：「那妳先睡，我去洗澡換衣服？」

隨憶立刻收緊手臂，猛地搖頭：「不要。」

蕭子淵察覺到她的不對勁，立刻緊張起來：「阿憶，妳怎麼了？」

隨憶垂下眼簾，半晌才抬起頭看著他，聲音中帶著不易覺察的哀求：「你不要走好不好？」

蕭子淵一怔。

最近南方有個職位空了出來，那個職位舉足輕重，幾個派別鬥爭得厲害，而蕭子淵志在必得。在那個位置上待幾年再調回來，到時候可以比別人少奮鬥至少五到十年。這也是為什麼那個位置向來是必爭之位。

蕭子淵知道，肯定是最近他講電話時的隻言片語，讓隨憶意識到了什麼，她這麼聰明怎麼會猜不到？

他本來打算等調職令下來以後再跟隨憶說，雖然他們可能要分開一段時間，但等他回來，他們就可以一直在一起了，可是，這些似乎並不是她想要的？

他沉默了。

他們這一路走來，之前他說要出國，他要她等他回來，他們就可以一直在一起了。她笑著看他走、笑著等他回來，知道他肩上的責任，沒開口挽留。現在他又需要去南方，本以為她還是會笑著接受，沒想到……

她貼心懂事，知道他身上背負著蕭家長輩的期望，她骨子裡也是驕傲的人，如果不是受不了了，她是不會開口哀求的。

她不想要金錢，看不上名利，就如林辰說的，她想要的只是蕭子淵，和其他一切都無關。這些他早就清楚，是他太忙而忽略了嗎？他怎麼能以為她會再次笑著看他走？

蕭子淵心裡一緊，沉吟片刻：「好。」

低沉的聲音緩慢而堅定。

其實隨憶在開口以後就後悔了，她不該這麼任性讓他為難，她該大大方方地讓他走。可她一想起蕭子淵要離她那麼遠就煩躁不安，抓心撓肝，怎麼都平靜不下來，哪裡還是那個淡定的隨憶。

誰知他竟然真的答應。轉念一想，或許他是看她病了才答應哄她的，這麼一想便釋然了。

後來蕭子淵抱著隨憶躺下，她窩在他懷裡，他的手纏著她的腰，下巴抵在她的頭頂，誰都沒有再說話。

隨憶難得那麼依戀他，緊緊地貼在他懷裡，漸漸又睡了過去。

等她再睜開眼睛的時候身體輕了不少，身邊也已經空了。

大概天也黑了，屋內沒開燈，一片昏暗。再往前面一看，就看到蕭子淵背對著她坐在床尾，正對著電腦看著什麼，白色的燈光把他照亮。

他的背影挺拔溫暖，大概是怕她醒來看不到他，所以才會在這裡辦公吧。

她也不知在想什麼，就伸出腳去踢了他一下。

蕭子淵以為她是睡得不安穩，也沒回頭，只是把手伸到身後握住她的腳塞進被子裡。

她的腳有點涼，蕭子淵便沒鬆手，握在手裡幫她暖著。

他那樣一個人，在外面從來都是被捧著的，現在卻在用手幫她暖腳，竟然沒有絲毫的嫌棄。

隨憶鼻子一酸，從他手裡掙脫出來，又踢了一腳。

輕笑聲很快響起，蕭子淵依舊沒回頭，只是再次把手伸到身後握住她的腳，聲音裡都帶著笑意：「馬上就好了啊。」

他就坐在她面前，忙著工作還不忘哄她，他的手溫暖乾燥，毫無嫌隙地握著她的腳，暖流從腳底一直流到心底。

隨憶把腳縮回來，到床邊穿鞋的時候才發現腳背上畫著一隻小海豚。靠在小拇趾的位置，腳上最軟的地方，簡單乾淨的黑色線條，細細勾勒著一隻小海豚。

她勾著唇笑起來。

這幾天她一直在看個無聊的泡沫劇，蕭子淵在電腦前忙的時候，她就在旁邊有一搭沒一搭地看著，他偶爾也會湊過來瞄兩眼。

那部劇裡說，海豚是愛情的守護神，男生送女生海豚代表他會好好守護她，不離不棄。

雖然知道這是編劇編出來哄人的，可她還是很開心。晚上洗澡的時候特意在那個地方貼了防水透明膠布，高興了好幾天。

高興了幾天之後，隨憶看新聞的時候被震住。

之前她一直以為南方那個沿海城市的位置必定是蕭子淵的，所以才特別關注。誰知新聞裡提到那個職位時，說出的卻是另外一個人的名字，而緊跟在那個名字後面的蕭子淵竟然去了離這裡最近的一個山區縣城裡做什麼書記，之前比較熱門的幾個人選都沒有得到那個熱門職位。

隨憶扭頭去看坐在旁邊看報紙的某人，他似乎沒有絲毫失意，隨憶不解地碰碰他：「這是什麼情況？」

蕭子淵瞄了眼電視螢幕：「本來是爭得很厲害，可是我突然收了手。他們以為有問題，都不敢貿然再搶，所以就讓閒雜人等得了便宜。」

隨憶有些著急，她知道每佈局對政客來說意味著什麼：「我不是問你這個，你為什麼收手？」

蕭子淵一臉無辜地看向隨憶，被問得有些委屈：「不是妳要我別走的嗎？這是我能力範圍內可以選擇的最近的地方了。」

隨憶愣住，那個時候她病了，頗有恃寵而驕的意味，沒想到他……選擇去那座縣城，雖然離得近了，卻意味著更多的艱辛。

「你……」

蕭子淵極快地打斷她，認真而鄭重：「我答應妳的事，一定會做到。」

隨憶極快地抽氣，壓下眼底的熱意。

連她自己都沒有當真的一句話，他竟然真的當真了。

調職令下來的第二天，蕭子淵正在隨憶家裡吃午飯，就接到了家裡的電話，被叫了回去。進了家門，蕭奶奶指指不遠處的人，小聲叮囑了一句：「不要怕啊，你爺爺說什麼都別頂嘴，實在扛不住了就叫我。」

蕭子淵覺得自己的奶奶真是最可愛的人，便笑著點點頭。他此刻倒也不怕，甚至有些輕鬆自在，就像私下做了壞事的小孩子，終於被大人發現，可以名正言順地去認錯了。

蕭老爺子背對著他，站在樹下一言不發。

蕭子淵安靜地站在他身後陪著。

良久後，蕭老爺子終於開口，卻也平靜：「你知不知道那個位置意味著什麼？」

雖然不認為自己做錯了，可樣子總還是要裝一裝：「知道。」

簡單的兩個字就把蕭老爺子的怒火勾了起來，他轉過身瞪著蕭子淵，一雙眼睛氣得冒火：「你知道還讓給別人！搶不到也認了，可已經到手了你竟然主動放棄！我知道你是為了什麼，我記得上次就在這裡，你跟我保證下不為例的！」

是啊，上次的年夜飯他缺席，回來時做了保證，下不為例。

蕭子淵沉默地聽著，等著，直到老爺子的呼吸終於平緩、看起來沒那麼激動時才緩緩開口：「爺爺，那個位置看起來風光無限、前途無限，可就真的那麼好坐嗎？南邊那是薄家的勢力，薄家最懂得權衡利弊了，表面上不會有什麼表示，可真的會為了我一個，得罪那麼多人嗎？再說了，我資歷尚淺，也需要沉澱一下，避避鋒芒。」

「現在我依舊可以和您保證，殊途同歸。雖然我沒按照當初制定的計畫來走，但結果一定會是您要的那樣。我相信我很優秀，但並不一定都要去最好的地方。優秀是為了讓自己有更多的選擇，當我可以做選擇時，我會選擇我想要的。我這麼選擇，是因為隨憶在這裡。」

蕭子淵自信滿滿地在蕭老爺子面前第一次提起那個女孩的名字，名正言順，字字鏗鏘。

蕭老爺子不由得看著蕭子淵發愣，短短的幾句話，有理有據，從容淡定，連自己瞪著他的時候，他都可以做到泰然自若地對視，不慌不忙地繼續。

或許這個孩子早已在他沒有察覺的時候長大，看得清形勢，分得清輕重、知進退，混沌複雜的局勢盡在他的運籌帷幄之中，爭或不爭都是一樣的。千錘百煉之後他已經強大到無所畏懼，再也不需要自己為他點燈指路了。

蕭子淵走後，蕭爺爺坐在書房裡沉思良久，緩緩吐出那個名字：「隨……憶？」

可能蕭子淵自己都沒發現，他在說出那兩個字的時候，眼睛是亮的。

蕭奶奶推門進來正好聽到：「什麼？」

蕭爺爺嘆了口氣，像個普通的祖父一樣：「子淵喜歡的那個女孩子，妳去看一看吧，回來再跟我說說。」

幾天之後，蕭子淵便走馬上任了。隨憶在醫院餐廳吃午飯的時候，在電視上看到了一段極短的報導。

一名記者攔住正匆匆走過的蕭子淵問：「蕭書記，有不少人說，這次變動您其實是明升暗降，您自己怎麼看呢？」

鏡頭裡的蕭子淵一身西裝筆挺，器宇軒昂地走在幾個助理前面，聽到這句話後停了下來，對著鏡頭微微一笑，瞬間神采飛揚：「我只想說，人面不知何處去，桃花依舊笑春風。」

說完之後，留下錯愕的女記者離開了。

隨憶盯著電視螢幕慢慢笑出來，小聲地重複了一遍：「桃花依舊……笑春風？」

坐在旁邊的陳簇沒聽清，問了一句：「什麼風？腦癲瘋？這個有點棘手……」

隨憶一愣，大學長真的是中毒已深了。

陳簇說了半天之後又問：「妳下午不是休息嗎？」

隨憶點頭：「我在等人，馬上就走了。」

話還沒說完，就看到三寶一蹦一跳地過來了，隨憶揚揚下巴：「人來了。」

陳簇順著隨憶的視線看過去，然後一臉驚悚地轉過頭，端起餐盤站起來就要離開：「隨憶，我還有事，先走了。」說完，便低著頭繞路從另一個門走了。

隨意看看那個似乎是落荒而逃的背影，又看了看離她越來越近笑嘻嘻的臉龐，勾唇一笑，是不是發生什麼她不知道的事情了？

隨憶和三寶邊說邊笑著從醫院走出來，不遠處的車內坐著蕭奶奶和蕭母，兩個人從半降的車窗看出去。

蕭奶奶點點頭：「五官沉靜，不錯。」

「我接觸過幾次，人也很不錯。」蕭母建議：「要不要叫過來讓您再看看？」

蕭奶奶搖頭，催促司機開車回去：「不用了。」

她一輩子閱人無數，什麼樣的人她一眼就可以看個七八分，哪裡還需要再接觸？

沒過幾天，隨憶在醫院裡碰到了來檢查身體的蕭母，蕭母遞給她一個信封。

隨憶遲疑了一下接過來：「這是什麼？」

蕭母笑起來：「打開看看。」

牛皮紙的信封，打開是淡黃色的直排紅格信紙，遒勁中帶著柔美的毛筆字，除了開頭的寒暄，便談到了蕭子淵。最後一句寫著：『他一向涼薄自持，卻唯獨對妳情深不忘。希望妳能等一等他，子淵絕對不會讓妳失望。』

落款處「舒吟」兩個字清潤端莊，流露出一種儒雅之氣，她明白蕭子淵為什麼會這麼優秀了。

蕭母看見隨憶發愣，便開口解釋道：「舒吟是子淵祖母出嫁前的閨名，她特意託我拿給妳的。她沒見過妳，只聽我和子淵談起過，便讓我帶封信給妳看。妳去忙吧，我先走了。」

隨憶送走了蕭母後，摸著信紙上的幾個字出神。

他一向涼薄自持，卻唯獨對妳情深不忘。

隨憶想起蕭子淵離開很久了，她是不是應該去看看他？

冬天的第一場雪毫無預兆地來臨了，初雪過去沒幾天，蕭子淵正在辦公，有人跑過來：「蕭書記，市裡有家醫院到我們這來做義診，您去看看吧。」

蕭子淵一笑：「這是好事啊，走，去看看。」

遠遠地就看到人群圍著幾張桌子，桌子上擺滿了醫療器材，十幾個穿著白袍的醫生在替老人和孩子檢查身體。

蕭子淵掃了一眼後頓住，又重新看過去。

一位女醫生正在幫小孩子打預防針，雖然她戴著口罩，只露出一雙眼睛，但蕭子淵還是認出來了，那是隨憶。

這個時候蕭子淵看到她，只覺得歡喜。

寒冬臘月，這裡溫度極低。隨憶不時把凍僵的手放在嘴邊輕呵兩口氣，跺跺腳，不抱怨不撒嬌，很快又笑靨如花地為孩子們檢查。

不經意間一抬頭，看到蕭子淵正對著她笑，她也跟著彎了眉眼。

那一刻，蕭子淵的心裡是從未有過的感動，當真是明媚如花。

傍晚，隨憶跟著蕭子淵去參觀他住的地方。

房子不大，裝潢也是最簡單的，勝在乾淨整潔，有一種他身上的氣質，她沒想到蕭子淵這樣的人還會住在這樣的房子裡。

隨憶在房間裡轉著，看到蕭子淵的視線一直黏在她身上，有些調皮地問：「沒想到我會來吧？」

雖然已經過去半天，可蕭子淵還是覺得這不是真的：「想過，不敢說。」

昨晚兩個人講電話的時候，隨憶突然問起蕭子淵今天會不會很忙，當時蕭子淵的第一反應是她要來看他，可等了半天她卻沒了下文，他就以為自己想太多了。其實這裡條件有點艱困，氣溫又比市裡低了很多，有一段路還不通車，只能走路。雖然想她，但又心疼她也不願意讓她來，所以一直沒提，誰知她竟然真的跑來了。

隨憶疑惑：「為什麼？」

蕭子淵老老實實地承認：「怕妳拒絕我。」

隨憶一惱，捶了蕭子淵一拳：「哪有！我什麼時候拒絕過你！」

蕭子淵一臉壞笑地抓住粉拳，說得曖昧：「就是上次啊……」

就在隨憶咬著唇馬上就要惱了的時候，蕭子淵順勢把她拉進懷裡，什麼也不說，臉上帶著溫和的笑容。

隨憶靠在他懷裡也不想離開，猶豫了一下：「要不然，我今晚不回去了？」

誰知蕭子淵的聲音同時響起，表達了同樣的意思：「要不然，妳今晚別回去了？」

隨憶的臉一下子熱了，隨憶啊隨憶，妳就不能矜持點等兩分鐘？

又引來蕭子淵低沉的悶笑聲，隨憶乾脆直接裝死。

蕭子淵住的地方只有一張床，那晚，蕭子淵抱著她睡，什麼也沒做。

夜深人靜，兩個人靜靜地躺著，蕭子淵從身後抱著她。

「有時候真的就想和妳留在這裡，安安靜靜的，沒有爾虞我詐，簡簡單單的生活也沒什麼不好。」蕭子淵知道她沒有睡著便開了口。

隨憶忽然開始心疼他，轉過身摟住他的腰，把頭埋在他頸間。

他是蕭家的長子長孫，怕是從小就擔負著責任。雖然他一路走來順風順水，但其中必是付出了非比尋常的努力。他表面上風輕雲淡，其實怕是早就厭倦了這一切，可是，卻沒有辦法擺脫。

隨憶把手指插入他的指縫裡，十指相扣，在萬籟俱寂的夜裡緩緩開口：「有句話不知道你聽過沒有。人生如茶，初時爭相上浮，釋放精華，最後折戟沉沙，盡落杯底，一生需得經過沉浮方顯精彩，怎麼能一開始就落到杯底呢？」

蕭子淵在黑暗中不由自主地勾起嘴角，緊了緊手臂：「我真是撿到寶了。」

第十六章　嫵媚流轉，動人心弦

蕭子淵真的如他所說，儘管在那座縣城裡，依舊春風得意，備受矚目。

半年後因政績顯著調了回來，平步青雲升職為部長，儼然成為最年輕有為的政壇新貴，也難得發揮死纏爛打的本事擠進了隨憶的小窩。

隨憶靠在沙發上看著這個連家都沒回，直接把行李毫不客氣地搬進她家的人沉默不語，又看著他忙前忙後地收拾著，沒過一會兒，他的東西便毫無違和地佔領了她的家。

隨憶看著正奮力把除鬚水塞到她一堆保養品中間的蕭子淵，問道：「蕭部長，你是有長期居住的打算嗎？」

蕭子淵看到除鬚水成功佔領了一席之地之後，笑著點頭：「當然。」

說完手機響起來，他便去接電話。

隨憶趁空瞄了一眼客房那張窄到不能再窄的床，心裡不忍，盤算著下個月發了獎金是不是該換張大一點的床。

蕭子淵掛了電話，笑著問：「有人請客吃螃蟹，去不去？」

隨醫生表示待會兒要去一下醫院，於是蕭子淵便先過去了。

請客的是一貫會享受生活的江家四少爺江聖卓，眾人閒聊了幾句之後，江聖卓使了個眼色對蕭子淵說：「梁宛秋等你好久了，剛才聊起你女朋友，當下就變了臉。」

蕭子淵聽了，一臉疑惑：「梁宛秋是誰？」

江聖卓和旁邊的人對視一眼，然後爆笑，笑完之後抵著額頭：「我要為梁大小姐默哀三秒鐘。」人來得差不多的時候，便有人喊著餓了，江聖卓吼了一聲：「吵什麼啊？我嫂子還沒到呢，你們好意思先吃嗎？」

一群人本來就愛開玩笑，被吼了也沒有生氣，笑呵呵地回嘴：「聽說蕭少的女朋友是個難得一見的奇女子，我們可都想見見呢。」

蕭子淵笑了起來：「見見可以，事先說好了，一會兒你們不乖被她欺負了，我可不管啊。」

一群人一臉不相信：「怎麼可能。」

梁宛秋的聲音淡淡地響起，所有人立刻就安靜了：「讓這麼多人等她一個，可真是夠特別的。」短短的一句話帶著醋味和火藥味，一群無聊的人樂得看戲。

蕭子淵見到了本人，才想起來梁宛秋是誰。小時候他們曾是鄰居一段時間，她總是追在他身後，後來梁宛秋的父親被調離，他們全家搬走，從此便沒了聯繫，不知道她怎麼又忽然冒出來了。他沒自戀到認為她會在十幾年之後還對他有什麼情愫，但顯然事實不是。

坐在梁宛秋旁邊的是她的哥哥梁厲秋，聽了這話，不贊同地瞪了她一眼。

蕭子淵抬起手腕看了眼時間，笑著掃了一眼眾人，眼中的笑意卻消失了：「時間還沒有到，她並不算是遲到。就算真的遲到了，也是有事耽誤了，不是故意的。如果著急的話，大家可以不用等她，先吃吧。」

蕭子淵的話說得客氣，可這一群人哪個不是人精，話裡的意思也聽得明白。別說她還沒遲到，就算是遲到了你們也得等著，我看你們誰敢先吃。

在座的人都不敢不給蕭子淵面子，都笑呵呵地打著圓場。

「本來就不怎麼餓，在逗江少玩呢，不著急不著急。」

江聖卓立刻笑著一腳踹過去：「滾！小爺是你能逗的嗎！」

「對對對，江少不喜歡和我們玩，江少只喜歡美女！」

「對對對，今天中午，我還看到江少陪一位美女吃飯，長得可真是漂亮啊。」

一群人很快又嘻嘻哈哈地鬧開了。

過了半晌，沒人注意的時候，江聖卓才側頭在旁人耳邊說：「可真沒見過他這樣子。」

知情人笑笑：「寶貝著呢，梁宛秋這是撞在槍口上了。」

從蕭子淵進了門，梁宛秋便不時地盯著他看。小時候的他就出色，長大了再見更是驚為天人。她還從未見過這麼有氣度的男人，縱使這些年追她的男人不少，可是和眼前這個男人一比，簡直是雲泥之別。

可他自始至終都是一臉清冷，淡淡地看著、淡淡地和人打招呼。自己看著他這麼久，可他卻連眼神都沒有飄向自己一次，此刻便有些沉不住氣了。

恰好服務生過來倒茶，梁宛秋看著蕭子淵，搖著手裡的茶杯，別有深意地問：「有的茶靠霸氣取勝，有的茶以細膩取勝，你的那杯茶到底靠什麼取勝的？」

自從她知道蕭子淵有女朋友之後，特意找人查過，幾張資料和照片她都快翻爛了，可還是看不出來隨憶比自己強在哪裡。

蕭子淵的嘴角始終掛著一抹淡笑：「我的那杯茶根本來就沒打算要贏。」然後帶著點無奈苦笑：「一切都是我主動爭取來的。」

梁宛秋杯子裡的水差點灑出來，她一臉驚愕地看向蕭子淵。

眾人更是驚訝，蕭子淵一向不食人間煙火的，到底是什麼樣的女孩子能讓他如此？

正說著便有服務生推門進來，身後跟著隨憶，眾人皆抬頭看向門口。

簡簡單單的白襯衫外罩了件開襟衫，簡單的花紋，外面套了件風衣，一桌子的女性皆是濃妝豔抹，而她卻未施粉黛。

看到一群陌生人看著她，也不忸怩，大大方方地道歉：「不好意思，醫院有點事，我來晚了。」

眾人笑著客套的同時，打量著這個能讓蕭子淵「主動」的女孩子。看起來溫婉恬靜，氣質氣場是有的，但不見得有多驚豔。

蕭子淵笑著開口：「快過來坐。」

看到蕭子淵叫她，隨憶不自覺地笑了出來，和剛才對著眾人的笑截然不同，五官立刻生動起來，猶如冬日裡一抹溫暖的陽光，閃耀動人。

隨憶坐下後，蕭子淵親自幫她脫下外套遞給服務生。

梁宛秋看到一向清冷矜貴的蕭子淵此刻卻笑吟吟地對著別的女人，本來就火大，再看到他這麼殷勤，恨得牙癢癢的，眼裡寒光一閃，臉上的表情也越發控制不住了。

梁厲秋輕輕咳了一聲，趁著服務生上菜時歪著頭小聲問：「妳今天怎麼回事？」
梁宛秋深深吸了口氣：「沒事。」
隨憶匆匆掃了一眼，大部分都沒見過。
有個長相妖孽的男人很快湊過來，笑嘻嘻地攬著蕭子淵的肩膀：「嫂子，我和蕭子淵可是穿同一條褲子長大的戰友！從小就並肩奮戰！」
蕭子淵笑著介紹了一句：「江聖卓。」
隨憶笑著朝男子點了一下頭。
江聖卓的話音剛落，一個女聲氣定神閒地打擊他：「你不要看到美女就想黏上去好不好？你們戰友？並肩奮戰什麼，換女朋友嗎？」
江聖卓果然炸毛：「妳！」
蕭子淵在隨憶耳邊介紹道：「喬裕的妹妹，喬樂曦。」
隨憶笑著看了看：「眉眼長得比喬學長還精緻。」
江聖卓瞪著喬樂曦，半天一個字都反擊不出來，又轉頭對隨憶解釋道：「嫂子，妳別聽那個丫頭胡說，我們絕對是可以託付終身的可靠人士！」
喬樂曦幽幽開口：「先不說子淵哥哥，就你？還託付終身？主要是託付下半身吧？」
江聖卓一副忍無可忍的樣子：「巧、樂、茲！」
喬樂曦歪著頭回擊：「江、蝴、蝶！」
兩個人怒目相視。

隨憶的視線在兩個人身上來回掃了幾下，低聲問蕭子淵：「他們兩個……」蕭子淵意會，有些好笑地點點頭：「當局者迷，這下有得鬧了。」

蕭子淵順便在隨憶耳邊輕聲介紹其他人，其他人似乎並不如這兩人和蕭子淵的關係親厚。他的介紹一帶而過，而介紹到這一桌論五官精緻唯一可以和江聖卓抗衡的男人時，卻頓住了。

這兩張臉皆是上帝精雕細琢的佳品，隨憶看了眼對面正在和江聖卓打口水仗的男子，只是他慵懶笑容的臉上，似乎流轉著一股怎麼都散不去的陰鬱和邪氣。

隨憶發現蕭子淵停住了，轉頭問：「怎麼了？」

蕭子淵表情很奇怪地嘟囔了一句：「這個男人很危險，我在想要不要介紹給妳。」

隨憶被他逗笑，蕭子淵繼續：「陳慕白，在陳家排行老三，所以我們一般叫他陳三兒。陳家內鬥得很厲害，不過唯獨這個三公子沒人敢惹。她母親是陳老在外面的人，進陳家的時候已經懂事了，本來應該是弱勢，誰知卻讓陳老獨寵著他，陳家上上下下都得看他的臉色辦事。所謂極品都是正經中透著那麼點不正經；而這點不正經還不耽誤正經的那種。陳慕白恰恰是那種不正經中偏偏透著點正經；而這點正經一點都不耽誤他的不正經的那種。陳家到他這一輩都是從慕字輩，可外面的人唯獨稱他一聲『慕少』，連他大哥都只能稱為『陳大少』。」

隨憶看著陳慕白一副吊兒郎當的二世祖模樣，有些不可置信：「看他的樣子也不像啊。」

蕭子淵笑了一下：「是，他這個人一向怪裡怪氣的，如果不是小的時候和江聖卓打架打太凶了，他們倒是同種人，一個妖，一個邪。」

隨憶又看了陳慕白一眼：「這就是傳說中的無招勝有招？」

蕭子淵笑著搖搖頭：「他這個人做事邪門得很，有通天的本事，方法又野，越是別人不敢碰的東西他越是喜歡。療養院的事情，就是出自他的手筆。」

沉吟片刻後又想起什麼：「如果以後有什麼事情聯絡不到我，實在沒辦法了可以找他幫忙，他邪門歪道多得是。」

隨憶聽了，微不可見地皺了下眉，蕭子淵馬上改口：「我是說萬一。」

她在醫院裡待得久了，很是忌諱這些事，有些不悅地瞪了蕭子淵一眼。

蕭子淵立刻再改口：「沒有萬一，我胡說的。我們吃東西吧。」

隨憶看著手邊的蟹八件[7]挑眉，純銀打造，小巧精緻，拿起來看著看著，笑了。

蕭子淵問：「什麼事這麼開心？」

「從晚清開始，江南一帶流行把蟹八件作為嫁妝之一，當年我外婆出嫁帶了一套來，後來我媽媽出嫁便傳給了她，我母親一直很珍愛……」

隨憶說到一半忽然停住了，蕭子淵笑得別有深意：「怎麼不接著說了？」

隨憶知道再說下去就要壞事了，咬了咬唇：「沒了。」

蕭子淵卻笑著接著問：「那等妳嫁人的時候，是不是要傳給妳？下次帶給我瞧瞧啊。」

隨憶小聲抗議：「我不是這個意思！」

蕭子淵無視她，自顧自地說著：「妳都急了，看來是該好好看看日子了。」

梁宛秋看著兩個人溫情而自然地相視而笑，忽然出聲：「這種吃法隨小姐沒吃過吧？是不是不知道這些用具該怎麼用？要不要我教妳？」

說得友善，面帶微笑，可軟刀子殺人。

眾人一臉期待地等著看戲，蕭子淵並沒有什麼表示。他一句話都沒有，只在旁邊悠閒地喝茶，看也沒看梁宛秋一眼。

隨憶笑了笑沒說什麼，拿起錘子在蟹殼的邊緣來回輕輕敲打，眾人安靜地看著。

幾分鐘後，蟹肉出現在了餐碟上，而餐碟的另一邊則是剔完肉後完整拼湊的蟹殼。

眾人驚嘆，果然是高手。

江聖卓忍不住出聲讚嘆道：「漂亮！」

蕭子淵遞了塊濕紙巾到隨憶手裡，一臉風輕雲淡地招呼道：「快吃吧！」

就在眾人掀開了蟹殼準備動手的時候，隨憶忽然開口：「其實，蟹膏是雄蟹的精液，蟹黃是雌蟹的卵巢，你們說人類怎麼會覺得動物的性腺好吃呢？」

說著，嘴角還掛著一抹笑。

眾人提著工具頓時沒了下手的興致，一臉不知所措地看向隨憶。

隨憶擺擺手笑了出來：「開玩笑的，其實蟹黃是肝胰臟……」

眾人鬆了口氣準備繼續的時候，隨憶又開口了：「可是蟹膏真的是性腺。」

眾人又是一臉幽怨地看向隨憶。

她本來就不是濫好人，溫婉的外表下戰鬥力極強。

蕭子淵撫著額抖動雙肩，手指摩挲著她的掌心：「都跟你們說了別惹她，你們不聽。」說完摸了摸隨憶的長髮，目光寵溺：「乖，別欺負他們了，他們不是妳的對手。快吃，涼了就不好吃了。」

旁邊有人對著蕭子淵哀號：「怪不得你會看上她，簡直是和你一模一樣，觸我底線者格殺勿論，還是不見血的那種！」

隨憶終於心滿意足，眾人說說笑笑間也開始品嘗美味，坐在隨憶對面的陳慕白不由得抬頭多看了她一眼。

而梁宛秋再看向隨憶時，眼裡的憤怒卻是再也掩飾不住了。

梁厲秋在桌下踢了妹妹一腳，兄妹倆一前一後地出了包廂，站在走廊的角落裡低聲爭吵著什麼。

「妳到底想幹什麼？一而再、再而三地挑釁，先不說她是蕭子淵的人，就看今天是江聖卓做東家，妳也該收斂點吧？」

梁宛秋一臉不服氣：「她哪裡比我好？不就是隨景堯的女兒，還是前妻生的，有什麼了不起！」

梁厲秋一臉不贊同：「妳就只知道這些嗎！妳也不動腦子好好想想，蕭家是什麼家族？蕭子淵是什麼人？他的眼光何其高，他看上的女人怎麼會是普通的女孩子。妳看她剛才的風流氣度，哪裡像是沒見過世面的？先撇開她是隨景堯的女兒不說，她外祖父沈仁靜那是真正的國學大師、書香門第，這些雅事她是從小就耳濡目染的，我們在她面前耍弄這些，在她眼裡不過是附庸風雅罷了，妳不是自取其辱嗎？」

梁宛秋一臉驚訝：「沈仁靜是她外祖父？怎麼沒聽她……」

梁厲秋冷哼：「人家低調不願意張揚，妳還真以為她是軟柿子，任由妳揉來捏去？」

「就算是那又怎樣？我就不信邪了！」

梁宛秋早就被嫉妒昏了頭腦，說完轉身就往回走。

梁厲秋在她身後叫著：「妳給我回來！」
梁宛秋卻頭也不回地進了包廂。
一群人推杯換盞後氣氛便開始高漲，幾個男人邊喝酒邊談論著當前的時事經濟。蕭子淵坐在那裡一直在聽，話不多，偶爾接一兩句，但看得出來一群人對他的話很重視。
隨憶對他們的聊天內容沒興趣，百無聊賴地坐在旁邊，不知道什麼時候幾個女孩帶著近乎討好的熱情坐到她旁邊，不時和隨憶說著話。
隨憶記得她們好像是最近剛剛出道的女明星，隨憶聽小護士們八卦的時候瞄過幾眼，是剛才某幾個公子哥的女伴，看起來年紀比她還要小，但已經被調教得很不錯，處世圓滑，察言觀色的本事已經爐火純青，隨憶自愧不如。
隨憶一直帶著疏離的客套應付著，她們幾個卻絲毫不受影響，並不冷場。
蕭子淵不時往這邊看一眼，看到隨憶似乎有些坐不住，但又礙於這邊都是女眷不好靠近。
隨憶實在是太無聊了，聽著聽著突然轉過頭去，認真地打量著幾個女孩子，似乎在尋找什麼。半晌之後抬頭看向蕭子淵，蕭子淵看到她眼底跳躍的調皮和興奮後，笑著點了一下頭，然後又轉頭加入了談論。
隨憶得到默許，開心地笑起來。
期間三寶傳了訊息給隨憶，隨憶回完之後便順手把手機放在了桌子上。其中一個女孩看到了，倏地伸手拿過去，邊翻著手機裡的內容邊說：「有沒有妳和蕭部長的照片啊？我找找看。」
未經允許就動別人的手機，這種行為怎麼說都是不禮貌的。幾個女孩馬上湊成一團，蕭子淵看了一眼，勾起了唇角，頗有助紂為虐的意味，隨憶也並未出手阻攔，只是在心裡輕笑了一聲。

女孩翻到相簿的第一張就困惑著，湊過來指著螢幕上像豆腐腦一樣的物體問：「這是什麼啊？」

隨憶微微一笑，心情很好地吐出兩個字：「人腦。」

幾個女孩以為隨憶是在開玩笑，轉過頭繼續看，竟然越看越覺得像，最後全都豎起了汗毛，轉頭看著隨憶。

隨憶笑著解釋道：「第一次觀摩開顱手術，留作紀念的。」然後又好心地提醒：「妳害怕的話就看下一張吧！」

女孩抖著手，顫顫巍巍地滑到下一張，就看到一具白森森的骷髏，渾身又是一震，隨憶繼續解釋道：「一個朋友的朋友拍的X光，讓我幫忙看看有沒有事，我當時在外面，他就傳到我手機了，我看完之後忘記刪了。妳不喜歡的話再往下看吧。」

下一張又看到血淋淋的屍體，身體上器官殘缺，白色的骨頭在一團血肉模糊中若隱若現，女孩想都沒想就把手機扔了出去，恰好扔到蕭子淵腳邊。

蕭子淵撿起來看了一眼，然後淡定地遞給隨憶。隨憶拿過來也看了幾眼後收起手機，眼睛裡都是讚嘆，對還處在驚悚中的幾個女孩解釋道：「這是上解剖課的時候拍的，是醫學系一位老教授親自操刀講解的，切口實在是太漂亮了，就忍不住拍了下來。」

說完之後，又把手機往那邊遞了遞：「妳們看看，不漂亮嗎？」

幾個女孩立刻縮成一團，集體往一邊躲了躲。

隨憶這才收起手機，笑著問了一句：「還要看嗎？」

「不看了不看了！」幾個女孩發誓再也不會隨便動隨憶的東西了。陳慕白坐在角落裡靜靜地看著，看著看著，竟然搖著頭笑了出來。

自那晚之後，隨憶一戰成名，應酬竟然莫名多了起來。別人在邀請蕭子淵的時候，都會有意無意地提起他的這位女朋友，對她有諸多好奇。

這天隨憶剛回到樓下，就看到蕭子淵的助理從車裡走下來，手裡捧著一個方形禮盒：「隨小姐，蕭部長讓我給您的。請您準備一下，晚上會再來接您。」

隨憶有些疑惑，接過來後問了一句：「他還說什麼了嗎？」

得到的是助理禮貌得體的官方回答：「蕭部長一直在開會，開完會會打電話給您。」

蕭子淵的這個助理姓呂，隨憶見過不少次了。他年齡不大，可總是不苟言笑，無論是多麼熟悉的人問起話來都是一副公事公辦的模樣，不該說的話一句都不會多說。

隨憶笑了一下：「謝謝。」

上了樓，隨憶打開禮盒一看，便愣住了。

是一件做工精良的七分袖盤扣旗袍。

白色的重緞真絲，泛著矜持晶瑩的光澤，旗袍從左側到右側繪著一株墨梅，用墨不多，但水墨濃淡相間，含苞、漸開、盛放，清潤灑脫，生機盎然，其他地方零星地散落著幾朵，靜謐淡雅。朵朵花開淡墨痕。

過了許久，隨憶才伸出手去觸摸。觸手涼軟絲滑，隨憶把旗袍拿出來的時候掉出一段布條，上面寫著一個數字，數字旁邊是蕭子淵的簽名，是他的字跡。

和當年上學的時候相比，少了些張揚，多了些舉重若輕的從容。

蕭子淵打電話來說在樓下等她的時候，隨憶已經梳妝好準備出門了。她站在鏡子前看了半晌，尺寸合適，一寸不多一寸不少。臨出門前她又返回鏡前，去臥室翻出了那根玉簪，綰起了長髮。

上了車才發現蕭子淵今天穿得格外隆重，一身鐵灰色西裝很是英挺，整個人神采煥發。

他的眼睛卻一眨不眨地盯著隨憶看，然後慢慢笑了出來，想說的話卻在嘴邊遲疑換成了別的：「很合適。」

旗袍不是人人都可以駕馭得了，需要閱歷沉澱出的氣質，需要由內而發的涵養。她年紀雖輕卻壓得住，美到極致，那是一種連他都需要仰望的美。

剛才他坐在車裡，看著她一步步走過來的時候，怦然心動。

一襲素色旗袍將她纖柔有度的身材勾勒出來，舉手投足間帶著一股別樣的風情。她平日裡幾乎從不化妝，此刻也只是薄薄的一層淡妝，清澈得深邃，嫵媚得純淨。他該拿什麼詞去形容她的美？

隨憶沒發覺他的異常，只是笑著問：「你怎麼知道我的尺寸？」

蕭子淵闔了下眼睛又睜開：「嗯……如果妳一定想知道的話，那我就說了。我有很多機會可以用手量，妳知道作為一個機械系的學生，應該具備數字敏感性。」

隨憶的臉一下子就紅了，低下頭，低聲催促道：「快走吧。」

車開了半天，隨憶才想起來問：「我們要去哪裡？」

蕭子淵輕描淡寫地解釋道：「有位老人過壽誕，我們去湊個熱鬧。」

隨憶有心調侃他，歪著頭調皮地笑著：「到底是什麼人啊？這麼重視，還要蕭部長親自排隊去做一件手工旗袍？」

蕭子淵一愣笑了出來：「城外有家店鋪，從上海遷過來的，祖上家傳都是做這門手藝，據說舊上海的世家小姐、太太都是非他家不可。自恃清高，任誰都得乖乖排隊。我也等了幾個月，只是剛好最近做好了才帶來給妳，並不是特意為了今晚。」

隨憶垂著眸靜靜地笑著，然後伸手去握蕭子淵的手。

「怎麼了？」

「今天媽媽打電話給我，說療養院已經建好了，邀請他們去參觀了，她說棋室建得很好。」

蕭子淵彎著唇角：「那改天我們請陳慕白吃飯，謝謝他。」

隨憶也跟著笑起來：「好。」

「陳家的人都是唯利是圖的小人，唯獨這個陳三公子是可交的。」蕭子淵忽然又想起了什麼，「還有他二哥，不過離開陳家很久了。對了，聽說，現在好像跟妳在同家醫院。」

「醫生？叫什麼？」隨憶想起一個人：「陳簇？」

隨憶問出了口又推翻：「不對啊，你不是說他們這一輩都是慕字輩的？」

「是陳簇。他原名叫陳慕北，和他幾個堂兄弟都不同，個性也像他母親，溫和有禮，後來他母親發生了一些事，就脫離陳家了。他母親也姓陳，生前最愛方竹，所以他為自己取名陳簇。」

「那他和陳慕白是……」

「同父異母。」

「可真是夠亂的……」

「所以說陳家的水真的太深。」蕭子淵看隨憶想得出神，不願意讓她在這些事上費心思，便拍拍她的手：「好了，不說這些了。我媽媽和子嫣說好久沒見妳了，週末想約妳去喝下午茶。」

「好啊，我也很久沒見她們了。」

剛說完車子便停了，是一棟別墅，雖然在半山腰卻不荒涼，燈火通明，熱鬧非凡。

進了大廳才發現內部裝潢得更是金碧輝煌，人們三五成群地端著高腳杯站在一起說話，有熟悉的人看到蕭子淵和隨憶進來，便迎上來說話。

隨憶站在蕭子淵旁邊笑，大概今天的主人真的是德高望重，平日裡跟著蕭子淵出來見到的一群吊兒郎當的紈絝子弟今晚也都是人模狗樣的。

笑著笑著卻笑不出來了，臉都僵了，談話內容無趣至極。隨憶小幅度地歪頭偷偷瞄了蕭子淵一眼，他依舊優雅從容，臉上的笑容禮貌得體，認真地聆聽著旁人的話，看不出絲毫的不耐煩。

隨憶打起精神準備繼續應付的時候，蕭子淵卻忽然轉過頭來，極快地在她耳邊說了一句：「太無聊了，去旁邊玩吧。」說完，便站直了身體看著她。

隨憶抬頭看向他，蕭子淵微不可見地笑著點了一下頭。

隨憶微微欠身：「不好意思，失陪一下。」

眾人紛紛笑著點頭。

蕭子淵平日出席這種場合從不帶女眷，從來都是獨來獨往，可不知從什麼時候開始，身邊多了這個女人。

蕭子淵似乎在用行動告訴大家什麼，有好奇心重的人來問，蕭子淵就大大方方地承認是女朋友。

隨憶轉了一圈後覺得口渴了，便去宴會廳角落的吧臺要了杯果汁，剛抿了一口就感覺到旁邊多了個男子。

男子輕輕敲了敲桌面，對著吧臺裡的調酒師說：「老規矩。」

調酒師很快調出了兩杯相似的紅色液體。

那個男子卻突然轉過頭，一臉輕佻的笑容：「龍舌蘭日出和日落，代表著我想和妳每天從日落待到日出。」

隨憶很無語地看過去，長相不錯，不過……這種騙小女生的把戲實在是太尷尬了。

從日落待到日出？一夜情的文藝說法？

隨憶在男子一臉自信的笑容中開口：「不好意思，我不出診的，請到醫院掛號就診。我最近在泌尿科，專治ＥＤ[8]，如果你有需要的話。」

說完放下手裡的果汁，轉身離開，下一秒身後就傳來了爆笑聲，留下剛才的男子一臉錯愕。

剛才爆笑的幾個男人很快圍上來，坐在吧臺上調侃著某風流男子。

「哈哈哈！笑死我了！」

此風流男子大概之前一直戰無不勝，這次竟然栽了，有些惱羞成怒：「笑什麼笑！」

「剛才是誰誇下海口五分鐘搞定的？蕭子淵的人你也敢碰？」

男子臉上的表情瞬間僵住：「她是蕭子淵的……」

看到周圍一副看熱鬧的樣子，皺著眉質問：「你們都知道？這不是坑我嗎？」

陳慕白端起一杯抿了一口，挑著眉笑了出來。

剛才他們坐在角落裡，注意力卻被她一個人吸引。

她一襲素色旗袍，古典優雅，渾身上下不戴任何首飾，只有髮間那一枚玉簪，卻美到令人窒息，耳邊似乎響起了舊上海留聲機的咿呀聲。

她站在蕭子淵身邊，自然有不少人打聽。

之前有見過幾次的人一臉不可置信，以前只覺得她氣質逼人，但今晚真可謂是豔驚四座，以前見面，自己怎麼會認為她不漂亮呢？

陳慕白靜靜地看著，她平日裡穿著普通簡潔，容貌並不出眾，可此刻在近乎晃眼的璀璨燈光下嫵媚流轉，動人心弦。

懂得隱藏美麗的女人才是真正的聰明人。她，人淡如菊，像冬日雪後街頭的路燈，淡香融光暈，不急不躁，卻清新別致。在一群顯貴中不卑不亢，陳慕白發自內心地覺得，她和蕭子淵感覺很像，似乎本來就應該站在一起。

一群人鬧也鬧了，笑也笑了，又開起了玩笑：「慕少上吧，慕少不是一向喜歡有難度的嗎？」

陳慕白搖著手裡的酒杯，透過晶瑩剔透的杯壁看著那道窈窕的身影，半晌才開口：「明知不可碰而碰之，實為不智也。」

他想起上次坐在車裡看到的情景，恐怕蕭子淵對她寶貝得很呢。他相信，但凡他敢伸出手去，蕭子淵就敢提刀砍下來。

蕭子淵那可是個有天分、有手腕的政客，腹黑低調，睿智從容。從他手裡過的案子，手法看似隨意，實則乃是高手無招，他可不想碰這尊大神。

這種女人遠觀即可，近看還是某個不出門就不修邊幅的女人更有生活氣息。

隨憶站在陽臺上呼吸著新鮮空氣，身後的門虛掩，遮住了一室浮華。別墅的主人真的很有心，陽臺上的欄杆花紋精緻，還擺了幾盆盆栽和時令鮮花，讓這個小角落看起來安靜，卻生機盎然，充滿活力。

「隨小姐？」

身後忽然傳來一個男聲。

隨憶背對著他皺了一下眉，難道連這片刻的清靜都是奢侈嗎？

她很快笑著轉身，原來是陳慕白，她同樣禮貌地稱呼：「陳先生。」

雖然他們之前見過幾次，但這還是第一次單獨接觸。

陳慕白笑了一下，在黑色的天幕下邪氣橫生。他邊笑著，邊往陽臺深處走，似乎在看沿途的花，隨憶讓了幾步，退到了門口。

陳慕白突然抬起頭問：「隨小姐的姓並不多見，妳和隨氏集團的隨總是什麼關係？」

隨憶心裡一驚，她有多久沒想起過那個人了？

上次見到他好像還是幾年前去祭拜外公的時候，從那之後再無音信。

一抬頭，對方還在等她的回答，隨憶心裡一亂，張了張口又忍住，她知道心亂的時候一定不能出聲，一開口就洩露了自己的慌亂。

其實她和隨景堯還是有幾分相像的，就是那種分開來看不怎麼像，但是站在一起就會立刻讓人感覺兩個人一定有血緣關係的那種相像。

「她和隨總一點關係都沒有，只是剛好姓隨而已。」

隨憶感覺到腰上的力量和溫暖，立即鬆了口氣。

蕭子淵不知何時來到她的身旁，攬著她的腰把她擁在懷裡，好整以暇地看著陳慕白，聲音低沉，底氣十足。

她抬起頭，他的眸子璀璨若星辰，一直盯著陳慕白，眼睛裡帶著審視和警告。

我以為你在遠處，而你卻靜靜地從旁邊抓住了我的手，所有的光芒都向我湧來，那一刻，我可以安心地靠在你懷裡，知道你會為我遮風擋雨，沒有擔心沒有焦慮，真好。

陳慕白靠在欄杆上，吊兒郎當地回視：「我感受到你的殺氣了，快收起來吧！我不問了行嗎？」

「很好。」蕭子淵微笑了一下，擁著隨憶轉身走出了陽臺。

陳慕白不服氣，卻又礙於蕭子淵的淫威，只能在他們身後嘀咕了一聲：「都幾歲了還玩初戀，還好意思出來炫耀……」

蕭子淵和隨憶相視一笑，有默契地假裝沒有聽到，走了出去。

出了陽臺，蕭子淵解釋道：「他不是什麼壞人，會那麼問妳也是無心的，妳不要放在心上。」

隨憶軟軟地笑出來：「我知道，你的朋友都不會是壞人，是我太敏感了。」

蕭子淵伸手去撫她的臉：「是不是累了？帶妳去跟主人打個招呼，我們就能走了。」

他知道她不喜歡這種場合，若不是因為自己，她根本就不用這麼辛苦，她心甘情願，可她越是這樣，他越不忍心。

隨憶聽了眼睛一亮，但很快又拉著蕭子淵停住：「我們才剛來沒多久，還是等等再走吧。」

她知道這些應酬雖然索然無趣，可對他而言卻是必不可少，她怎麼能拖他的後腿呢？

蕭子淵一臉安慰：「沒關係，該做的都做了，況且老人年紀大了，睡得早，也快解散了。」

隨憶昨天上了夜班，雖然白天有補眠，可還是睏，穿著高跟鞋、帶著微笑面具做了整晚的花瓶，一上車就累得趴到了蕭子淵懷裡。

蕭子淵一下一下輕柔地拍著隨憶的後背，車窗外五光十色的霓虹燈光不時照進車內，車內忽明忽暗，兩個人都沉默不語。

隨憶忽然感覺蕭子淵的心跳有些快，一抬頭才發現他的臉色有些蒼白，去抓他的手，手心裡濕冷冰涼，她心裡一急：「你怎麼了？」

蕭子淵反手包住她的手，輕描淡寫地回答：「沒事，胃有點痛，吃點藥就好了。」連聲音都是嘶啞無力的。

隨憶看著他隨身拿出一個藥瓶，嫺熟地倒出兩粒藥片，仰頭吞了下去。

她皺皺眉，他是從什麼時候開始靠吃藥來緩解胃痛的？看樣子時間還不短了。

她伸手去拿蕭子淵手裡的藥瓶，在昏暗的車廂裡看了幾個關鍵字之後，抬頭去看他，帶著擔憂和薄怒。

蕭子淵笑著摸摸隨憶的頭：「不嚴重，只是偶爾才會痛，怕妳擔心就沒告訴妳。」

每當這個時候，蕭子淵的話就要打對折來聽，隨憶看他疼得動作都變得輕緩了，信他才怪。伸出手去按在他的胃部，開始交代道：「這種藥都是治標不治本，胃要養的，你以後工作再忙也要按時吃飯、應酬的時候酒儘量少喝，菸能不抽就別抽了……」

說到這裡，隨憶忽然開始氣自己，她怎麼早沒發現呢？

蕭子淵輕輕笑了一下，緩聲回答：「好了，別生氣了，我記住了。不抽菸不喝酒，多鍛煉身體才能生出健康的寶寶。」

他疼成這樣還不忘逗她，隨憶一臉凶神惡煞地開口，手上動作卻極溫柔地去捂他的嘴：「別說話了，你休息會吧。」

蕭子淵攔截住她伸過來的手，握在手裡，笑著閉上眼睛養神。

回到家後，隨憶便鑽進了廚房熬小米粥，又扔了幾顆紅棗進去。本來蕭子淵黏在她身邊轉，被她趕到沙發上休息去了。

過了一陣子，隨憶站在廚房門口往外看了一眼，無聲無息地關上廚房的門，撥通呂助理的電話。

「他是從什麼時候開始胃痛的？」沒有客套話，開門見山。

『……』呂助理沉默，半晌才回答：『蕭部長特地交代過，不讓我告訴您。』

隨憶冷笑一聲：「你是不是忠心得太迂腐了？為什麼不能告訴我？我會害他嗎？」

大概是從沒見過隨憶如此，雖然沒有大吼大叫，可言辭語氣裡帶著若有似無的火氣，呂助理這次很快回答：『從什麼時候開始的，我也不清楚，您也知道蕭部長是個隱忍的人，如果不是疼到受不了，旁人根本無法察覺，我只知道他最近經常吃藥……』

「好，謝謝你。」隨憶掛了電話，打開門看著沙發上的背影，一臉擔憂。

沒過幾天，隨憶的擔憂就變成了現實。

那天下午隨憶去看了新進的病人，回來的時候路過護理站，看到一群小護士圍在一起興高采烈地討論著什麼。

隨憶笑著走過去，假裝嚴厲地開口：「又聊天不幹活，一會兒護士長看到了就該罵人了！」

小護士們聽到聲音嚇了一跳，再一看是隨憶便笑起來：「隨醫生，妳不知道，剛剛頂層病房住進來一個年輕的部長，長得好帥啊！」

另一個護士明顯不相信：「住到那些病房裡的都是老頭，哪有年輕的帥哥啊，妳又在亂說吧？」

「我沒有！真的很帥，聽說是胃出血，送來的時候衣服上還帶著血跡，臉色也不好看，可真的很帥，病美人啊！我的菜。」

隨憶本來打算要走了，聽到這句突然停住：「那個部長姓什麼？」

「我聽他們好像叫什麼……蕭部？隨醫生認識？」

「呃……不認識。」隨憶頓了頓，向護士笑了一下，很快離開。

隨憶站在頂層病房的走廊角落裡，看著以院長為首的一群菁英浩浩蕩蕩地走過，輕聲叫住跟在後面的陳篠。

「學長！」

陳篠轉頭看到她便走了過來，笑著開口：「我正要找妳呢。」

隨憶奇怪：「找我？」

「子淵說他想見妳，讓我去找妳來。」

陳篠一臉純潔地說出來，不帶任何八卦色彩，聽得隨憶倒不好意思了。

「呃……那個……你知道啊？」她原本以為醫院裡沒人知道的。

隨憶看著陳篠笑咪咪地看著她，越發臉紅：「他沒事吧？」

陳篠斂了笑意：「胃出血，有點麻煩，好在及時送醫治療，妳快去看看吧。」

隨憶點點頭便去了病房。

敲了敲門，推門進去，蕭子淵已經醒了，穿著白底藍條的病號服更顯清俊，當真如小護士所說病美人一般。他臉色蒼白地靠在床上打點滴，似乎還在交代工作上的事情，呂助理站在一旁，拿著筆認真地記著什麼。

聽到聲響兩人同時看過來，蕭子淵說到一半的話咽了下去，呂助理很懂事地打了個招呼退出去。

隨憶走到距離病床幾公尺的地方站住，似笑非笑地看著蕭子淵不說話。

她一襲白袍，站在那裡看著他，帶著醫生的威嚴，強大如蕭子淵也只能舉手投降：「我……」

剛開口就被隨憶打斷：「別以為你找陳學長來，主動自首就不會有事。」

從那天晚上開始，隨憶就特別注意蕭子淵的飲食和休息，還押著他去做了檢查，如果不是做了什麼，根本就不會胃出血。

蕭子淵虛弱地笑了起來：「中午有個代表團來實習，盛情難卻，喝了兩杯酒，下午開會的時候就感覺不對了。」

隨憶笑得溫婉，輕柔地反問了一句：「兩杯？」

蕭子淵難得心虛：「兩杯是虛指。」

隨憶忽然嘆了口氣，臉上的笑容也消失殆盡。

「呃……」蕭子淵掙扎良久最終放棄，像是做錯了事的孩子緩緩吐出三個字：「我錯了。」

隨憶聽到後眼裡浮現起笑意，立刻轉身往外走，轉過身後壓抑良久的嘴角才肆無忌憚地彎起。身後傳來蕭子淵欲言又止的一聲「啊」，她也只當沒聽到。

隨憶才出門就在電梯口碰到三寶，三寶興高采烈地從電梯裡衝出來。

「聽說醫院住進來個青年才俊，我來圍觀啊！」

「妳不是只喜歡大學長嗎？」

三寶有些懵了，撇撇嘴：「大學長不懂愛，八戒會掉下來。」

隨憶噗哧一聲笑出來，摸了摸三寶毛茸茸的蘑菇頭。從她接觸陳簇以來，覺得陳簇是個很溫和的人，只是涉及愛情時又變得冷冰冰的，醫院裡想著染指他的小護士不在少數，可都被他凍住。或許是他母親的事讓他傷心，再也不相信愛情了吧，三寶這縷陽光究竟能不能照進他黑暗的愛情世界裡呢？

那天之後，隨憶不忙的時候便會上樓來監督蕭子淵，每天工作時間不得超過六個小時。她親自下廚做養胃的飯菜，晚上一到十點就催促他休息，沒過幾天，蕭子淵的臉色便好看了許多。

這天上午，隨憶等醫生查完房去看蕭子淵，蕭子淵已經換下了院服，預謀了半天：「醫生說我好得差不多了，這幾天壓了很多工作沒做，我該出院了吧？」

隨憶抬頭看他：「你想出院？」

蕭子淵就是蕭子淵，神色不變地看了呂助理一眼，隨憶也看了過去。

呂助理抱著一堆蕭子淵處理過的文件站在一旁，咳了一聲，斟酌良久才開口：「蕭部長，其實這兩天事情不是很多，我還可以頂一陣，身體重要，您還是在醫院多觀察兩天吧。」

說完微微點頭，看似鎮定地抱著文件走了。

蕭子淵坐在床邊挑眉看著隨憶，頗為意外：「妳是怎麼讓他倒戈的？」

隨憶不理他，拿出手機看了眼時間：「我約了你媽媽和妹妹喝下午茶，就不陪你了，你好好待著，別亂跑。」

被當成小孩子的蕭子淵很是無奈：「我送妳去吧！」

隨憶睨他一眼。

蕭子淵舉起一隻手：「我真的不出院，就是太無聊了出去逛逛。我保證送了妳就回來。」

隨憶想了想，便答應了。

本以為喝下午茶的只有三個人，等她踏進包廂坐了一會兒才發現，自己或許是不該出現的那個。

蕭子嫣坐在蕭母身邊，搖著蕭母的手臂似乎正在說著什麼，蕭母一臉無奈地笑著看她撒嬌。

隨憶推開古色古香的包廂門，蕭子嫣立刻跳起跑過來：「阿憶姊姊！」

隨憶笑著打招呼：「伯母、子嫣。」

蕭母笑著招手：「外面冷吧？快過來坐。」

「不冷。」隨憶摘了圍巾坐下來，拿出一個紙袋放到蕭母面前：「我推算著上次的茶喝得差不多了，帶了一包給您。要換季了，蘇教授特意多加了幾味藥材，您先喝喝看。」

當初隨憶沒事便去三寶那裡蹭茶喝，有一次聽三寶說起一位和蕭母差不多情況的病人喝了蘇教授開的茶好了很多，便抱著試試的態度讓蕭子淵帶了一些茶回去。蕭母喝了幾個月果然感覺不錯，雖然不是一時半會可以康復的，但到底有些幫助，就一直喝下去了。

蕭母接過來放在手邊，笑起來：「真好，比子嫣貼心多了。」

蕭子嫣吐了吐舌頭：「我也很貼心啊，您就是有偏見。」

隨憶又拿出一個小方盒：「知道妳喜歡，上次回家的時候帶給妳的，一直忘了給妳。」

蕭子嫣立刻眉開眼笑：「真的啊，上次那對耳墜被我弄丟了一個……再也找不回來了。」

蕭母看著隨憶笑：「不用總是帶禮物給她，她不知道珍惜。」

「都是小東西，難得她也喜歡。」隨憶說完，又不動聲色地看了眼時間，她沒來晚啊？本以為會先到的。

蕭母看在眼裡：「妳沒遲到，今天是一個世侄女請我和子嫣喝茶，我很久沒見妳了，便叫妳一起來。我故意說晚了十五分鐘，子嫣吵著要喝奶茶，宛秋出去買了，馬上回來。」

隨憶聽到這個名字笑了一下，蕭母問道：「見過了？」

隨憶點頭：「一起吃過一次飯。」

蕭子嫣一臉不情願地皺眉：「媽媽，我不喜歡她，那麼虛偽，整天就只知道裝。」

蕭母整理了一下女兒的衣領：「她來看媽媽，總不能把人家轟出去吧？」

蕭子嫣噘嘴，冷嘲熱諷：「她哪是來看您啊？還不是來看哥哥，幸好哥哥不在。」

蕭母耐心地交代道：「人家請我們喝茶是好心，才進門就被妳支出去買奶茶，一會兒不許再擺臉色給人家看了啊。」

蕭子嫣哼了一聲，便不再作聲。

正說著話，梁宛秋推門進來，看到隨憶愣了一下。

蕭母解釋道：「是我叫阿憶過來的，想著妳們都是年輕人，應該聊得來。」

梁宛秋勉強笑了一下，她本以為隨憶的存在蕭家是不知道的，這才約了蕭母出來，打算用父母之命棒打鴛鴦，可是，現在是什麼情況？

梁宛秋把奶茶放到蕭子嫣面前，蕭子嫣看了一眼也不喝，只生硬地道謝：「謝謝。」

蕭母看著梁宛秋問了一句：「外面冷嗎？」

梁宛秋早已恢復了常態，笑著回答：「冷是冷了點，不過我把子嫣當作是我親妹妹，妹妹想喝奶茶我當然要去買，這麼想就不覺得冷了。」

隨憶心裡一笑，同樣的問題，梁宛秋的回答真是比自己乾巴巴的「不冷」兩個字漂亮多了。

蕭母喝了口茶，別有深意地笑著對梁宛秋說：「多年不見，妳比小時候漂亮了，也比小時候話多了。」

梁宛秋心裡一緊，臉上表情卻也沒變，有些尷尬：「是……是嗎？」

蕭母招呼著她們喝茶：「我記得妳小的時候，總是羞羞答答地跟在子淵後面，他不理妳，妳就紅了眼睛，問妳，妳也不會說是他的不好。見了長輩也不好意思叫人，就看著人笑，那個時候覺得這個女孩子真是單純可愛啊。」不知什麼時候變了天，蕭母話裡的意思三個人都聽懂了。

隨憶看了蕭母一眼，不愧是蕭子淵的母親，並不是那麼容易任人蒙蔽的。

梁宛秋的臉色變了又變，勉強笑著，有些著急地解釋道：「那個時候年紀小……不懂事……如果現在還是那個樣子，怎麼對得起蕭伯母從小就教我。」

「是嗎？」蕭母還在微笑，可屋內的氣壓卻一下子低了下去：「懂不懂事都不算什麼，就怕人長大了，心眼也跟著長了，那就麻煩了。」

隨憶倒是一句話沒有，默默地喝茶。

梁宛秋也沉默了，沒過多久她便起身告辭。

蕭母點點頭：「阿憶啊，妳幫我去送送宛秋吧。」

隨憶很快站起來：「好。」

梁宛秋面無表情地看了隨憶一眼，轉身走了。

看著兩道俏麗的身影消失在門後，蕭子嫣便開始嘰嘰喳喳地在蕭母耳邊嚷嚷。

「我就說她最虛偽了，您還說我刻薄。看到了吧？這樣的人還想做我嫂子，哼！還是阿憶姊姊好。」

剛才的威嚴盡散，蕭母拍著女兒的手，「阿憶這個孩子不錯，很聰明的一個女孩子，難得的是心地又好，妳啊，好好跟她學學。」

蕭子嫣心裡對隨憶很服氣，任蕭母怎麼說都不生氣：「媽媽，我不夠聰明嗎？」

「妳？妳那是小聰明！真的聰明是春風化雨，了無痕跡，卻又極其舒服。妳父親說得對，妝罷低聲問夫婿，畫眉深淺入時無。字字珠璣。」

蕭母說完之後若有所思，嘆了口氣。

梁宛秋一直走在前面，直到出了茶社才轉身看著隨憶開口：「妳想過沒有，妳憑什麼站在蕭子淵身旁？是因為妳姓隨？還是因為妳外公？妳知道他以後要走什麼樣的路，隨家只會給他帶來麻煩，而書香門第只是好聽而已，對他沒有半點實質性的幫助。」

隨憶一路微笑著跟著，見梁宛秋如此不客氣地開口也不惱：「梁小姐，路上小心，我就送到這裡了。」

梁宛秋等了一路，沒想到就等到這句話，有些不甘心：「妳……」

隨憶看著她，大概今天不說清楚，她是不會甘休的。

「有些事情其實妳心裡是清楚的。就算笑得甜甜蜜蜜，就算妳再努力，那些不屬於妳的也不會屬於妳。而那些與妳有關的，就是與妳有關，逃也逃不掉的。就算妳跟他只見過三次、三個月才聯絡一次、就算妳跟他隔著十萬八千里……有些人註定是妳生命裡的癌症，而有些人只是一個噴嚏而已。」

「曾經也有個女孩用實際行動質問我，我和蕭子淵相識不過短短幾年，而她已經在他身邊這麼久了，我拿什麼和她爭？還有妳說的這些，我也曾經想過，躊躇過，猶豫過，甚至捨棄過。我和他相識時間不夠長，我沒有身分背景可以幫他，他要走的道路和我根本來就不會有交集，這些曾經都是我試圖說服自己的理由，可是沒有用。」

「我從認識他的第一天起就知道，無論我怎麼逃都逃不掉。其實剛開始的幾年，我們見面的機會並不多，我們就算見面話也不多，後來我們甚至相隔十萬八千里，可我還是沒有逃掉，他註定在我生命裡。既然這樣，我為什麼還要逃？」

梁宛秋在政壇多年，早已被磨礪得世故現實，可畢竟還是個女孩子，內心還是嚮往著兩情相悅，聽了隨憶的話不禁有些感觸，若有所思地看她轉身進了茶社，呆呆地站在原地很久才準備離開。

打開車門的時候，突然有個男聲在她身後響起。

「妳好奇的話，我可以告訴妳。她能站在我旁邊，什麼都不憑，只是因為我愛她。」

一轉身看到蕭子淵雙手插在口袋裡，正悠閒地站在車邊，身形清俊挺拔，似乎在等什麼人。

他波瀾不驚地看著她，似乎剛才那些話根本來就不是來自於他。

梁宛秋緊緊皺著眉頭，上了車，狠狠關上車門，絕塵而去。

那天的事情，蕭子淵和隨憶沒有進行任何交流，而梁宛秋似乎也安靜下來了。

---

7 蟹八件：明朝時流傳下來的文雅食蟹工具，高級品多以白銀製成。

8 ＥＤ：Erectile Dysfunction 的首字母縮寫，意為陰莖勃起功能障礙，俗稱陽痿。

第十七章　戀卿十四載

過了幾天蕭子淵還是出了院，不過醫生交代要每隔幾天回來複診。既然這樣隨憶也沒話說，蕭子淵便心情愉悅地出了院。

蕭子淵住院期間，隨憶去找他的時候都是避人耳目，沒想到他住院的時候沒出什麼事，他出了院反倒被人挖了出來。

那天早上，隨憶去上班的時候就覺得眾人的眼神有些奇怪，才換了衣服出來就看到三寶抱著報紙探頭探腦地來科室找她，還一副唯恐天下不亂的樣子：「阿憶，東窗事發了。」

隨憶看著報紙上的報導和照片，忍不住皺眉。

報紙中央貼了幾張她和蕭子淵的合照，報導剛開始只是八卦政壇新貴有了情感歸宿，後來便開始挖隨憶的身分，自然挖到了隨家。

政壇新貴和富商之女，字裡行間雖然用詞隱晦，但無一不透露著官商勾結的意思。再加上隨氏集團最近有個專案要經蕭子淵的手審批，話就說得更難聽了。

隨憶捏著報紙嘆了口氣，蕭子淵去了鄰市開會，大概還不知道這件事，會不會給他帶來麻煩？她要不要通知他一聲？

三寶看到隨憶愁眉苦臉的樣子有心逗她，便指著報紙上的照片笑嘻嘻地開口：「阿憶，妳看這張照片，拍得真不錯。」

隨憶幽怨地看了三寶一眼：「妳是誠心的嗎？」

三寶感應到隨憶今天的小宇宙不正常，怕是會遇神殺神、遇佛殺佛的那種，很識時務地一溜煙跑了。

隨憶一天都心神不寧，下了班從醫院出來才發現下起了小雨，嘆了口氣去超市買了菜，心不在焉地朝家裡走去。

她撐著傘，埋頭思考著蕭子淵聽到這個消息會是什麼反應。實在想不出頭緒，她煩躁地踢著路上坑裡的水。不經意間一抬頭，竟然看到樓前停著一輛熟悉的車，很快有人從車上下來，那人風塵僕僕，一臉疲憊，站在雨裡也不知道撐傘。

隨憶站在幾步之外的地方，實在想不出該怎麼反應，最後僵硬地笑著：「對不起啊，我不知道會發生這些……我不知道我們在一起會給你帶來這麼大的困擾。」

蕭子淵嘆氣，他就知道她會這麼想才急忙趕回來，就怕她好不容易鑽出殼又被嚇了回去。

他向她伸出手，淡淡地說：「過來。」

隨憶猶豫了一下才走過去，還沒走近就被他接過手裡的傘，然後被他拉進懷裡。

「會讓我困擾的從來都不是別人，我困擾的不是我們在一起會發生什麼，而是我們不在一起，接下來的幾十年我該怎麼度過。」

隨憶窩在蕭子淵懷裡，溫暖而安心。

蕭子淵的聲音在頭頂緩緩響起：「這件事妳不用擔心，我會處理。那邊還有些事情，我是臨時趕回來的，馬上就要走了，妳千萬不要多想，乖乖等我回來。」

隨憶傻傻地點頭。沒看到他的時候，她覺得這件事棘手又麻煩，可現在看到了他，聽到了他的聲音，她竟然覺得這件事根本來就沒什麼。他是萬能的蕭神，在他面前一切問題都不是問題。

臨分開前，隨憶突然心裡一動，拉住蕭子淵的手：「我送你吧，送你到高速公路口我再回來。」

蕭子淵一愣，然後笑著點頭。

上車後交代呂助理：「派輛車在高速公路口等我。」

靜謐的車裡，隨憶靠在蕭子淵的懷裡，兩個人都沒開口。

剛才隨憶走在雨裡沒注意，鞋子早就濕了，腳下一片濕冷，她不適地動了動。蕭子淵很快察覺到，彎腰便去脫她的鞋襪。

隨憶躲了一下。

車內空間小，蕭子淵彎著腰似乎不怎麼舒服，聲音有些奇怪：「妳躲什麼？」

這輛車本來就是蕭子淵的公務車，萬物俱備，連各種場合的衣服都備著。

隨憶低頭看他拿著毛巾替她擦著腳。

他這樣一個男人，有俯瞰眾生的資本，卻能這樣對她，她還有什麼不滿足的？

最後，蕭子淵把她的腳放在座椅上，把毯子蓋在她身上，從身後抱著她。

隨憶半躺在蕭子淵懷裡，抱著他的手臂，過了許久才打破沉寂：「我不想成為你的麻煩。」

蕭子淵心裡有些難受，收緊手臂，吻了隨憶的鬢角，緩緩開口：「不麻煩，以後不准再這麼說。」

沒過多久，便聽到呂助理開口：「蕭部長，馬上就要上高速公路了。」

隨憶聽了打算坐起來穿鞋，蕭子淵拉住她：「外面很冷，妳別下車了，我換到那輛車就行了。」

「好。」隨憶有些捨不得。

「回去早點休息，我到了會很晚，就不打電話給妳了。」

「好。」

「乖乖等我回來。」

隨憶看著蕭子淵的眼睛，點了點頭。

蕭子淵只回來了短短一個小時，可她就像吃了定心丸，照常上班下班，似乎什麼都沒發生過。

過了幾天後，蕭子淵出差回來，坐在辦公室裡等著開新聞發佈會。

今天政府有個扶植專案啟動，會有不少記者來，記者的問題向來問得刁鑽犀利，鬧得沸沸揚揚的那個問題肯定躲不過，辦公室裡坐了幾個人在商討對策。

有人建議道：「不如說這些都是謠傳，您和隨憶小姐什麼都沒有。等風聲過去了再說。」

蕭子淵雙手合十抵在下巴上，隨意地掃了那人一眼，什麼都沒說。

呂助理跟在蕭子淵身邊幾年，知道他的底線在哪裡，他在心裡默默為剛才那人哀悼。

新聞發表會來了不少記者和攝影師，緋聞鬧了這麼久，蕭子淵第一次公開出席這種場合，哪家媒體都不想錯過這個機會。

問了幾個與專案相關的問題後，終於有記者問到眾人最感興趣的部分：「蕭部長，請問您和隨氏的長女真的是情侶關係嗎？」

有助理很快過來想接過麥克風替蕭子淵擋掉這個問題，蕭子淵一抬手阻止他，看著鏡頭認真地回答：「是。」

臺下一片譁然，議論聲很快響起。

「您不怕有人說您和隨家官商勾結嗎？不怕是隨氏的美人計嗎？」

蕭子淵忽然慵懶地靠上椅背，溫謙褪盡，肅殺盡顯。他半眯著眼睛，眼神卻霸氣而輕蔑，看著記者不急不緩地吐出幾個字：「這跟你有什麼關係？」

隨憶站在電視機前看著那張臉，無聲地笑了出來。

得夫如此，再無他求。

相比於類似情況各種曖昧不清的回答，這個答案對滿室的記者來說真的是新鮮刺激，不止沒帶來負面效果，反而大多數媒體人都覺得蕭子淵有責任有擔當。

後來，一位久不出山的政壇老前輩參加彙報演說的時候，被問及這個問題時笑了：「你們這些人啊，整天還抱怨別人不理解你們記者，你們自己呢？抓住人家一點私生活就咬著不放，蕭子淵這個年輕人我看就很好，難道進了政府機構就不能談戀愛了？難道進了政府機構就要嫌棄別人家的女兒是貧還是富嗎？你們當這是什麼年代啊，還重農輕商？你們啊……不要因為你們的幾句話毀了一個年輕人的生活。」

老人的幾句話把眾人都逗笑了，也不好再問什麼。

緊接著隨氏集團召開了新聞記者會。

隨景堯面對鏡頭和眾人，微笑著開口：「我隨某人一生從商，不管事業做大做小，憑的都是本事。你們說的那些，我隨某人沒做過，也絕不會去做。蕭部長我也接觸過，為人正派有禮。因為我和我前妻的關係，我虧欠小女隨憶良多，現在有人能站出來給她幸福，我作為父親是激動的。所以希望各位給我隨某人一個面子，我隨某人不勝感激。」

隨家經商講信譽有口碑，在商界很有威望，幾句話便讓眾人住了口。

本以為就這樣結束了，誰知道隨景堯卻突然拋出一顆炸彈：「為表清白，從今天起，我隨景堯將我名下所有財產捐給希望工程，從此散盡家財，這件事就此結束。」說完便轉身離開了記者會現場。

十幾年前我已經錯了一次了，不會再錯第二次。

隨憶知道這個消息的時候出了很久的神，然後再也不提。

週末晚上，蕭子淵帶隨憶去看了場電影，回來的路上，她看著窗外忽然出聲：「停車停車！」

蕭子淵打了方向燈，看了眼後視鏡靠邊停車：「怎麼了？」

隨憶笑嘻嘻地跳下車：「那邊有賣梅花的，我們買點回家。」

兩人手牽手走到街角的攤子上選花，隨憶神色如常地勾著唇，挑選著梅花枝，偶爾還會問他好不好看。

燈光下的側臉朦朧柔美，蕭子淵突然不想打破這份安靜。林辰曾經跟他說過，隨憶介意自己是臘月出生的，所以從來不過生日；而她也曾委婉地拒絕自己，說臘月羊守空房。現在，她對蠟梅似乎沒什麼抵觸，這是不是說明她已經徹底拋棄過去了？

她當真是香自苦寒來。

想到這裡，蕭子淵情不自禁地抬手去理她額前的碎髮，碎髮之後便是她清亮到極致的眼睛。蕭子淵看得出神，無意識地低低叫了一聲：「阿憶……」

看到隨憶看他，蕭子淵才回神，半真半假地笑起來：「我好像還沒替妳慶生過，今年生日我們好好慶祝，好嗎？」

隨憶抬眸看向蕭子淵，他清冽的聲音裡還帶著笑意，可早已收起了一貫的漫不經心，眉宇間鄭重而認真地詢問她的意見。

隨憶彎了眉眼，這樣一個肯如此尊重她、在意她的男人，她拿什麼理由拒絕？

「好啊。」

隨憶抱著滿懷的蠟梅枝，笑容滿滿，也許一切都該放下了。

轉眼元旦就要到了，蕭子淵要去離這裡不遠的一個山區慰問，他坐在辦公桌後聽著呂助理彙報行程安排。

「車已經準備好了，中午就走。還有……」

蕭子淵抬眼看他：「還有什麼？」

呂助理眼裡的厭煩毫不掩飾：「那個公關經理又來了，說要請您吃午飯。」

蕭子淵現在主導的都是熱門產業，很多專案成不成都要經過他這裡，這對商人來說就是利益。最近某企業漂亮的公關經理每隔一段時間就來「公關」，呂助理煩不勝煩。

普通人他早就冷冰冰地打發了，可這個女人一聽說蕭子淵沒空見她，就撒著嬌往他身上蹭，她穿著暴露，他躲都躲不及。

蕭子淵有些好笑：「不管她，走之前送我去醫院一下。」

才出了辦公大樓，某公關經理就衝了過來，站在蕭子淵旁邊笑著發嗲：「蕭部長，我車壞了，順不順路帶我一起走？」

蕭子淵皺眉：「我要去醫院。」

某人根本不在乎去哪裡：「正好，我也去。」

蕭子淵看了她一眼，忽然笑了：「好啊。」

上了車，蕭子淵就閉目養神，某人也不好出聲打擾，一直沉默到醫院。

蕭子淵輕車熟路地到了隨憶辦公室，敲敲門進去：「隨醫生，我來複診。」

隨憶抬頭看到蕭子淵，笑容還沒展開就看到跟在他身後的女人，便斂了斂笑容：「蕭先生坐吧。」

女經理從進了門就在旁邊大呼小叫：「蕭部長，你不舒服啊，哪裡不舒服啊？來複診什麼啊？」

隨憶的手放在蕭子淵的胃部，看了看他，又看了看旁邊的女人，毫無預警地用力按了一下。

蕭子淵立刻悶哼了一聲。

女經理立刻毫不客氣地叫起來：「喂，妳小心點！妳知不知道他是什麼人？」

隨憶笑了一下反問：「他是什麼人？」

「他是……」

蕭子淵笑著牽過隨憶的手，打斷她的話：「這是我女朋友，我來接她下大夜班。」

某女經理瞠目結舌，反應過來以後立刻轉身落荒而逃。

隨憶別有深意地看著蕭子淵笑：「蕭部長的行情可真好，身邊的爛桃花數都數不完啊。」

蕭子淵無奈地笑，「所以只能請妳出馬了。」

隨憶皺著眉思索：「所以我這個女朋友是不是有點名不正言不順啊？怎麼那麼多女人往你身上撲呢？」

蕭子淵湊到她面前，笑著回答：「那妳嫁給我啊，嫁給我就名正言順了。從隨醫生變成蕭太太，多好。」

清冽的氣息撲面而來，隨憶嬌嗔地瞪了他一眼，往前走了幾步，有些不好意思地轉換話題：「不是說今天就走嗎？」

蕭子淵走了幾步從隨憶身後抱住她，趴在她耳邊小聲說：「我的建議妳考慮考慮啊，我天天抱著妳純睡覺，再忍就要生病了。還有，妳就這麼盼著我走？」

隨憶的臉立刻紅了，低頭掙脫著：「你快走吧！永遠別回來才好呢！」

「妳真的希望我不回來了？」他的臉上還掛著淡淡的笑容，只是語氣忽然變得落寞，甚至帶了點委屈。

隨憶突然有些心慌，她剛才不過是隨口說的氣話，剛要急著解釋，就有人敲門：「蕭部長，時間差不多了，該走了。」

蕭子淵應了一聲後，放開隨憶，收起剛才的玩笑話，笑著摸摸她的臉，「我該走了，好好照顧自己，今年冬天別再感冒了。」

說完便轉身往外走，隨憶心底說不出的不安，突然出聲叫住他：「子淵……」

蕭子淵回頭看她：「嗯？」

「我……」隨憶剛說了一個字，呂助理又敲了敲門，有些為難：「蕭部長……」

蕭子淵回應了他一聲：「知道了，你去車裡等我。」

然後不慌不忙地耐心等著隨憶，隨憶知道他是真的趕時間便搖搖頭，笑了一下：「沒事，你快走吧，等你回來再說。」

蕭子淵點點頭走了出去。

隨憶站在辦公室窗前，看著樓下蕭子淵坐進車內，車子很快開走了。

蕭子淵就這麼走了。

他走後的第三天晚上，全市便開始下雪，新聞上說全國大面積降雪，下了兩天兩夜還不停，天氣預報不斷發出警報，警報的等級越來越高。隨憶關上電視，想打電話過去，卻一直沒信號無法接通，她改傳訊息，可一連傳了幾次都被系統退回來。

大概是山裡收訊不好吧。隨憶安慰自己，他做事穩重，又帶了人一起去，不會有事的。

隔天早上，隨憶本來打算睡個懶覺，誰知天還沒亮就被電話叫回了醫院。

一出門才發現雪已經停了，氣溫很低，路上到處都是冰，隨憶拿出手機又試了試，蕭子淵的電話依舊打不通。

終於忙完了，可能是還會下雪，天氣陰沉沉的。隨憶轉動著僵硬痠痛的脖子準備回家，剛走到醫院門口就聽到救護車的聲音，隨憶本來已經走過去了，但還是出於本能扭頭看了一眼，然後僵住。

幾個患者從車上被很快地抬了下來，醫護人員急匆匆地把輪床推向手術室。

她想再看清楚一些，可已經看不到了。

隨憶轉身快步跟上去，醫院進進出出很多人，隨憶不斷被人撞到，可她絲毫沒在意，她眼裡只有那個即將被推進手術室的人。

等她追過去，手術室的門恰好關上，她站在手術室前發抖。

算算日子，他今天是該回來的。

剛才她沒看清楚，可總覺得側臉很像，似乎就是他。那張臉上都是血。

她抖著手拿出手機撥了幾個數字，明明他的電話號碼是存在手機裡的，可她還是一個數字一個數字地按下去，這次是關機。

隨憶的心都涼了。

有護士從手術室出來，看到隨憶便問：「隨醫生有事？」

隨憶像抓住救命稻草一樣，極力克制住自己的聲音不發抖：「剛才推進去的那個病人，最前面的那個，是什麼人，妳知道嗎？」

護士想了想：「聽說是部隊裡的領導，不是快過元旦了嗎？去基層慰問，回來路上雪大路滑，而且路又不好走，就翻了車，全部人都是重傷。」

隨憶緊緊地握住拳頭，又緩緩開口問了一句：「姓什麼？」

「這個就不清楚了，患者已經昏迷，親屬還沒聯繫上，隨醫生認識？」

隨憶搖搖頭，轉身往外走，剛走了兩步就碰上一個人。

「隨醫生，還好妳沒走，我正到處找妳。今天孫醫生有個手術，就是17床那個病人，但孫醫生塞車在路上沒辦法過來了，病人已經上手術臺都準備好了，妳看妳能不能做？」

隨憶深吸了口氣，不斷告訴自己，隨憶妳是醫生，現在有病人在手術臺上等妳救命，妳要冷靜。

她抬頭一笑，「好。」

等隨憶真正站到手術臺上時，才發現自己的手抖得厲害，連手術刀都握不穩。她很快退出來，在眾人疑惑的眼神裡開口：「我有點不舒服，我馬上找我導師代做，給我幾分鐘。」

隨憶從手術室出來便抖著手打電話，在嘟嘟的聲音裡努力平緩呼吸。

幾秒鐘後終於傳來一聲：『喂。』

許寒陽趕過來的時候大衣裡面還穿著睡衣，看著隨憶紅著眼睛站在手術室門口一臉無措：「怎麼回事？不是棘手的病例啊，妳能做的啊。」

隨憶低著頭不發一言，老人想了一下：「妳親人？」

隨憶很快搖頭：「我……我有個朋友……在隔壁做手術，出了車禍，他對我很重要……」

隨憶很無助，語無倫次。

但老人還是聽明白了，安慰了一聲：「不要著急。」然後便進了手術室。

隨憶看著手術燈亮起，終於放了心，一垂眸便落下淚來。

妳終於承認那個男人對妳很重要了嗎？

她一直以為自己是從容鎮定的，就算再大的變故都不會慌亂，可剛才在手術臺上她滿腦子都是蕭子淵，什麼都容不下。

路過的護士過來問：「隨醫生，妳怎麼了？」

隨憶擦了一下眼角，誰知眼淚卻越掉越多，越掉越急，怎麼都止不住，她勉強笑著：「沒事，眼睛進沙子了，妳忙妳的。」

眼睛進沙，可這裡哪來的風沙？

隨憶坐在手術室前的長椅上，感覺到一種絕望慢慢從四面八方湧過來，她能夠清楚地聽到它們在她身體裡流淌的聲音，一直流到心臟，在那裡聚集，徹骨地冰冷，鈍痛。

她想努力平靜下來，想一想或許還有別的方法能確定那到底是不是蕭子淵。她真的努力了，可腦子裡仍然一片空白，心裡一片茫然。

她就像站在漫天的白霧裡，什麼都看不到，只有耳邊能清晰地聽到那天蕭子淵有些沮喪的聲音。

妳真的希望我不回來了？

此刻她的心裡滿是懊惱和悔恨。

等了幾個小時，她滴水未進，終於等到手術室的燈滅了，手術室的門打開的一瞬間她立刻衝了上去。

幾分鐘後，她有些虛脫地轉身離開。

不是蕭子淵。

隨憶心裡鬆了口氣，出了醫院的門，隨憶拿出手機打電話給林辰。

接電話的是個女人：『不好意思，林律師出庭去了，有什麼需要我轉告的嗎？』

隨憶放棄：「那算了，謝謝。」

隨憶失魂落魄地走回家，進了門也不記得換鞋，去裝水把杯子摔破了，想清理地板又把手劃破了，最後她絕望地坐在地上，愣愣地看著地板上的腳印發呆。

天快黑的時候，隨憶沒辦法再等了，就打了之前蕭子淵給她的那個電話號碼。

對方接起電話聽到是她，也不意外，給了一個地址，隨憶收拾了一下便出了門。

那是一家私人招待所，隨憶進門的時候就有侍者來帶路：「是隨小姐嗎？請跟我來，慕少等您很久了。」

隨憶推門進去，快速打量了一下環境，說是包廂，倒是跟家差不多。

外面是客廳，辦公桌、沙發、冰箱，傢俱電器應有盡有，裡側是臥室，房門半掩。

陳慕白坐在客廳中央的沙發上，饒有興致地等著隨憶開口。

隨憶也不和他拐彎抹角：「陳先生，我聯絡不到蕭子淵了，能不能麻煩你幫我找一下？」

「坐啊。」陳慕白揚著下巴指了指沙發。

隨憶微微頷首：「不用了。我站著就好。」

陳慕白慵懶地靠在沙發裡，雙腿交疊跨在沙發前的矮桌上，咬了支菸也不點，就這樣痞痞地看著隨憶。隨憶平靜地和他對視。

半晌，他玩世不恭地開口問：「喂，妳和蕭子淵是誰追誰？」菸蒂黏著唇，他的聲音慵懶模糊。

隨憶垂著眼睛，很快回答：「誰也沒追誰。」

「嘖，」陳慕白似乎沒聽到想要的答案：「那妳看上他什麼？」

隨憶想起很久之前，也有人問過她為什麼不喜歡蕭子淵，其實她喜歡蕭子淵和不喜歡蕭子淵都是同一個理由，因為他太好。

這次過了許久，隨憶才忽然笑了一下：「他說，在他眼裡，我是舉世無雙的珍稀品。」

靜默後，陳慕白忽然爆笑出聲，嘴裡的菸掉落到身上，繼而滾落到地毯上。

笑完之後，他重新拿出一支，「啪」地一聲，掀開打火機蓋，點上菸深吸了一口，在嫋嫋升起的煙霧後笑著說：「好。」

然後揚聲叫：「送隨小姐去隔壁房間休息，好茶招待著。」

隨憶坐在隔壁房間裡等著，一顆心一直提著，不上不下地憋在那裡。房間裡太安靜了，安靜到讓她喘不過氣。她一直默默地祈禱，只要這個男人能平安回來，她什麼都可以不要，她再也不會拒絕他了。

可是，當這個男人真的站到自己面前的時候，她卻退縮了。

不知過了多久，門被猛然推開，蕭子淵走了進來，身後跟著一臉輕鬆閒適的陳慕白。

隨憶放在身側的手捏得緊緊的，卻笑得風輕雲淡：「既然你安全回來了，我還有事就先走了。」說完，借助抵著沙發的反彈力站起來往門外走，步伐輕快。

靠在門邊的陳慕白本以為可以看一齣抱頭痛哭的好戲，誰知竟然變成這樣，他有些錯愕，一轉頭看向蕭子淵。

蕭子淵依舊一臉淡然，卻渾身散發著寒意，不知道是剛從外面進來帶著空氣中的冷還是……

陳慕白正想著，就看到蕭子淵忽然大步追了出去。

隨憶在關上門的那一刻就再也堅持不住，走了幾步扶著牆走到角落蹲下來，眼淚怎麼都止不住。她不知道自己怎麼了，蕭子淵回來了，他是平安的沒發生意外，他是好好的，可自己為什麼要哭？

她狠狠地擦著眼淚，不敢發出一絲聲音，直到眼前出現一雙帶著雪漬和泥漬的鞋。

他一向注意儀態，隨憶雖然是學醫的，但她覺得蕭子淵更有潔癖，大概他也是急著回來的。

蕭子淵伸手拉著她：「起來，地上冷。」

隨憶站起來忽然撲進他懷裡，蕭子淵愣了一下，收緊了手臂。

她整張臉哭得紅通通的，也沒了往日裡淡然的面具，乖乖地任由他擁著。蕭子淵低頭吻在她的髮頂，一片清香：「別哭了。」

隨憶從蕭子淵懷裡掙脫出來，紅著眼睛看他：「我那天說讓你永遠別回來是無心的，我不想要你不回來。」斷斷續續地說完之後，眼淚流得更加洶湧。

蕭子淵吻掉她的眼淚，吻著她的眉眼，異常溫柔地安撫著：「我知道。」

隨憶越哭越厲害，似乎要把一天的擔驚受怕都發洩出來，最後蕭子淵實在沒了辦法，怎麼都哄不好，只能吻她。

他的吻溫柔綿長，手臂在她身後輕輕地安撫著，隨憶漸漸忘記了哭泣，情不自禁地開始回吻他。

蕭子淵忽然睜開眼睛，瞪了一眼站在不遠處看戲的陳慕白。陳慕白笑得得意，很快轉身離開。

回去的路上，隨憶看著正在開車的蕭子淵欲言又止。

下了雪路況不太好，蕭子淵目視著前方，伸出一隻手摸了摸她的頭：「怎麼了？」

隨憶低著頭，過了一會兒才抬眸看向他：「我們去你家吧。」

蕭子淵笑起來：「怎麼想去我那？」

隨憶若無其事地看著前方：「沒事啊，就是忽然想起來好久沒去了。」

蕭子淵趁著等紅燈的空隙看她一眼：「現在嗎？」

隨憶點頭。

蕭子淵也沒多問，車子在下一個路口調頭，去了他家。

房子是他回國之後新買的，地段不錯，裝潢也不錯，他本來是打算和隨憶一起住的，誰知道隨憶不肯，他就只好擠去她那裡。只要能和她住在一起，他倒是無所謂。

房子裡傢俱、日常用品都是齊全的，他也請了家政人員定期打掃，隨時可以住。今晚過去睡也沒什麼問題，只是他發誓，他想的今晚睡在那裡絕對不是後來發生的睡在那裡。

進了門，隨憶裡裡外外看了一圈，忽然開口：「我搬來你這裡住吧？」

蕭子淵正在洗手間替她放洗澡水，以為聽錯了：「什麼？」

隨憶從客廳走到浴室門口，認真地看著他：「我那裡太小了，你住在那裡也不方便。一直以來，都該是我們搬到這邊來住的，是我太任性了。」

蕭子淵意識到隨憶的不對勁，邊斟酌著措辭邊開口：「這邊，離醫院比較遠，妳會不方便。」

「其實不遠的，開車十幾分鐘就到了。」隨憶忽然揚眉一笑：「以後我們搬過來了，你天天接送我上下班好嗎？」

她剛才哭得太凶，到現在眼睛還紅紅的，目不轉睛地看著他等答案，他怎麼拒絕？

隨憶看他點了頭，笑得更開心了：「有很多事情，你不用一直遷就我，我有時候會任性，但你和我講清楚，我會聽的，該怎麼辦就怎麼辦，就像我們搬來你這裡，還有就是……」

她忽然移開視線，臉微微有些紅，把他推出浴室：「你先出去吧，我要洗澡了。」

蕭子淵站在門外時還有些反應不過來，阿憶剛才都在說什麼？他怎麼聽不懂？

難得一向算無遺策的蕭子淵也有失誤的時候，他只想著兩人過來住一晚沒問題，卻忘了隨憶沒有睡衣放在他這裡。

他洗過澡便站在衣帽間裡，前前後後翻了兩遍，也沒找到合適的替代品。

隨憶站在浴室裡大聲問：「找到沒啊？」

蕭子淵只能找了件T恤從門縫裡遞給她：「妳勉強穿這件吧。」

隨憶從門縫看了一眼：「不能勉強，換一件。」

蕭子淵覺得隨憶今天晚上是真的很奇怪，靠在門外笑得寵溺：「那妳要穿哪件啊？」

隨憶像是早就準備好了答案，就等著他問，很快甩出一句：「我要穿你的籃球服！」

蕭子淵離開學校之後，偶爾還是會打打籃球，籃球服一直都放在衣櫃裡，只是不知道什麼時候被她盯上了。

他挑了件尺寸最小的遞進了浴室，半天也沒看到她出來，便轉身去了廚房。他沒吃晚飯，有點餓了，想著隨憶擔心他大概也沒吃什麼東西，便想做點宵夜。

他不常住這邊，冰箱裡也沒什麼存糧，只有幾個雞蛋、幾根青菜，還有一袋雜糧麵，也只能勉強做個麵吃了。

他正在水龍頭前洗菜，聽到腳步聲便轉過頭向廚房門口看過來，只看了一眼便渾身僵住。

女人大膽起來真的是要人命啊……

她只穿了籃球服的上衣，寬鬆的款式歪歪斜斜地罩在身上，領口開得大，露著白嫩的脖頸和纖細的鎖骨，無袖的袖口露得多，遮不住晶瑩圓潤的肩頭，側面看過去隱隱透著胸前的飽滿，下襬堪堪遮住屁股，留下一雙白嫩筆直的腿給人遐想。凌亂的長髮還在滴水，慵懶落在胸前的那幾縷已經把輕薄的布料洇濕，緊緊貼著那一片柔軟，勾勒著誘人的弧度，他甚至能看到那小巧的凸起……

他的視線還沒從她的身上收回，隨憶就撲了上來，從背後抱住他，胸前的柔軟就這麼貼上他，蕭子淵只覺得小腹一熱。

真的是要命了，蕭子淵低頭看著腰上交疊的兩隻手，覺得今天晚上他是過不去了，喉結快速地上下滾動了一下，他皺了皺眉，語氣似是嚴厲似是無奈：「誰教妳的！」

隨憶自然不怕他，摟著他的腰，從側面歪著頭去看他，臉頰紅撲撲的。想起紀思璿的原話，感覺嗓子都要冒煙了，硬著頭皮說下去：「妖女啊，她說現在女人穿男人的白襯衫太老套了，穿籃球服才誘惑，籃球服堪比情趣內衣。」

蕭子淵垂眸看她，她剛洗完澡，渾身帶著濕氣，眉眼間透著一股濕漉漉的天真無辜，這些年，她似乎一點也沒變，精緻柔和的五官一如往昔。

「妳……想要誘惑我？」美人在側，又是他心愛的人，任蕭子淵定力再強，也不自覺地生出些旖旎心思。

他的聲音在寂靜的冬夜裡顯得格外低沉悅耳，似乎還帶了幾分不易察覺的暗啞。

隨憶的臉又熱了幾度：「就是……結婚之前都是要驗貨的，不檢查下那方面，萬一婚後才發現老公不行，那豈不是……」

蕭子淵是個正常的男人，正常的男人呢，最是不能接受別人在那方面對他的質疑，誰都不行，特別是自己的女人，於是隨憶因為這句不行付出了慘痛的代價。

她還沒意識到危險就被蕭子淵從身後拖進懷裡，緊接著就被抱著坐在了流理臺上。

念在她穿得少，怕她冰到，蕭子淵好心地在她身下墊了隻手，誰知她一坐上來，他便察覺到了不一樣的觸感，不可置信地看著她：「妳……」

隨憶和他對視了一眼，便慌張地一頭埋進他懷裡，緊緊抓著他腰兩側的布料，尷尬羞澀得手足無措。

蕭子淵的手無意識地動了動，掌心裡的肌膚滑膩嬌軟，他怎麼都想不到她下面竟然沒穿……

他清了清嗓子，趴在她耳邊輕聲問：「這也是紀思璿教妳的？」

他的氣息燙得嚇人，隨憶羞得聲音都走調了：「不……不是……」

蕭子淵輕貼著她耳後稚嫩的肌膚，有一下沒一下地輕啄：「嗯？」

隨憶被他勾得不自覺顫慄，抖著嗓子回答：「三寶經常帶我們看……看那什麼……」

蕭子淵當然知道那什麼是什麼，不知道想到了什麼，激動得心頭一跳一跳的，一歪頭含住她的耳垂，曖昧不清地開口：「隨醫生，妳想怎麼檢查呢……」

她的耳朵紅得發燙，他的唇舌微涼，讓她不自覺地想要貼上去，他的唇舌順著耳垂慢慢移動，眉眼、鼻尖、側臉、嘴角，乾淨中又彷彿帶了點色情，一點點啄，一點點舔，隨憶的呼吸早就亂了，感覺自己快要被他舔化了。

他若即若離地在她嘴角附近輕啄，就是不肯和她接吻。隨憶被他勾得心癢，不自覺地舔了舔嘴唇，想要追上去吻上他，卻被他躲開，轉而去進攻她的脖子。

她不自覺地仰起頭任他予取予求，一陣子後，他又湊過去，周而復始，理智漸漸離她而去……

她雙腿打開，纏在他腰上，他就站在她兩腿之間，不知道什麼時候衣領被他扯了下來，恰好露出一大半白皙豐盈的柔軟，欲遮還羞。她微微閉著眼睛，放在他肩上的雙手緊緊捏著他的衣服，對於這副惑人的樣子完全不自知。

蕭子淵的臉上看不出什麼，依舊清俊雅致，可掌心的熱度卻出賣了他，從衣服下襬探進去，一路點著火揉捏上胸前的高聳，隨憶一低頭，便看到身前的籃球服凸出一塊，是他手掌的輪廓，感官的刺激讓她頭皮發麻，陌生的感覺讓她心裡發慌，下意識地就往他懷裡鑽，叫他：「子淵……」

蕭子淵抵著她的唇，模糊不清地安撫，「別怕……」

說完如她所願吻上了她的唇舌，和過往溫柔的親吻不同，長驅直入地攻城掠地，帶著火熱的占有欲和侵略性。

隨憶的心正怦怦直跳，對於即將發生的事情，她心裡是緊張的，一緊張就想要做點什麼轉移注意力，於是便摟上他的脖子，積極投入到接吻中。

蕭子淵沒想到，不過就是一個吻而已，最先受不了的竟然是他。她閉著眼睛乖乖地讓他親，格外配合，甚至可以稱得上……主動。舒服了便撫著他的臉輕哼，不舒服了就在他懷裡亂扭，墊在她臀下的掌心已經感覺到了濕意，他沒忍住，拉著她的手往下，按壓在那團粗硬火熱上。

她的手柔若無骨，單單覆在那裡不動，就已經讓他快要爆炸了。

誰知下一秒隨憶竟然開始掙扎：「不要……不要用手……」

兩個人也不是沒在一張床上睡過，時間久了，難免有擦槍走火的時候，蕭子淵也會摸摸親親，卻每每都止於最後一步，實在忍不住了，就要麻煩隨憶的手，可這次她不想再用這個辦法了。

蕭子淵抬頭看她，她眼底濕潤迷離，眼角隱隱泛紅含幾抹媚色，看得他的喘息又亂了幾分。

他闔了闔眼，低頭深吸了口氣，又重新抬頭看她，他知道今天的事嚇到她了，便哄著她，可再這麼下去他就要失控了。

他抬手替她整理著身上的籃球服，可拉來拉去，不是這邊沒遮住，就是那邊又露出來了，他覺得眼裡都是她潤澤光滑的肌膚，連她身上散發出來的香甜氣息都帶著誘惑。

他來回拉扯了幾下之後，忽然停住，垂著頭不知道在想什麼。

他的掌心貼著她的肩頭，明明還是滾燙的，隨憶不知道他為什麼停下來了，從流理臺上跳下來，摟著他的腰問：「你在想什麼？」

蕭子淵在她唇上啄了一口，似是不甘心又似是難耐：「我在想，喬裕早晚都要栽在紀思璿手裡。而我，早晚也會死在妳身上。」

「……」

隨憶細細想了一會兒才體會出這句話的深意，還沒來得及做出反應，蕭子淵就彎腰抱起她，走了幾步回到客廳，把她放在沙發背上，抬手輕輕打了一下她的屁股，聲音不甚清明：「不鬧了，快去換衣服，等等該著涼了。」

隨憶索性耍賴，黏在他身上不下來。

她分明在他眼裡看到了濃烈的情慾，緊貼著她的那裡明明還沒消下去，他為什麼不繼續？之前沒做好準備，今天她抱著真槍實彈的決心，卻還是停在了這裡。她皺起眉頭，有哪個男人到這個時候還能忍住的？這個男人不會真的有病吧？

蕭子淵一下就看懂了她眼裡的意思，眼眸一瞇：「妳激我？」

她賴在他懷裡撒嬌，左扭右扭地勾他的火，還一聲一聲地叫他的名字：「子淵……子淵……」

蕭子淵咬咬牙，真是……磨人得很啊……她還真當他是柳下惠[9]不成？

兩人僵持了一會兒，蕭子淵不是不想，他是尊重她。她骨子裡最是保守，這種事大概還是想要留到婚後吧？如果不是今天出了這種誤會，她也不會這麼投懷送抱。他還在想著該怎麼說服她，就看到她白嫩的手臂摟上他的脖子，神色認真地看著他的眉眼說：「蕭子淵，我真的特別特別愛你。」

蕭子淵的思緒被打斷，思維不自覺地跟著她走，無奈地道：「妳愛我也不需要透過這種方式表達啊。」

她轉而問他：「那你愛我嗎？」

蕭子淵沒忍住笑起來，真是想不到溫婉大氣的隨憶也會揪著他問這種問題，他抵著她的額頭，看著她的眼睛回答：「愛。」

她學著他的樣子親了他一口，眼睛裡亮晶晶的：「那我需要你透過這種方式表達。」

整個晚上她都格外依戀他，在蕭子淵的認知裡，他們是一輩子都會在一起的，這種事早點晚點都無傷大雅，既然她真的想好了，那就踏出那一步吧。

隨憶還在動搖軍心，整個人都貼著他，小聲問著：「蕭子淵，難道你真的沒有想過……嗎？」

蕭子淵正是血氣方剛的年紀，剛才溫香軟玉抱滿懷對他已經是折磨了，現在她這樣，他都要瘋了。怎麼可能沒有想過，他忽然狠了心，轉身把她壓進沙發裡，吻著她的眉心、眼睛、鼻子，最後覆上她的唇，她乖乖張嘴任由他入侵，攪動著她的唇舌，任由火熱的氣息一下子衝進她的體內。這個吻比剛才更霸道更急切，好像要把她吞入腹中一樣。

她又甜又軟，又格外乖巧，卻勾得蕭子淵想要狠狠地把她吃了。籃球服的衣領開得太大，他伸手一揮，整件衣服便順著她的手臂滑落，他的上衣也被扔到了一邊，赤裸裸地貼上她光滑瑩潤的肌膚。

她的肌膚又熱又嫩，彷彿能掐出水來，蕭子淵用唇舌描繪著她的鎖骨，似乎輕笑了一聲，聲音喑啞惑人：「我家阿憶的鎖骨長得真好看。」

濕濕癢癢的感覺從鎖骨漸漸下移，隨憶很快又聽到他輕佻的聲音。

「嗯，這裡長得也好……」

她一低頭就看到白色的乳肉從他指縫溢出來，隨著他的動作一顫一顫的，感覺是一回事，看到又是另外一回事，視覺的衝擊讓她不自覺地顫抖。

她忽然有些後悔了，她剛才不該那麼撩撥蕭子淵，一不小心他就把心底的妖魔放出來了。

他的唇舌緊接著便爬上了她胸前的圓潤高聳，貪戀地輕咬含弄著頂端，又大口吞咽著，隨憶的腦中轟一聲地炸開，燥熱難耐漸漸蔓延到全身，這種感覺新奇而陌生，隨憶的嗚咽聲抑制不住地從口中滑出。

那個地方又熱又硬地頂在她的小腹上，兩個人越貼越近，她不敢再看，可是觸覺卻在不斷提醒她它在變大。蕭子淵拉著她的手放在睡褲的繫帶上，趴在她耳邊吐著熱氣誘哄她：「解開。」

他的呼吸也越來越粗重，半瞇的眼睛裡滿滿的都是情慾，半個身體都壓在她身上，嚙咬著她的肌膚，在她身上點火，手下的力道也開始變重。

空氣裡彌漫著甜蜜的味道，隨憶也開始情動，不自覺地貼上去，渾身燥熱難耐，似乎有些急切地去扯睡褲繫帶的那個結，幾次不小心碰到他，把蕭子淵那點僅有的耐心都擠走了，自己伸手解開，繼而又去揉捏她。

他揉得她舒服了，身子漸漸軟下來，仰著脖子輕哼。

他的手漸漸往下遊移，感覺到那裡的濕熱越來越多時，在不知不覺中便抵上了那處嬌嫩。

蕭子淵的聲音裡帶著無可掩飾的欲望：「阿憶……看著我。」

他進入她的時候，沒有想像中那麼疼，只是酸脹得厲害，她睜開眼睛去看他的臉，因為隱忍和壓抑，他的額角已經開始冒汗，隨著一點點地進入，他的呼吸亂成一團。

她抬手撫上他的臉頰，心裡頗為滿足，不知道為什麼，那一刻，她的意識忽然清明了幾秒鐘，腦中只有一個想法，這個高坐神壇多年的神啊，終於被她勾下凡塵了。

他等她適應後，便開始緩慢地抽動，濕滑緊致的包裹帶來前所未有的快感，他無數次想要不管不顧地加快速度，又硬生生壓下這個想法。

他還是很疼惜她的，體恤她是第一次，動作輕柔小心，可不知他的緩慢對她來說，也同樣是個折磨。充實滿足之後的酥癢難耐足以讓人瘋狂，瘋狂到什麼都不想管了，抓著他精壯的後背，紅著眼睛催促他：「快點……」

他的動作越來越快，也越來越重，一下一下地換來她的輕喘嬌吟，陌生的感覺讓她說不清楚到底是舒服還是不舒服，只能緊緊抓著蕭子淵的手臂，不知怎麼就叫了一聲：「蕭學長……」

蕭子淵興致高漲，重重地抵在她的敏感點上磨蹭，一聲「學妹乖」被她到達頂點的尖叫聲覆蓋，層層疊疊的嫩肉緊緊包裹著他，有節奏地收縮換來他的脊柱發麻，滅頂的愉悅很快淹沒了他的理智，他的動作越來越快，在一聲聲悶哼呻吟中噴薄而出……

第二天清晨，隨憶很早就醒了，轉頭看到旁邊的人一臉平和睡得正香，微微笑了起來。

腳背上的那隻本來已經模糊的小海豚不知道什麼時候又被他描繪清晰了，別人是畫眉之樂，到了他們這裡就成了畫小海豚。

她沒想到的是，自那天蕭子淵畫下第一次之後，這麼堅持了下來，每次輪廓淡下來之後，他總能及時補上幾筆。

她忍著腰疼床後站在客廳的窗前，看著這個銀裝素裹的世界，給家裡打了個電話。

『隨丫頭，今天這麼早。』隨母的聲音裡摻雜著小朋友的歡笑聲。

「嗯。」

『有話要跟我說？』

「嗯。」

『說吧。』

隨憶沉默了幾秒鐘，終於鼓起勇氣開口：「媽媽，對不起，請容許我自私一次，毫無顧忌地去追尋幸福。」

隨母在那邊靜了許久：『阿憶，我等妳這句話等了很久了。』

隨憶掛了電話轉身，看到蕭子淵站在客廳中央看著她，眼裡滿滿的都是寵溺。

隨憶站在即將升起的陽光裡對他笑，笑靨如花。

她站在那裡對著他笑，那是他見過最燦爛的笑容。

冰雪終於過去了，太陽照耀著整個城市，明媚，溫暖，冬雪融成了豔陽。

一向日理萬機的蕭部長難得閒在家陪未來夫人，而白衣天使隨醫生卻不解風情地伏案猛寫的醫學論文。她霸佔了書房裡蕭子淵搬來的電腦不說，還把電腦的主人趕去了客廳，對著筆電辦公。

到了醫學資料需要進行統計學處理的部分時，隨憶就開始頭疼。瑣碎的資料、高深難懂的統計學原理和計算公式，逼得隨憶每隔兩分鐘就去廚房倒水喝、每隔三分鐘去一趟洗手間、每隔五分鐘嘆一口氣。

蕭部長慵懶地陷在沙發裡，看著一趟一趟輾轉於書房、客廳、廚房和洗手間的隨憶，歪著頭懶懶地笑著，出聲攔住正準備再去喝水的隨憶：「隨醫生，請問有什麼需要幫助的嗎？」

隨憶眼前一亮，拉著蕭子淵來到電腦旁，並且很狗腿地把椅子讓給蕭子淵坐，自己則站在一邊彎著腰，對著電腦把大概情況和想要的結果跟他說了說，而蕭子淵盯著電腦螢幕聽完後，便開始沉默。

隨憶站在一旁也不敢打擾，半天都沒得到回應，便小心翼翼地問：「你也不會啊？不會就算了，我……」

蕭子淵忽然把隨憶拉到腿上坐下：「妳先坐下，我幫妳編個計算程式。」

她彎著腰，幾縷長髮垂下來掃在他頸側，他心癢難耐，而鼻間又都是她香甜的氣息，一抬頭便看到她光滑白皙的下巴誘惑著他，他忍了又忍才沒親上去，還怎麼靜得下心來聽她在說什麼？

隨憶被他圈在懷裡，看著他修長的十指不斷敲打著鍵盤，溫熱的呼吸噴在她的頸間。她覺得脖子側面的某個地方馬上就要開始冒煙了，這種感覺讓她想起那個晚上他也是這樣，沉重滾燙的呼吸就在耳邊，緊接著，臉也開始火燒火燎的。

隨憶在蕭子淵腿上如坐針氈，突然掙扎著站起來，支支吾吾地開口：「我渴了，要去喝水。」然後落荒而逃。

蕭子淵停下忙碌的手指，看著她原本白皙的肌膚變成了粉紅，輕笑了一聲。

隨憶抱著杯子，靠在廚房裡喝了小半杯冰開水降了降溫，才又泡了杯茶端到蕭子淵面前。

這次隨憶學乖了，沒等蕭子淵開口，就拉了張椅子放在旁邊，直到穩穩地坐了上去，才一臉若無其事地看向蕭子淵。

蕭子淵抿了口茶水，對於她的心思了然於胸，笑了一下後繼續幹活。

他工作的時候認真專注，心無旁騖，而隨憶看著電腦螢幕上一行一行的火星文，一點都看不懂，便覺得有些無聊，東瞧瞧西看看，一歪頭便看到蕭子淵恬靜沉毅的側臉，連毛孔都看得清清楚楚，心下一動，湊上去吻了一下。

觸到唇上便感覺到柔軟微涼，他特有的氣息撲面而來。

蕭子淵手上動作沒停，嘴角卻抑制不住地上揚，一開口便是戲謔：「這是美人計還是獎勵？」

隨憶猛然驚醒，她也不知道自己剛才是怎麼了，似乎他身上有某種致命的東西，引誘著她吻了上去。

被他取笑多了，隨憶也不甘示弱，任心跳如雷，面上還是微微一笑：「這是禮尚往來。」

蕭子淵沒忍住笑了出來：「那我不介意妳變本加厲。」

隨憶自知不是他的對手，不再戀戰：「你快點啊，我等著用呢。」

「好了。」蕭子淵演示了一遍之後，隨憶便按照他說的開始計算。

過了十幾分鐘後，隨憶小小歡呼了一下，再看蕭子淵的時候眼裡不乏崇拜：「你真的好厲害啊，

我終於明白為什麼當年學校裡那麼多飛揚跋扈的人都肯規規矩矩地叫你一聲蕭學長了，晚飯我多做幾

道菜犒勞你！」

蕭子淵笑了下：「妳也是規規矩矩地叫我蕭學長的一員，難道不是因為我厲害而是因為別的？」

隨憶被問住，當年她肯乖乖地叫他一聲學長，多半原因是想靠這個稱呼拉遠和他的距離。可這個答案……

隨憶看了蕭子淵一眼後決定，這個答案還是不要說出來的好。

下一秒隨憶便皺起了眉頭，滿臉疑惑地問：「你是想說我是飛揚跋扈的人？」

「別人的飛揚跋扈在臉上，妳的飛揚跋扈在心裡。」蕭子淵似乎想起了什麼笑了出來：「當年妳剛入學的時候，多少人去找林辰，旁敲側擊地打聽妳。林辰倒是不遮不掩地鼓勵他們，結果看到他們一個個灰溜溜地回來，林辰不知道笑得有多開心。」

隨憶眨了眨眼睛，不想承認卻也找不出理由來反駁，便輕咳了一聲：「我還是去做飯吧。」

蕭子淵攔住她，抬手看了眼時間：「晚飯不用了，一會兒帶妳出去吃好吃的。」

蕭子淵整日裡輾轉於各個飯局，對外面的飯菜他眼都不眨一下，說深惡痛絕是嚴重了點，但不屑一顧總是有的。

隨憶倒是好奇什麼地方的飯菜能讓蕭子淵稱得上「好吃的」。

天快黑的時候，兩個人才出門，在城市的街道上七拐八拐地走了很久，車子停在了一條靜謐悠長的小巷口。兩個人走了幾步，停在一座四合院門前。

正是華燈初上，四合院門口兩側的燈籠已經亮起，照得門前紅通通的，隨憶細細地打量著。

這是一座典型的四合院，紅色的大門、灰色的房瓦，門前立著一棵參天大樹，門兩旁各蹲著一隻石獅子，莊嚴肅穆，似乎預示著這裡住著的絕不是普通的人家。

蕭子淵主動解釋道：「這是一家有名的私房菜，評價很不錯，一直想帶妳來嚐嚐。」

進了門隨憶才發現，外面看起來其貌不揚，裡面卻別有洞天，雖不是奢華富貴，但別有一番清靜素雅的韻味。

走到庭院深處轉進了一間房，房裡掛著字畫，房間中央是張方桌，看起來已經有些年頭了，擦得一塵不染，經過時間的洗禮質地越顯厚實。

很快上了菜，簡簡單單的四菜一湯，菜色看起來樸實無華，味道卻鮮美無比。精美細緻的餐具，新鮮的食材，別具匠心的烹飪，看起來賞心悅目，怪不得那麼多人趨之若鶩。

兩人吃了飯便在小巷裡瞎逛，有幾個國中生騎著自行車，大聲唱著歌從他們身邊路過。

「人生不能太過圓滿，求而不得未必是遺憾……」

隨憶轉頭看了眼他們的背影，都是青春正好、未來可期的年紀，大概還不能理解這句歌詞吧？

她側頭看向蕭子淵，不自覺地開始想像他國高中時的樣子，喃喃道：「不知道你是多少人青春年少裡的『求而不得』。」

蕭子淵攬著隨憶的腰，看著她吃味的小模樣，喜上眉梢：「怎麼，吃醋啊？」

隨憶睨他一眼，滿是嬌嗔。

街邊的路燈映著她的臉，那雙眸子明亮又溫柔，像是含著一汪湖水，蕭子淵心裡一動，低頭輕輕吻了上去，一觸即離，像是羽毛輕輕掃過。

隨憶心裡癢癢的，不自覺地靠過去：「那你呢，年少的時候有沒有求而不得的人呢？」

蕭子淵一臉得意：「我求得了。」

隨憶愣住，不由得抬眼去看他。

她一直聽說蕭子淵從沒談過戀愛，難道情報有誤？

蕭子淵牽著隨憶的手，十指相扣，轉頭看向隨憶，緩緩開口，低沉的聲音在寂靜的夜晚聽起來格外動人心弦：「從我第一次知道妳到現在，我算一算啊，戀卿已是十四年。」

他的眼裡滿滿的都是笑意，隨憶眼底藏著歡喜，慢慢勾起了唇角，很快笑容加深。

他們都是不溫不火的性子，卻彼此糾纏了這麼多年。沒有濃墨重彩，卻有怦然心動，那些輕輕淺淺的舊日年華突然襲來，一時感慨萬千。

昏暗的小巷裡，一男一女輕聲說著話，男子從容俊朗，女子溫婉淡定。女子攬著男子的手臂，不時側身歪頭看向他問著什麼，男子笑著回答，偶爾側頭看女子一眼，溫情款款。兩道身影漸行漸遠，模模糊糊的輪廓卻緊緊糾纏在一起，似乎永遠都不會分開。

9　柳下惠：春秋時期魯國人。被認為是道德典範，有「坐懷不亂」的事蹟。

番外一 一曲梨花一簇白

那一年，時隱已經是樂壇天王級的歌手了，但凡他發新歌，各大榜單榜首的位置就一定是他的；他出專輯的那個月，其他歌手都被迫「自願」讓道給他，銷量沒有最高只有更高；他開演唱會，門票秒殺，比春運的火車票還難搶，但凡有點動靜就上熱搜，歌迷的數量無人能敵，沒有巔峰，他一直都在創造巔峰，沒有最紅，他一直都很紅。

有一次他和幾個藝人一起上綜藝節目，聊到自己出道至今的經歷，主持人開了個話題，問這些年有沒有後悔、錯過什麼讓你覺得特別遺憾的。

別人基本上的回答就是拒絕了哪部熱門劇的哪個角色，或者是錯過哪個音樂製作人的哪首歌。輪到時隱回答的時候，他沉吟了許久，看著鏡頭說：「我錯過了一個人，在很多年前，遺憾至今。」

很多年前，那個時候的時隱還沒紅，只是個名不見經傳的新人，沒那麼多人認識他，他還可以坐地鐵。

那天清晨，他坐早班地鐵去公司排練，冬天的早上，天還沒亮，又黑又冷，進了地鐵站還沒暖過來，時間太早，月臺上零零落落地站著幾個人。

前一天剛被罵過，他的心情有些低落。當年憑著一股衝勁就一腳闖入樂壇，進來才知道，這個圈子當真是「壇水深千尺」。這些個時日下來，那腔孤勇和熱血也被消磨得差不多了。

他獨自一人站在那裡等車，垂眸看著前方的軌道出神。

意識回籠的時候才發現，身後不間斷地傳來窸窸窣窣的聲音，偶爾還夾雜著兩個女孩子小聲說話的聲音，大概是一個慫恿另一個去做什麼，另一個不肯。

車很快進站，停在他面前，門打開的一瞬間，他剛抬腳準備上車的時候，身後忽然有人扯住了他的衣角，有道女聲輕輕說了句：「時隱，我超喜歡你的，加油喔！」

他連頭都沒來得及回，愣在當場。

等反應過來再回頭去看的時候，只看到一個穿著藍白校服的女孩子，拉著同伴快步跑進了對面的車廂裡。

她進了車廂，轉過身，遠遠地對他笑了一下，興奮得整張臉都紅撲撲的。

關門的警示音響起，車門很快關上，呼嘯著開走了。

他愣在那裡，看著對面的車開走，下一班車進站，不知道站了多久，眼前卻始終是那個女孩的笑眼。

他錯過了本來要搭的那班車，從地鐵站出來的時候，天依舊黑著，可他的心是亮的。

那天他排練被表揚了，可他卻再也沒見過那個女孩子。

很多年後，不知道有多少小女孩大喊著：「時隱！我超喜歡你的！我是你的小迷妹！」，可他還是會時不時想起當年的那個小女孩，那個第一個對他說超喜歡他的小女孩，那個在他低潮期為他心底點亮一盞燈的小女孩，那個或許他再也見不到的小女孩。

而且這個小女孩還是盞頗為省油的燈，這麼多年了，在他心裡不熄不滅。

還有她那句：「時隱，我超喜歡你的，加油喔」陪他走過了無數個日日夜夜。

「後來呢後來呢？」

歌友會現場的喧鬧把時隱從回憶裡拉回，此刻的他剛結束一場勁歌熱舞，正毫無形象地盤著腿，坐在舞臺上和歌迷聊天，額角還冒著薄汗，難得走心地訴說衷腸。

「一路走來，無論是最開始默默無聞時遇見的粉絲，還是後來的粉絲。」他摸著胸口的位置：「我都記在這裡，或許沒有回應，但我都知道。」

在歌迷的尖叫聲和歡呼聲中，他講了這個故事。

後來？時隱垂眸笑了，後來啊，他得感謝蕭子淵的那場婚禮。

蕭子淵這個人啊，悶騷起來就夠勾人的了，沒想到明騷起來根本來就是不要臉。

蕭子淵在婚禮前幾個月找上他，委婉地表示自己要在婚禮上給新娘個驚喜，能不能請他指導一下。

認識這麼多年，時隱終於等到了他翻身做主人的一天，心裡竊喜的同時，表面上適時擺出一點點難伺候的架子：「NO！當年我找你跟我組個團體唱搖滾，你怎麼跟我說來著？我想想啊，對，你理都沒理我！我多尷尬啊！現在要我教我就教，我不要面子的啊！」

蕭子淵挑眉看他，讓他一次性演個夠。

時隱自導自演了一會兒，忽然反應過來：「喔，我知道了，怪不得當時你都不說話呢！是不是當年我一句話啟發了你，你當時就想著用在你老婆身上呢！」

蕭子淵不要臉地承認：「嗯，當時是想著用來求婚的，不過沒來得及，結婚用也一樣。」

時隱氣得吐血：「要不要臉啊你！真好意思說出來！真要我教也行，算我一份！」

蕭子淵不同意：「你在幕後就行了，不能上臺。」

時隱反對：「Why？我見不得人嗎？」

蕭子淵無奈：「學長啊，以你的人氣，你出現在我的婚禮上，我這婚還要結不結了？」

這個理由對時隱很受用，順便又自吹自擂了一番：「喔！是怕我搶了你的風頭啊，算了，我能理解，畢竟我這麼紅是吧？」

蕭子淵覺得差不多了：「你到底教不教？」

時隱想了一下：「看在你叫我一聲學長的面子上，教吧！」

好在蕭子淵可靠，他的小夥伴也都在水準之上，都多少有些基礎，指導起來也沒那麼費力，選好歌之後就是多練習。

難得有機會打擊報復一下這群青年才俊，他特意把行程空出一天，不遺餘力地把苛刻二字表現得淋漓盡致。

看完一遍之後，他敲敲黑板，又指了指溫少卿和林辰：「我說這兩位小朋友啊，你們第一天認識啊？同個房間睡了幾年還沒睡熟啊？知不知道什麼叫默契啊？各自配合一下對方好不好啊？」

兩人都是一臉尷尬。

說完又指喬裕，無心地調侃他：「還有你這位Ｂｏｙ，你怎麼魂不守舍的？魂被妖女勾走了啊？」

沒想到他說完，四個人齊刷刷地抬頭看他，他嚇了一跳：「我說了什麼了……嗎？」

喬裕勉強地笑了笑：「我會注意。」

最後他嘴賤地刺激蕭子淵：「最後我就要說說你了，新郎官啊，你這樣是不行的啊！你不要緊張嘛，反正都結婚了，最多就是搞砸了丟臉嘛！新娘又不會跑，你緊張什麼呢？」

蕭子淵微微瞇了瞇眼：「你閉嘴！」

時隱抽了一下嘴角，被威脅了終於老實了：「那就再來一遍吧。」

不過有句話他算是說對了，蕭子淵那張禁欲的臉和搖滾是絕配，還有他三個兄弟輔助也打得好，最重要的是他這個指導老師特別棒，於是一曲搖滾燃爆全場，新娘感動得淚流滿面。

他站在後臺雙手抱在胸前看著，心裡萬分感慨，他真該拉蕭子淵進圈子組個團體啊！不然真的是暴殄天物啊！

由於他身分特殊，蕭子淵專門為他開了個包廂，整桌的菜隨便他吃，他吃了幾口便沒了興致，戴上口罩墨鏡出門晃晃。

他靠在二樓的角落裡悠閒地往下看，他有很多年沒參加過別人的婚禮了，對於這種大型集會吃吃喝喝的活動還是很有興趣的，只是看到某張桌子的時候，忽然站直，立刻轉身往樓下跑。

下了樓，他一把拉住正每桌敬酒的蕭子淵：「喂，那個小女孩是誰啊？」

蕭子淵喝得有點多，揉著眉心：「哪個啊？」

他揚著下巴，急得聲音都變了：「就那個！穿鵝黃色連身裙的那個！」

蕭子淵遠遠看了一眼，眉骨一抬：「你想幹嘛？」

他神色焦躁：「快說！」

蕭子淵賣了半天關子才告訴他，是他妹妹的好朋友，走的時候還不忘刺激他，那個小女孩不喜歡老年人。

時隱眼看著那個女孩站起來往外走，他急匆匆地抄了近路，在走廊上堵住她的去路，女孩不解地抬頭。

他摘下口罩，曲梨白看了一眼便立刻瞪大眼睛開始尖叫：「啊啊啊！時隱！」

時隱摘下墨鏡抵在唇邊，勾著唇壞壞地笑：「噓……」

大概他太久沒說話，臺下有粉絲起鬨：「老大！你到底什麼時候脫單啊？」

時隱似乎很是苦惱：「現在真是世風日下了啊，哪有催自家偶像脫單的？我脫單了，你們真的高興嗎？」

「高興！」臺下是歌迷齊聲笑嘻嘻地回答。

時隱也笑了一下：「那我今天就讓你們高興高興。這樣吧，我就從你們裡面找一個，緣分天註定，怎麼樣？」

「好！」

緊接著便是此起彼伏的歡呼聲和起鬨聲。

「老大！儘量選女生啊！」

「好，我努力！」

「老大，選男生我們也不介意啊！」

「我介意！」

時隱臉上掛著不正經的笑，手指從左滑到右，又從右滑到左，掌控著他們的注意力和尖叫聲。他的手指晃了幾圈之後，忽然停在一個地方，神色也驀地鄭重起來：「就妳吧！」

曲梨白坐在一群歌迷裡，聽著耳邊的尖叫聲，看著指向自己的那根手指，捂著嘴，淚流滿面。

接著她聽到時隱說：

「曲梨白，我超喜歡妳的。」

一曲梨花一簇白，一生只等一人來。

番外二　九九八十一

當紀思璿的耐心槽被清空，把翻到底的雜誌「啪」地一聲地甩到桌子上時，隨憶的手機電量僅剩百分之三十七，而三寶剛剛消滅了第二份甜品，饑餓值正在慢慢回升。

紀思璿抿了口咖啡問：「何哥怎麼回事啊？約了我們，自己卻遲到這麼久。」

三寶正準備把勺子伸向第三份甜品：「妳說那個吸陽補陰的老妖婆啊。」

紀思璿一愣：「什麼？」

隨憶笑著解釋：「何哥最近在醫院逢人便宣傳，說自己已經相親到第七十二個對象了，再來一輪就能湊齊九九八十一男。終於等到快修成正果，可以立地成佛了，讓各個科室有對象的趕緊介紹給她，所以就得到了這麼個外號。」

話音剛落，旁邊的沙發上就飄過來一個人影：「說我嗎？」

三個人同時看過去，紀思璿輕佻地吹了聲口哨：「何英俊，帥氣啊！」

前兩年何文靜被導師扔到國外進修了兩年，不知道醫術進修得怎麼樣了，整個人倒是像回爐重造了。她本來就長得高高瘦瘦的，上學那時便走中性風，進修回來後穿衣打扮更是簡潔大氣，加上一頭參差的短髮，隨便勾勾手指都能把醫院裡的小護士們迷得臉紅心跳。簡而言之，就是應了那句話，女人帥起來就沒男人什麼事了，因而得到了一個外號，何帥。

何帥的身材和臉是帥了，可其他方面依舊還是跟上學那時差不多，整天和三寶配合默契，插科打諢，賣萌耍寶，不著四六。長得好是好，只是太過率性而為，對象是越來越難找了，相親大業未成，爾等還需多努力。

何文靜態度良好地道歉：「不好意思啊，臨時被醫院叫回去看了個急診，來晚了。妳們隨便點，我請！」

三人異口同聲：「本來就妳請！」

何文靜被震了一下，心有餘悸地看著三人：「我請就我請嘛。」

隨憶喝了口果汁：「叫我們來幹什麼？」

一說起這個，何文靜激動得眼睛都紅了：「來見證我渡劫飛升啊。」

三人靜默了一下才明白她在說什麼，再次異口同聲：「這麼快！」

何文靜得意地點頭。

紀思璿鼓掌：「很行啊，妳是白天上班晚上相親，兩不耽誤啊。」

三寶邊啃蛋糕邊模糊不清地開口：「上學那時複習考試都沒見妳這麼積極。」

隨憶則一臉擔憂地看著她：「妳是要現原形了嗎，情勢所迫？」

何文靜一笑，自嘲道：「哪是我積極啊！妳們這些已婚婦女理解不了，我這個年紀，沒個男朋友就是定時炸彈，家裡的親戚每天寢食難安地盯著。」

三個人被逗得哈哈大笑。

何文靜伸出兩根手指：「今天下午是兩場，正好湊齊八十一。」

三人齊齊抱拳：「恭喜恭喜。」

何文靜回禮：「同喜同喜。」

她看了眼時間：「時間差不多了，我坐過去了啊。」

很快一個高大頎長的男人踩著軍靴從一輛黑色越野車上下來，深吸了一口菸後，把菸按到旁邊的垃圾桶上，這才身姿筆挺地走進來，視線在咖啡廳裡掃了一圈後，很快鎖定何文靜，大步走過來，聲音冷冽低沉：「請問是來相親的嗎？」

何文靜抬頭。

天氣雖說不冷，可也不暖和了，可這個人就只穿了件黑色短袖T恤。薄薄的布料緊貼著身上結實硬朗的肌肉，線條分明，渾身上下散發著野性和力量。何文靜從肱二頭肌看到胸肌，從胸肌看到腹肌，還想再往下看，被桌子擋住了，不用看也知道，腿上的肌肉也很發達。

她開始苦惱，這以後萬一動起手來，她根本來就不是對手啊⋯⋯

那個男人等了一下沒得到回答，又問了一句，隱隱帶著不耐煩：「是嗎？」

何文靜回神，連忙回答：「是是是！請坐請坐。」

男人大概是被逼著來的，坐下後便冷著一張臉不怎麼開口。

何帥對相親流程熟得不能再熟，積極發揚前輩帶動後輩的精神，主動活躍尷尬的氣氛：「你沒相過幾次親吧？不用緊張，相個一百多次就好了。」

男人一聽，倒是樂了，勾著唇角意味不明地回：「聽上去，妳很有經驗啊？」

何文靜看著眼前的男人，一頭乾淨俐落的三分頭，看起來就很硬，臉部線條冷厲，五官深邃，那雙眼睛又黑又亮，皮膚是健康的小麥色，關鍵是那一身正氣，壓都壓不住，雖然渾身肌肉健壯，倒也不會讓人覺得他不是好人。雖然不是當下流行的帥哥類型，但扔到大街上也是可以吸引眼球的，她相親過那麼多男人，皆是文文弱弱的，還沒有這種類型的。

只是……不笑的時候倒是一身正氣，怎麼笑起來又痞痞的？

她忽然開始後悔沒問介紹人這個人是做什麼的了。

緊接著又安慰自己，反正就是走個過場，別人是正是痞和她也沒什麼關係。

她開口做自我介紹：「我叫何文靜。」

對方比她還簡潔，看著飲料單，頭也沒抬，「周世勳。」

何文靜秉承艱苦樸素、能省則省的優良傳統，趁著他還沒選好要喝什麼時便開口詢問：「你看我們見過面了，互相知道名字了，也算認識了，各自回家也有了交代，是不是可以結束了？」

周世勳有些詫異地抬起頭。

他根本來就不想找什麼女朋友，被逼得沒辦法了才答應來相親，本來打算速戰速決半個小時結束，沒想到對方比他還著急。抬手看了眼時間，從進門到現在，唔，七分三十九秒。

他這才重新看向何文靜。

她穿了件黑色V領羊毛衣，露出頸部到鎖骨一片白淨的肌膚，什麼飾物都沒有，就是一片雪白。外面一件機車小皮衣，下身一條寬鬆的工裝褲，塞在馬丁靴裡，兩腿交疊隨性地搭在一邊，再加上頭上一頂鴨舌帽壓住一頭短髮，配上那張帶著骨感英氣的臉，帥氣十足。

看起來倒不像會相親的女孩子，不知道她那一百多次的經歷是不是都這麼速戰速決。

何文靜還在等他的答覆，敲了敲桌子：「周先生？」

周世勳回神，這麼急著趕他，他反而不想走了，身體放鬆地靠進沙發裡：「我連妳是幹什麼的都不知道，怎麼能算有交代了呢？」

何文靜揉揉脖子，一改剛才的熱絡，有些不耐煩：「你想知道什麼快問！」

她相了那麼多次親，基本上都是出師未捷身先死，她也知道自己這個樣子沒有哪個男人願意娶回家，所以每次都是以回家有交代作為相親目的，沒想到這次居然遇到個囉嗦的。

「妳是做什麼的？」

「牙醫。」

「哪家醫院？」

「X大附屬。」

「今年多大了？」

何文靜看了周世勳一眼，冷冷開口：「過分了啊。」

周世勳被炸飛，「好，女人的年齡是地雷，換一個，妳不是LES[10]吧？」

「滾！」何文靜徹底翻臉：「就這樣吧！你先走吧，我還有一場相親。」

她最討厭別人問她這個問題，就差滿臉寫著老娘性取向正常了。

周世勳坐得雷打不動：「這麼巧，我也是。」

何文靜懷疑這人是不是來找碴的，瞪他一眼：「那你去旁邊坐。」

周世勳挑眉：「時間還早。」

何文靜懶得和他多費口舌，悄悄轉頭跟角落裡坐著的三個人使眼色。

三個人看了半天熱鬧，笑得東倒西歪。

隨憶遠遠看著，忽然開口：「妳們覺不覺得，何哥其實特別漂亮呢？眉眼間透著一股讓人著迷的帥勁。乍看硬朗，再看就覺得有女人味，有一種帥帥的美。以前在我們面前總跟個男人似的，現在站在男人旁邊，也挺女人的。當真是進可攻退可撩，雌雄同體自攻自受啊，怪不得把小護士們迷得一個個不要不要的。」

三寶看了眼同學同居加同事若干年的人，點頭：「是啊是啊，胸還特別大。前兩天還當選了『院民老公』。」

紀思璿懶洋洋地睇了睇眼睛：「以前就是個假小子，這兩年是越來越有味道了，真是安能辨我是雌雄啊。難怪馬家輝[11]說，臉上剛柔相濟、陰陽相攜、女生男相的多半是美女。上次她來找我，我們事務所的幾個小女孩見了，腰都彎了。」

三寶眨著眼睛問：「馬家輝是誰？」

紀思璿隨口回答：「是個廚師。」

「喔。」三寶點點頭繼續吃。

隨憶撫額。

三十分鐘以後，何文靜來來回回看了好幾次時間後，終於皺著眉看向對面：「沒那麼狗血吧？」

周世勳左右看了看，沒發現目標：「好像就是那麼狗血。」

何文靜撫額，她的九九八十一男啊！

周世勳倒是看起來心情很好，痞痞地笑著：「要不然我們再重頭來一遍？」

何文靜咬牙切齒地瞪他：「滾滾滾！」

周世勳湊近了點：「妳看我們這麼有緣，就再聊一會兒唄，妳就沒有問題問我嗎？回去家人問起來，妳怎麼回答？」

何文靜不開心了，聲音敷衍低落：「不用麻煩了，我自己會編。」

「……」周世勳一時沒忍住笑出聲，這女孩有點意思。

何文靜煩躁地站起來：「你不走我走！」

她一站起來，周世勳才發現，這女孩挺高的，能到他下巴，淨身高差不多有一百七十五公分。

她低頭翻錢包：「消費就ＡＡ[12]吧！」

周世勳睨她一眼：「別，和女人ＡＡ這種事，我周世勳幹不出來。」

臨走之前，周世勳看著何文靜若有所思：「我再冒昧地問一句。」

何文靜收回踏出去的腳：「問。」

他摸著下巴，「妳真的不是ＬＥＳ？」

何文靜暴走：「滾滾滾！」

回去後，何文靜在八十號這個數字上狠狠打了兩個紅叉，又在八十一號那裡畫了個紅圈。
何文靜的第八十關過得相當艱辛，這次她休養了半個月才重整旗鼓，去挑戰第八十一關。
約的是週三晚上，下午病人有點多，她下了班飯都沒來得及吃，換了衣服就往約好的地方趕。
從科室出來，遇到不少認識的人。
「何帥，去相親啊？」
「何帥，又去相親啊？」
「何帥，還沒湊夠九九八十一男啊？」
何文靜敷衍地笑了一路，上了車捏捏臉，笑得臉都僵了。
她到的時候對方還沒到，隨便找了個地方坐下，拿出手機看了看，還好，形象還過得去。
她一低頭發現鞋帶鬆了，便彎腰去綁鞋帶，忽然眼前出現一雙沙漠靴，再往上是寬鬆的工裝褲，罩住裡面充滿力量的長腿。
這長腿主人的聲音有點熟悉。
「兄弟，這麼巧？」
何文靜再往上看，就看到一張陰魂不散的臉。
她直起身來：「你再叫我一聲兄弟試試看？我哪裡像男人了，我頭髮那麼長呢！」
周世勳笑了笑，沒說話，坐到了她對面，薄唇輕啟，字正腔圓地叫了聲：「兄弟。」
何文靜挫敗，無精打采地看著他：「不會又是你吧？」
她本來就煩躁，偏偏這人還惡人先告狀：「我說兄弟，這可就過分了啊？再一再二不再三，聽過沒有？」

何文靜翻了個白眼：「你當我想啊，你還耽誤我的九九大業呢！」

周世勳手裡把玩著打火機：「妳相親都不問對方是幹嘛的啊，問一問不就躲過去了嗎？」

何文靜一肚子火，語氣也不好：「我浪費力氣問那個幹嘛？我……」

周世勳替她說了下半句：「妳自己能編是吧？」

何文靜又翻了個白眼：「那你怎麼沒問問對方是幹嘛的？」

「我問了。」周世勳蹙眉：「可我不信邪，不信這世上就妳一個牙醫。喂，妳真的是醫生啊？看起來倒不大像。」

何文靜一臉無奈：「老娘辛辛苦苦讀了八年，好不容易抗戰勝利，你一句不像就抹殺了！」

大概是她的表情太過猙獰，周世勳一愣：「那就當妳是吧。」

何文靜直接拎包包走人：「那就解散了啊，各回各家。」

她還趕著去吃晚飯呢。

周世勳歪著頭看她：「別啊！相了那麼多次，也算有緣分，請妳吃頓飯吧！」

何文靜不客氣地要去拿菜單，周世勳已經站起來了。

「這裡有什麼好吃的啊，走吧，我帶妳去別的地方。」

周世勳帶路，何文靜開車在後面跟著，兜兜轉轉才到了一條巷子。

巷子裡的路燈昏暗，但幾家小吃店倒是生意火爆，桌子都擺了出來，也沒見到有個空位。

熙熙攘攘的人聲，混雜的油煙味和飯菜味，倒是為蕭瑟的冬夜帶來一絲溫情。

周世勳走在前面，黑色的外套隨意搭在肩上，轉頭問：「想吃什麼？」

這種地方，隨便一家都好吃。

何文靜左右看看：「你決定吧。」

周世勳也沒多話，帶她徑直走到巷子最裡面一家店，找了張桌子坐下，很快老闆便過來收拾桌子。

桌子用得久了，上面的油漬泛著黑色的光，根本就擦不乾淨。

周世勳不動聲色地掃了眼何文靜，他是覺得這裡好吃才帶她來的，現在忽然意識到這裡的衛生環境對女孩子來說或許有點不堪入目，特別還是個女醫生。

不過她好像並不在意，至少他沒看出嫌棄來，擼起袖子露出白淨的手腕，隨意地搭在桌沿上，比他還爺兒們。

看樣子他經常來，老闆邊收拾邊和他閒聊，聊了幾句，老闆又去收拾其他桌。

周世勳轉頭問何文靜：「吃什麼？」

何文靜看著牆上貼的菜單，隨口道：「你點吧。」

周世勳便揚著聲音朝廚房喊：「老闆，一份肥腸飯，一份排骨飯，一盤豬頭肉，兩瓶啤酒，啤酒我自己拿了啊。」

老闆遠遠地應了一聲：「好，這就來啦！」

他站起來去飲料櫃裡拿了兩瓶啤酒，還帶了一瓶橘子汽水給她。

何文靜提醒他：「你不是開車嗎？別喝酒了。」

不知道他是怎麼弄的，拿起酒瓶在桌邊蹭了一下，她還沒看清楚，瓶蓋就滾落到了地上，白色的泡沫一下子湧了出來。

他仰頭灌了幾口，才擦著嘴角問：「啤酒也算酒？」

何文靜看他一眼不再說話，拿了汽水瓶學他的樣子在桌子邊蹭了蹭，桌子都快被她蹭翻了，瓶蓋還好好的。

周世勳瞇著眼睛看她折騰，看著看著便勾起唇角，後來實在看不下去了，手伸了過去，何文靜自覺地遞過去。

等他再遞回來的時候，瓶蓋就不見了，還多了根吸管。

何文靜撓撓鼻頭：「謝謝啊。」

周世勳一笑，摸了支菸咬在嘴裡，轉著打火機問：「介意嗎？」

她連忙搖頭。

她看出來剛才在咖啡廳他就想抽了，一直忍著。

她不介意，可他也沒點，過了一會兒把菸從嘴裡拿下來塞到了耳邊。

何文靜對他有了一絲絲好感，還挺講究的。

飯菜上得很快，何文靜選了排骨飯，默默吃了沒幾口，抬頭看他一眼：「以前上學那時練習縫合傷口，也會去菜市場買豬腸回來練習，不過味道太重，萬一不小心那隻豬便祕，就更……」

她就是存心噁心他，誰知他低頭照吃不誤。

何文靜自己都說不下去了：「你不噁心啊？」

周世勳頭都沒抬：「妳是不是沒挨過餓啊？餓得受不了的時候，我連蟲子都生吞過。」

更別說這些了。

何文靜又打量了一下周世勳。

整個人線條冷硬完美，肌肉健碩堅硬，隨便穿一件T恤都很有型。五官硬朗，一雙眼睛又黑又亮，肩膀寬闊而結實，腰看起來也硬梆梆的，極有力量感，一雙長腿修長有力，渾身散發著濃烈的雄性荷爾蒙氣息，精神滿滿，似乎身體裡時時刻刻都蘊藏著力量和熱情。他還沒吃幾口，額頭上便冒了汗，人高馬大地坐在板凳上，長腿大開，有點舒展不開來，可看起來又挺愜意。

隨意捲起的袖子下是結實的小臂，上面遍布著大大小小的傷痕，大概是時間久了，有些看不太清楚，有些看起來還是有些猙獰，他握著酒瓶的手指乾燥粗糙。

要不是他一身無法忽視的正氣，何文靜都要以為他是混黑社會的了。

何文靜吸了口橘子汽水：「喂，你到底是幹什麼的啊？」

周世勳抬頭：「介紹人沒說？」

「說你之前是坐辦公室的，現在自己創業。」

「喔，那我就是坐辦公室的。」

「這不是正在騙嗎？」

「騙鬼去吧！」

「滾滾滾！」

何文靜大步走到車邊，上車，發動，導航回家，沒再管周世勳。

周世勳靠在車門上點了支菸，看著她的車燈融入夜色，瞇著眼睛又抽了支菸，找了一個代駕才上車離開。

那頓飯老闆打了折，一共花了周世勳兩百多元，他沒請過女孩子吃飯，所以不知道請女孩子吃頓飯要花多少錢，可他知道何文靜還挺好養的。

當天晚上，何文靜在她的「九九八十一男」花名冊上的八十號那裡又補上一個紅叉。

第二天，何文靜和隨憶、三寶在醫院餐廳吃午飯，隨憶隨口問：「何哥，妳的九九八十一男怎麼樣了啊？」

三寶一聽八卦就有了精神：「對啊對啊，妳最近怎麼不飛升了？」

何文靜長嘆了口氣：「別提了。」

隨憶頓了一頓：「怎麼，沒對象啊？」

何文靜搖頭，一臉高深莫測：「不是，相來相去都是第八十號那個男人，這一關我看我是過不去了。」

三寶建議道：「要不要去請觀音菩薩來幫忙？」

何文靜搖頭：「別了，我信基督教，我是有主的人。」

隨憶贊同：「是啊，畢竟觀音菩薩要處理的各種問題還沒解決呢，祂也挺忙的。」

「……」

三個人胡鬧完，隨憶正經地問：「妳這一路磨難過來，有什麼感覺啊？」

何文靜挑著菜裡的肥肉：「能什麼感受啊？對象是找不到了，但找我看牙的人是越來越多了，院裡得頒個獎給我，最佳收治獎。」

三寶樂了：「哈哈哈，真沒合適的啊？」

何文靜漫不經心地回答：「咳，壓根沒認真過，就是哄我們家老佛爺開心。年紀那麼大了，還更年期，能少惹她生氣就少惹一回吧。」

何文靜每每想到那個湊不齊的八十一男，總覺得彆扭，不信邪地想要再試一次，可又怕那個八十號陰魂不散的功力太深厚，很是糾結。

等他們再見面，已經進入隆冬，天上還飄著雪花。

何文靜遠遠看著周世勳走近，只覺得邪門。

他脫了衝鋒衣，露出裡面軍綠色的圓領短袖T恤，隨手蹭了兩把頭髮上的落雪，朝何文靜壞壞地笑：「兄弟，又相親呢？」

何文靜撐著下巴，呆呆看著窗外：「別告訴我又是你。」

「應該是吧。」他大方地直接坐下，喝光杯子裡的水才開口：「不是告訴妳了嗎，相親之前問一問，又沒問啊？」

何文靜有種認命的無奈感：「這次是我不信邪，我不信都三次了，這次還是你。」

周世勳挑了挑眉：「現在信了？」

「信了。下次我肯定問好姓名、性別、年齡、職業、愛好，照片我也看！」

「那妳就不問問我是幹嘛的？」

「上次不是問了嗎？你說你是坐辦公室的。」

「那……我帶妳去我的辦公室看看？」

何文靜想了一下，點頭。

天氣不好，她沒開車，第一次坐到了周世勳的車內，車子的底盤高，視野很好，車內也很乾淨，什麼雜物都沒有，一點車主人的氣味和痕跡都沒有。

何文靜用餘光偷偷瞄了周世勳一眼，忽然開始對他的辦公室期待起來。

下雪天路況不好，開了四十多分鐘才到，遠遠就看到一個俱樂部的標誌。

周世勳把車停進車位，招呼她下車：「到了。」

何文靜跟在他身後進了俱樂部，邊走邊看，射擊、攀岩、卡丁車、球類很多項目，占了很大一片地，看起來生意很不錯。這種天氣，還有一群一群的人在裡面瘋著。

他沒主動介紹，何文靜也沒多問，就當是踩點了，下次院裡舉辦活動，可以來這裡。

「勳哥。」

「勳哥。」

一路上不時有工作人員跟他打招呼，周世勳拍拍對方的肩膀算是回應。

何文靜跟著周世勳上了二樓，剛走幾步就看到一個穿著休閒西裝的年輕男人站在樓下往上看，

「老周！」

周世勳停下腳步，雙手撐在欄杆上跟他打招呼：「唐少，來玩啊？」

他的手臂微微用力，背部的肌肉越發挺闊有力。

唐恪手裡夾了支菸：「是啊，一會兒下來打兩槍？」

周世勳笑了笑：「行啊，我輸了今天就算我請你。」

「別啊。」唐恪吐了個煙圈：「輸了你把這家俱樂部抵給我算了，不過先說好了啊，你得讓我一槍。」

周世勳指指他：「我讓你兩槍！」

唐恪滿意了，這才發現周世勳旁邊還站了個人，他輕佻地吹了聲口哨：「這誰啊？」

周世勳轉過身，大大咧咧地搭上何文靜的肩膀：「我兄弟。」

唐恪又吹了聲口哨，轉頭問：「那我算不算你兄弟？」

「要我讓兩槍還贏不了的兄弟，我嫌丟臉。你不是兄弟，你是上帝！」

唐恪「呿」了一聲轉身走了。

何文靜垂頭盯著那隻在她胸前無意識亂晃的手，想把它剁下來滷了，最好再來點辣椒，她還沒吃過滷熊掌呢。

滷熊掌絲毫不自知，半抬起手，虛指著正對著的那間辦公室，「就是那裡。」

何文靜歪了歪肩：「把你的爪子拿開。」

滷熊掌絲毫沒費勁就壓制住了她，上下翻著手掌：「我這不是爪子。」

「那是什麼？」

「我兄弟啊。」

何文靜想也沒想，直接上殺手鐧，一個迴旋踢過去，她大學到研究所混了那麼多年跆拳道協會也不是白混的。

周世勳迅速退後抬手擋下：「喲，兄弟，還練過呢，踢得還挺穩的。」

何文靜沒理他，筆直走進那間辦公室，周世勳站在原地歪著嘴笑，很快跟了上去。

偌大的房間，乾淨整潔，就一張桌子、一張椅子，旁邊還有張行軍床，床上的軍被疊成完美的豆腐塊，除此之外什麼都沒有，想亂也沒那個條件。

何文靜忍不住好奇：「這是你的辦公室？」

周世勳點頭。

何文靜小心翼翼地問：「最近生意不好？」

周世勳揚揚眉骨：「怎麼說？」

「東西都拿去抵押了？」

「本來就這樣！」

「什麼都沒有，怎麼工作？」

「那不是有張椅子嗎？就坐在那裡啊。」

何文靜受教了，原來坐辦公室的就是真的坐在辦公室裡，這個工作真好。

何文靜隨便找話題：「剛才那個人是誰啊？」

周世勳想了一下：「一個玩褲子的。」

「啊？」

「一個紈綺子弟。」

「喔。」

周世勳彎起手指敲敲桌子：「辦公室也看完了，我帶妳去射擊場看看。」

何文靜又掃了一圈：「行啊。」

換了軍靴和迷彩褲，身上依舊一件黑T恤。

「實彈？」

「假的有什麼意思。」

「有沒有興趣打兩槍，我教妳？」

「千萬別，我有陰影，軍訓時學校打靶訓練，我隔壁那個笨蛋打了一槍以後太興奮，要和我分享，直接把槍口朝向我了，我現在偶爾還會作噩夢。再說了，我是用刀的，我怕明天上班手抖，萬一幫病人拔錯了牙，我會被主任請去喝茶的。」

周世勳被逗笑，樂得不行。

不遠處有一群人正玩得熱鬧，忽然一個人轉頭看過來，眼睛一亮，一步三搖地晃了過來：「老周你笑什麼呢？跟朵菊花似的，快跟我講講，我也想像朵菊花。」

「滾蛋！」

「怎麼對人家女孩笑得那麼風騷浪蕩，對我那麼凶？」

「等你半天了。」

防護耳罩卡在何文靜腦袋上。

他自己什麼裝備都沒有，就握著手槍開始打，看似漫不經心，實則槍槍中靶，有種舉重若輕的從容。

「你打靶是誰教的啊？」

他迅速地拆裝著手裡的手槍，回答得漫不經心：「國家和人民啊。」

「你是軍人？」

「準確地說，是退役軍人。」

「服役的時候是幹什麼的？」

「坐辦公室的啊，哈哈哈！」

「又來……」

那天參觀了周世勳的「辦公室」後，他又送她回去。

那天過後，一直到過年，他們也沒再見面。

何文靜放假回家第二天就被自家老佛爺罵了個狗血噴頭，原因是她這個歲數了還沒結婚。導火線是何母說某某阿姨給她介紹了個對象，要她去見見，她拒絕了。事情的經過是她單方面挨罵，結果是她現在趴在床上裝死，影響是這個年她大概是別想好過了。

門外何父還在勸何母。

「孩子整年忙碌，好不容易過年回來家裡，妳就讓她歇歇，不願意去就不去了。」

「我是為了誰！我是為我自己嗎？」

「妳以前哪次要她去，她沒去啊？這次可能真累了，以後再說吧！」

「你就護著她吧！你看看她什麼年紀了！真嫁不出去，我看你養她一輩子！」

「我養我養。」

何父揚著聲音朝她房門喊：「靜靜啊，我和妳媽出去晃晃，妳自己在家玩啊。」

在家玩？玩個毛線啊！

何文靜躺在床上煩躁地翻著手機，腦子裡卻忽然浮現出周世勳的臉來，她自己都嚇了一跳，心裡罵了句髒話，趕緊抱起床頭一本厚厚的病理學，看看書冷靜一下。

除夕夜的時候，何文靜鬼使神差地想要向周世勳拜年，忽然想起自己沒他手機、沒他信箱、社群軟體更沒他好友。所有聯繫方式都沒有，唯一的聯繫方式就是相親偶遇。

這機率……說高也高，說渺茫也渺茫，他們這緣分也是夠隨機的。

這邊，周世勳正窩在姥姥[13]家的單人沙發上看無聊的過年節目，沙發的對他來說有點小，手腳都超出一大截，周姥姥看著就彆扭：「小勳啊，你和何醫生怎麼樣了啊？」

他心不在焉地問：「何醫生是誰？」

「就是你那個相親對象啊！」

「喔。」

一片靜默。

過了一會兒周姥姥又問：「你傳訊息給何醫生拜年了嗎？」

周世勳「哧」了一聲：「叫什麼何醫生，那就是個小丫頭，比我還小呢，叫她名字就行了。」

「你到底傳不傳！」老人發起火來中氣十足。

「傳傳傳。」周世勳拿起手機又放下。

「怎麼了？」

「我沒她手機號碼。」

「你們年輕人不是都傳訊息的嗎，你也沒有？」

「沒有。不過我可以寫信給她，寄到她們醫院去。」

「就你這笨樣，連討好女孩子都不會，我什麼時候能有孫媳婦？」

周世勳摸了摸下巴，一本正經地回答：「不知道。」

話還沒說完，擀麵棍已經在飛來的路上了。

這個時候的周世勳大概還不知道，討好女孩子這種事，是長在男人骨血裡的本能，就看他願不願意。

過完年何文靜回來上班，登錄醫院的線上醫生諮詢系統，回答了幾個問題之後，忽然在一堆正經求助問題裡看到一行字，很簡單的幾個字。

『兄弟，新年快樂啊』。

時間顯示的是除夕夜十二點整。

字裡行間依舊帶著吊兒郎當的痞氣，她卻忍不住笑起來。

一顆心就像那晚的橘子汽水，歡快地冒著甜滋滋的氣泡。

再有人替她介紹對象相親，她也學會問對方叫什麼名字、是幹什麼的了，可對方不是周世勳，她也不想去了。

她偶爾看到八十號那裡的四個紅叉也會想起那個痞裡痞氣的漢子。

那天她心血來潮去了那個巷子吃飯，沒想到老闆還記得她：「小姐自己來啊，勳哥呢？」

這個老闆明明比他大，還叫他勳哥，聽上去有點搞笑。

她低頭吸著橘子汽水：「我也不知道啊。」

老闆是老實本分的人，憨厚地笑了笑：「吃什麼？」

何文靜頭也沒抬：「一份肥腸飯，一份排骨飯，一盤豬頭肉，兩瓶啤酒，嗯……再加份肥腸，一個滷蛋，一個滷豆腐。」

「……」老闆看著她：「這些都要嗎？」

何文靜回神：「啊！不……只要一份肥腸飯，一盤豬頭肉，別的不要了。」

老闆笑著回應，轉身進了廚房，心裡還嘀咕著，勳哥的朋友怎麼看起來傻呼呼的。

她吃完從巷子裡出來，倒車的時候有些心不在焉，然後就出了事。

何文靜看著對方無賴的樣子，知道自己是遇上找麻煩的了。

躺在地上的人不依不饒，圍觀的人指指點點著，何文靜掃了一圈，不知道有沒有同夥，再說就算有人看到了，大概也不會出來幫她證明那人是主動撞上來的。

她打電話報完警，蹲下來好聲好氣地解釋：「我是醫生，如果你受傷了，我可以帶你去醫院做檢查。」

那人躺在地上耍無賴：「妳說妳是醫生，我就信啊！我怎麼知道妳要把我帶去哪裡？」

說完又開始誇張痛苦地呻吟。

不知道員警要多久才能過來，這個地方也沒有監視器，來了大概也解決不了問題，她直截了當地問：「要多少？」

「妳把我撞成這樣，醫藥費加精神損失費，至少也得兩萬吧。」

還真敢要。

何文靜心下一冷，面上不動聲色：「我沒帶那麼多。」

很快不知從哪裡躥出來兩個「正義之士」。

「怎麼回事，妳這女孩撞了人還不趕快賠錢！」

「就是啊，還想耍賴啊。」

說完還要上來推她，何文靜側身躲了一下，兩人很快跟上來，還想再動手，忽然一輛車急剎車停在她身邊，輪胎和地面發出刺耳的摩擦聲。

車窗降下來，露出周世勳的臉，他摘下墨鏡，抵著下巴笑著問：「喂，兄弟，在幹嘛呢？」

大中午的太陽能晃瞎人的眼，何文靜就在這晃瞎人眼的陽光裡看到了周世勳一口白得發亮的牙。

她從來沒有像這一刻一樣覺得這聲「兄弟」那麼親切。

她踢了車輪一腳，揚揚下巴示意他：「撞到人了。」

周世勳嘴角扯得更大了，扔了墨鏡，打開車門下來，那麼冷的天氣，他只穿了件夾克，裡面又是件黑色T恤，頭髮比之前短了些，顯得很精神，痞帥痞帥的。

「就這破地方妳能開多快？還能傷人，是他沒長眼吧？」他掃了眼地上：「我看看撞到哪裡了？」

他還沒走近，一直躺在地上呻吟的人忽然利索地爬了起來，唯唯諾諾地看著周世勳：「勳、勳哥。」

周世勳低頭點了支菸，吸了一大口才扯了扯嘴角：「喲，認識我呢，你誰啊？」

那人立正站好老老實實地回答：「上、上次你和我們老大一起玩來著。」

周世勳上上下下打量著他：「你老大又是誰啊？」

那人說了個名字，周世勳了然：「先說你的事吧！怎麼，撞到哪了？需要賠錢啊？」

男人看看何文靜，又看看周世勳：「沒、沒事。」

周世勳抬腳踹過去：「沒事還不趕緊滾，在這等著挨碾嗎！」

男人被踹倒在地，臉上還賠著笑，爬起來就跑，又被周世勳叫住。他用夾著菸的手指指那人，眼神裡帶著一股狠勁：「還有，跟你那些弟兄們說一聲，這是我兄弟，以後小心點。」

他難得露出凶狠的神色，何哥也被嚇了一跳。

「當然、當然，記住了，勳哥。」剛才還哎喲哎喲叫喚的人現在跑得比兔子還快。

周世勳滅了菸，轉身對著眾人招呼，「行了，沒事了，大夥都解散了吧！」

說完才看向何文靜。

何文靜不好意思地向他笑了一下：「那個……謝謝你啊。」

他雙手插在口袋裡，咬著菸笑：「客氣什麼，不過下次再遇上這種事啊，待在車裡反鎖好車門，員警來之前別出來，或者打電話給我也行，畢竟我說妳是男人，妳也不是真男人，這男女在武力方面實力懸殊。當然了，不會再遇到最好。」

說完兩人便沒話說了，安靜得很尷尬，一個低頭抽菸，一個抬頭望天。

過了一會兒，周世勳開口打破沉默：「走了。」

說完轉身往車邊走。

「喂。」何文靜看著他高大挺拔的背影，忽然叫住他。

他回頭，何文靜不知道說什麼，忽然問：「你牙會痛嗎？可以來找我，我幫你打折。」

周世勳沒忍住，笑起來，還一本正經地搖頭：「不痛。」

「那你回去多吃糖。」

「妳說什麼？」

「我說如果你以後有別的地方不舒服了，也可以來找我，我在醫院都有熟人。」

周世勳拿下嘴裡的菸，眼神輕佻，滿臉玩味地問：「換句話說，就是我想舒服了，就去找妳，是這個意思嗎？」

「流氓！」

何文靜狠狠瞪了他一眼，上車走了。回到家，她才忽然反應過來，她根本就沒有他的手機號碼！打個屁電話！

沒想到過了沒幾天，周世勳真的來找她了。

何文靜正在替病人做根管治療，快結束的時候聽到外面有人叫她：「何帥，有人找！」

她應了一聲：「你讓他等一下。」

送走了哭得鼻涕一把淚一把的病人她才往外走，遠遠就看到周世勳坐在一位老太太旁邊，不知道在說什麼，兩人都眉開眼笑的，不知道為什麼忽然覺得周世勳看起來有點乖，笑得很乖。

她走過去，摘下口罩：「找我啊？」

剛才很乖的周世勳不見了，吊兒郎當的周世勳上線，蹺著二郎腿問：「剛才那個大男人怎麼哭得那麼慘，妳踢人家了？下手真狠啊。」

他第一次見她穿白袍的樣子，還挺像那麼一回事的。

何文靜忍住翻白眼的衝動：「到底找我幹嘛？」

周世勳勾著唇角，痞痞地笑著：「不是妳說的嗎？想舒服了就來找妳嘛。」

何文靜皺眉：「怎麼那麼嘴賤呢？」

旁邊的老太太打了周世勳一下，笑咪咪地看著何文靜：「不說了、不說了，他平時可嚴肅了，小孩見了他都會害怕，就對妳這樣。」

何文靜覺得臉有點熱，清了清嗓子。

「我姥姥。」周世勳伸腿虛晃著踢了踢她：「叫人啊。」

何文靜條件反射地叫了聲：「姥姥。」叫完之後才發現是個陷阱，趕快爬出來，改口：「周世勳姥姥。」

「嗯、嗯。」胖胖的老太太笑咪咪地看著面前瘦瘦高高的女孩子，怎麼看怎麼滿意，一連應了好幾聲：「真好。」

何文靜被看得有些不好意思，彎下腰問：「您哪裡不舒服啊？」

老太太指指嘴：「本來就沒剩幾顆牙了，有一顆還疼呢。」

「那進診間我替您看看吧。」何文靜扶著老太太往裡走，轉頭踢周世勳：「你去買個病歷本。」

「去哪裡買啊？」

「一樓大廳。」

「貴不貴啊，我怕錢帶不夠。」

「十塊錢，有嗎？」

「那麼貴啊，不就是幾張紙嗎，怎麼那麼貴？」

「你怎麼那麼煩呢！又不是我定的價錢。」

「好好好，還是醫院好，沒人敢討價還價，要多少就得給多少，還永遠都熱鬧著。」

何文靜磨牙：「你到底還看不看病了？」

周世勳站起來拍拍屁股：「看啊，我現在就去買。」

「姥姥，您這顆牙齒啊，沒事，不用拔。但感覺有點發炎，我開藥給您，吃兩天就好了。」

何文靜正說著，周世勳回來了，扔給她一個嶄新的病歷本，連姓名電話都沒填。

何文靜秉著為人民服務的宗旨，拿過來替他寫。

她低頭握筆：「姓名。」

周世勳說了個名字。

「電話。」

「電話留我的吧。」

何文靜握著筆的手一抖，強裝鎮定地官方回答：「可以，說一下。」

周世勳半天沒說話，等何文靜抬頭看他的時候，他才慢悠悠地開口：「妳不知道我的號碼？」

何文靜回答得理所當然，拿餘光看他：「不知道啊，怎麼了？」

「不知道妳之前怎麼不問？」

何文靜真的要摔筆了：「我現在問不行嗎？」

「不晚，何醫生，注意妳的態度。」周世勳這下老實了，報了一串數字。

何文靜寫完又看了一眼病歷本封面，默默記了一遍，確定記住了，才翻過面準備寫病歷。

寫完把病歷本還給他。

周世勳搖著手裡的病歷本：「喂！我都告訴妳我的手機號碼了，禮尚往來，妳不告訴我一下妳的嗎？」

何文靜咬牙：「不是我想知道，是病歷本要填的，方便聯絡病人。」

周世勳歪著頭：「那病人也要方便聯絡醫生。」

何文靜抿了抿唇，報了一串數字。

周老太太一直在旁邊看熱鬧，直到這會兒才開口：「對、對，就該早點互相留個電話，小勳過年想打電話給妳拜年都沒辦法。」

一提拜年，兩人都是神色一僵，然後一個低頭看病歷，一個轉頭看窗外。

過了一會兒周世勳看著她：「我姥還說，眼睛這兩天看不清楚東西。」

老太太給了周世勳一巴掌：「你這孩子，哪那麼多事啊！」

「眼科啊……眼科……」何文靜邊想邊嘀咕著，忽然轉頭問：「甜甜啊，妳眼科有沒有熟人啊？最好是今天有上班的。」

「眼科啊，那妳找女媧娘娘啊，他不是在眼科嗎？」

「喔，對，我怎麼把他忘了。」

周世勳湊過去問：「女媧娘娘是誰？」

何文靜低頭翻手機，隨口回答：「喔，我同學，叫趙子軒，仙劍看過沒？裡面紫萱不是女媧後人嗎，就有了這個外號。」

「女的？」

「男的。」她一抬頭就看到周世勳的臉，離得很近，鼻尖差一點就擦過他的臉，她仰著身子往後退了退，站起來說：「你們先坐，我去打個電話啊。」

何文靜擦著他的衣角走出去，周世勳深吸了口氣，嘴角勾起一個極淡的弧度。

就算表面上再怎麼爺兒們，骨子裡還是個女人，是香的。

他不動聲色地也起身往外走，跟老太太交代一聲：「我去抽根菸。」

老太太一巴掌打在他屁股上：「少抽點！」

幾分鐘後，周世勳站在廁所門口一邊吞雲吐霧一邊正大光明地偷聽何文靜在樓梯間裡跟人講電話。

「是我姥姥，這幾天看東西模糊，你能不能找你們教授幫忙看看？」

「……」

「不是、不是說你技術不好，這不是正好你們教授難得在，幫幫忙，下次我請你吃飯。」

「……」

「你這人怎麼這麼記仇？怎麼說都是好幾年同學了，還磨磨蹭蹭的。」

「……」

「好好好，那我一會兒帶她過去找你，謝謝了啊。」

周世勳邊聽心裡邊笑，求人辦事的口氣也是這麼硬梆梆，撒嬌都不會，真是半點都不像個女孩子。

何文靜掛了電話剛走兩步就看到周世勳靠在牆上，指間還夾著菸。

她皺眉：「別抽菸！」

周世勳順手把菸掐在垃圾桶上：「好，不抽了。」

何文靜回去扶著老太太去眼科門診，邊走邊解釋：「正好今天有個特別厲害的專家看門診，您過去讓他看看，很快的。」

周老太太挺不好意思的：「給妳添麻煩了，孩子。」

何文靜笑了笑：「沒事，我跟周世勳是朋友，朋友之間不是應該互相幫助嗎？」

不大的房間裡擠滿了人，水洩不通的，頭髮半白的老教授被圍在桌前，他們三個好不容易才擠進去。

周世勳瞇了瞇眼睛：「這教授可靠嗎？妳看他還戴著眼鏡呢，怎麼不幫自己治治？」

何文靜給他一巴掌，壓低聲音訓他：「不懂就別亂說話！專家有拿國家津貼的好嗎！」

剛說完就聽到叫周老太太的名字，她趕快扶著老太太過去。

等了一陣又帶著周老太太去排隊做檢查，周世勳倒是沒再多話，安安靜靜地跟在後面，期間遞了瓶水給她，也是沒說一個字。

拿到報告後又回到眼科門診，周世勳慢慢退到門口，靜靜看著。

她就擠在一堆人裡，半彎著腰，艱難地指著報告上的內容還在問教授問題，別人撞了她一下，她也不在意，只是又往旁邊讓了讓，認真仔細的模樣倒真像是她親生姥姥的事。

再三確認沒事之後，何文靜鬆了口氣，去拿完了藥，跟老太太一一解釋哪個藥怎麼吃。

周世勳雙手插在褲子口袋裡靜靜聽著看著。

「孩子，麻煩妳了，一會兒去姥姥家吃飯啊，姥姥做好吃的給妳。」

「不麻煩，吃飯就不用了，我還在上班！」

「那下班就來，說好了啊。下了班，我讓這個臭小子來接妳。」

老人太誠懇，何文靜不好直接拒絕，只好用求救的目光看向周世勳。

周世勳嘴裡叼著支沒點的菸，歪著頭，似笑非笑地看著她，絲毫沒有幫忙的打算。

老太太大概誤會了，給了周世勳一巴掌：「幹什麼呢！說句話啊！」

周世勳立刻拿下菸，站直，特別真誠地看著何文靜：「去吧去吧，我姥做的飯可好吃了，我平時都吃不到，下午我來接妳。」

老太太笑咪咪地又問：「妳喜歡吃什麼啊？」

周世勳想起上次遇到的那天，她走了之後他去老地方吃飯，老闆跟他說，他朋友剛走，自己吃了一大盤豬頭肉。

想到這裡他忍著笑，不知出於什麼目的脫口而出：「她喜歡吃豬頭肉。」

何文靜頗為尷尬地瞪了周世勳一眼。

胖胖的老太太依舊笑咪咪的：「喜歡吃豬頭肉好啊，姥姥煮的豬頭肉燉粉條可好吃了，一會兒在回去路上買點豬頭肉，晚上煮給妳啊。」

周世勳舔舔後槽牙：「真沒見過哪個女人這麼喜歡吃豬頭肉的。」

老太太不樂意了：「喜歡吃豬頭肉怎麼了？你倒是跟我說說，你見過幾個女人啊？你這輩子見過的女人還沒我見過的豬多呢！姥姥現在是消化不行了，年輕時，我和你姥爺[14]兩個人一頓能吃兩大袋豬頭肉呢！」

周世勳笑得肩膀直發抖：「她自己一頓就能吃兩袋。」

老太太一頓：「……那是有點多。」

何文靜都快待不下去了：「那個……我先去忙了。」

周世勳扶著老太太走了幾步，忽然停住，轉頭叫她：「何文靜。」

「啊？」猛一叫她名字，她還不習慣。

周世勳緊緊盯著她的眼睛：「別人找妳幫忙，妳都這麼好說話嗎？」

何文靜有點懵：「什麼意思？」

周世勳笑了笑，沒說話就走了。

何文靜問旁邊路過的護士長：「他什麼意思啊？」

護士長一副過來人的樣子，笑著給她一巴掌：「什麼意思？心疼妳了吧！」

「心疼我什麼啊……」何文靜皺眉，想不明白。

她回到科室就有小護士湊過來：「何帥何帥，剛才那人是誰啊？哇啊！腿好長，肌肉好發達，多有男人味啊，簡直就是行走的荷爾蒙啊！」

何文靜挑著人家的下巴輕佻地笑：「妳不是說喜歡我這樣白淨的嗎，怎麼這麼快就換口味了？我沒餵飽妳嗎？」

「何帥其實妳也挺好的，就是看習慣了，看到這種粗糙的爺兒們就心跳加速。」

然後何文靜就插不上話了，她左擁右抱地被幾個小女孩圍在中間，聽她們討論周世勳。

「他是當兵的吧？看他走路的架勢就像！還是制服誘惑，哇啊啊。」

「是啊，正經站得筆直的像棵小白楊樹，不，是大白楊。」邊說還邊唱起來，「一棵呀大白楊，長在哨所旁……」

「剛才我還偷拍了一張他低頭抽菸的照片，要嗎要嗎？」

「要要要！」

「我也要我也要！」

何文靜拍拍手準備走了：「妳們就鬧吧，小心我告訴護士長，一個個收拾妳們！」

醫院的生意永遠那麼好，停車場水洩不通的，周世勳好不容易排隊出了停車場，還沒出醫院就從後照鏡看到一個人影衝過來，他降下車窗，「這麼客氣，還來送我。」

何文靜扶著車門氣喘吁吁的：「有……有帶錢嗎？」

周世勳把手臂壓在車窗上，挑眉看她：「幹嘛，搶劫啊？」

「借我一點，最好是現金。」

周世勳掀開眼簾看她：「我們也沒見過幾次，妳和我姥第一次見面，就當著她的面向我借錢，妳覺得好嗎？」

何文靜拉扯了一下頭髮，不好意思地看了副駕駛座一眼，臉一下子就紅了，硬著頭皮小聲解釋：「我真的有急用……」

「喲，臉紅了啊。」

周世勳賤兮兮地逗她，還想再說什麼，就被副駕駛座的老太太打了一巴掌，打在了腦袋上。他轉頭抗議：「姥，我都那麼大的人了！能不能別打我頭了！」

老太太伸手搗他：「沒聽說人家有急用嗎？不急誰願意開這個口，快給她！」

周世勳轉著打火機：「要多少？」

「你有多少？」

「妳要多少我有多少。」

「你當你是ATM啊？」

「借錢幹嘛？」

「之後跟你說。」

「什麼時候還？」

「儘快。」

「利息怎麼算？」

「你決定。」

何文靜的手機一直在響，她低頭看了一眼，伸手：「先給我。」

「你廢話那麼多，快給她！」

老太太又不樂意了，準備再次伸手打他，被周世勳躲了過去，他彎腰從儲物箱裡拿出兩疊錢遞給何文靜：「剛領了想發紅包給員工的，夠嗎？」

何文靜拿了就往回跑：「夠了夠了，一發薪水我就還你。謝謝姥姥！」

周世勳看她一會兒就跑不見了，轉頭問老太太：「我借給她的，她謝妳幹什麼？」

老太太笑咪咪地看著前方：「她剛才叫我姥姥了。」

說完也不理周世勳，自顧自地拿出手機來指揮家裡的「留守老人」幹活，「老頭子，你現在去老張家割些豬頭肉。不夠、再多！就四斤！割點好的，別怕花錢。」

「什麼零用錢，昨天不是剛給你一千，又花完了？」

「……」

「行行行，你先去買，等我回去讓你報帳。」

周世勳嘆了口氣，認命地開車。

回到家，老爺子一把揪住他：「大孫子啊，給姥爺一點零用錢吧。」

周世勳看著進了廚房的老太太，低聲問：「……要多少？」

老爺子也不貪心：「給兩百就行，給多了，你姥又要收走了。」

周世勳看看老爺子，嘆口氣，再看看姥姥，又嘆口氣，最後搖著頭掏出兩百塊錢放在他手裡：

「藏好了啊，被我姥發現的話別出賣我。」

老爺子樂呵呵地點頭收錢。

快六點的時候，周世勳被老太太催著去醫院接何文靜，他到了醫院門口打電話給她，沒人接。

他等了一陣何文靜也沒回來，那支菸被他拿出來放回去，放回去拿出來，來回折騰了好幾次，最後他煩躁地把菸盒揉成一團，扔進了垃圾桶，直接去了口腔科找她。

他到了口腔科，還沒說話就有個小護士問：「是來找何帥的吧？」

「何帥？」

「喔，何文靜醫生。」

「對，她在嗎？」

「這會兒她應該在兒科病房那邊了，你去那裡找她吧。」小護士很殷勤地告訴他怎麼走，又在哪間病房。

周世勳又去了兒科，找到那間病房，隔著玻璃看到何文靜懷裡抱著個小女嬰，正低眉淺笑地逗她玩。

溫柔，這個詞忽然從他腦子裡蹦出來。

他還沒見她這麼笑過，其實她穿白袍很好看，整個人都很乾淨。

何文靜一抬頭看到他，便招手讓他進來，抱著懷裡的小娃娃給他看：「我女兒，長得漂亮嗎？」

周世勳腳步一頓，徹底懵了，看著她不知道該擺出什麼表情比較好，半天才結結巴巴地回答：「漂、漂亮，什、什麼時候的事啊？」

「就今天啊，你剛走沒多久。」何文靜還是沒忍住，被他的樣子逗樂了：「開玩笑的，是個棄嬰，今天剛撿到的，跟我特別有緣分，一看見我就笑。」

周世勳低頭去看，白白嫩嫩的，眼睛大大亮亮的，確實很漂亮。她也很白，小孩的手軟軟地搭在她脖子上，那片肌膚和嬰兒比起來一點也不遜色，白得發亮，看得他喉嚨一緊，想抽菸，一摸口袋才想起來菸被他扔了。

他轉念一想，何文靜就是個男人，他對個男人眼熱算什麼意思啊？

周世勳硬生生地收回視線，開了個話題轉移注意力：「妳借錢就是為了她？」

「是啊，先墊了押金，讓她住進來，其他的再慢慢說。」

「得了什麼病啊？」

「檢查結果還沒出來，兒科主任說有可能是先天性心臟病。」

「治得好嗎？」

「不知道啊，不過治不好也要治啊。」何文靜倒是挺樂觀的，邊說邊低頭去逗小女孩：「這麼漂亮的小女孩怎麼狠得下心不要了呢，是吧？我們要趕緊治好，然後快快樂樂長大，肯定會有很多小男生喜歡的，是不是啊？」

說完忽然想起什麼：「喂，錢是你借的，你替她取個名字吧？」

周世勳自嘲地哼笑了一聲：「我哪會取名字，妳自己取吧。」

何文靜瞪他：「不行，就要你取，你回去好好想想。」

周世勳也沒當回事，隨口問：「剛才打電話給妳怎麼沒接？」

「喔，我手機調成靜音了。」何文靜邊說邊換了隻手抱小女孩，拿出手機看了一眼：「你抱一下，我去回個電話。」

周世勳躲之不及：「我不會，妳放床上吧。」

何文靜塞到他手裡：「放下她會哭的，你快抱著。你就抱著走就行，她很乖，不會亂動的。」

周世勳渾身僵硬，就這麼攤開雙臂抱著，一動都不敢動地叫何文靜：「我真的不會抱！妳快回來啊！」

何文靜沒理他，直接走出去回電話了。

他一低頭，就看到小女孩眨著大眼睛，好奇地看著他。

兩人大眼瞪小眼半天，周世勳汗都快滴下來了，當新兵第一次握槍的時候都沒這麼緊張。

過一會兒，小女孩忽然咧嘴對他笑了一下，周世勳好像也沒那麼僵硬了，試著吹了聲口哨哄她，小女孩咯咯咯地笑出了聲。

何文靜不知道什麼時候回來了，站在一旁笑：「鐵漢柔情啊。」

周世勳看到她立刻鬆了口氣：「快拿過去，我肩膀都快抽筋了！」

何文靜接過來，笑著看他抹了抹腦門上的汗，邊抹還邊嘀咕：「她太軟了，跟隻沒骨頭的小貓一樣。」

兩人又閒聊了兩句，便有個護士推門進來：「何帥，我回來了，妳快下班吧。」

何文靜把小女孩給她，道了別，才帶著周世勳出來。

周世勳抬手看了眼時間：「走吧，去我家吃飯。」

「你等我一下，我去換一下衣服。你去停車場等我吧。」

何文靜動作很快，五分鐘不到就過來了，手裡還拎著兩袋水果，放到後座上，然後又坐到副駕駛的位置上，邊扣安全帶邊開口：「好了，走吧。」

周世勳手裡轉著打火機，勾起一邊嘴角：「兄弟，這麼客氣啊？」

何文靜白他一眼：「又不是給你的。」

周世勳「哧」了一聲，發動了車子。

兩人一路無話，直到周世勳把車停在巷子前，熄火下車：「車進不去了，下來走走吧。」

何文靜自覺地拎起水果，周世勳也沒有要幫忙的意思，昂首闊步地走在前面，何文靜小跑了幾步才追上。

遠遠地就聞到飯菜的香味，周世勳一推開院門就嚷嚷開來：「姥，我餓了！」

老太太從廚房裡探出頭來，中氣十足地回他：「何醫生接回來了沒啊？」

周世勳歪歪斜斜地站著，揚著下巴點點何文靜：「這裡。」

何文靜笑著打招呼：「姥姥。」

老太太一看到她就眉開眼笑的：「來了啊，快去屋裡坐，小勳去擺桌子準備吃飯！」

說完又一頭鑽進廚房。

老爺子正蹲在院子中央洗菜去皮，被幾盆菜圍在中間，抬眼看到兩人進來，也是笑咪咪的模樣：「何醫生來了？餓了吧，馬上就好！小勳啊，去倒茶。」

何文靜看了周世勳一眼，周世勳作介紹：「我姥爺。」

何文靜跟著叫：「姥爺好，不知道你們愛吃什麼，就隨便買了點水果。」

老爺子擦了擦手，接過來：「好好好，下次來不用帶東西啊。」

周世勳把腳邊的板凳踢到何文靜那邊，讓她坐下，自己蹲在老爺子旁邊玩蘿蔔：「老爺子，您忙什麼呢？」

老爺子繼續手邊的工作：「醃鹹菜啊，你媽說下個月要回來一趟，想念這口味了，我提前先醃好，等你媽回來後剛好能吃。」

周世勳興致缺缺地咬了口蘿蔔：「那到時候您提前跟我說一聲，我好回我自己那裡住，免得碰上了。」

老爺子嘆口氣：「你這孩子……和自己親媽還有隔夜仇啊？有時間了多去看看她。」

「不是我不想見她，是她不想看見我。每次去都冷著一張臉，杯子都不知道摔幾個了，我還是省省吧。」周世勳說完，遞了根胡蘿蔔給何文靜：「吃吧。」

何文靜聽八卦聽到一半，看著眼前忽然出現的胡蘿蔔，接也不是，不接也不是，她看起來像隻兔子。

周世勳一拍腦袋：「喔，忘了，妳忌素！」

當著老人的面，何文靜不好意思動手，咬了咬牙，忍住了。

周老爺子抬手指著周世勳，對何文靜說：「揍他！這小兔崽子嘴就是壞！用力揍他！」

何文靜笑著抬手象徵性地輕拍了周世勳一下，就周世勳那身銅皮鐵骨，估計就跟撓癢癢差不多。

誰知道周世勳卻打了回來。

何文靜瞪他，又拍了他一下，周世勳又還回來。

兩人一來一往，鬧得不亦樂乎，也把周老爺子逗樂了，樂呵呵地看著她：「姥爺醃的鹹菜可好吃了，醃好了叫妳來吃。」

兩人還在玩著幼稚的你打我一下、我拍妳一下的遊戲，就聽到廚房裡傳來周老太太的聲音：「桌子擺好了嗎？」

周世勳從地上站起來：「好了好了。」

圓圓的桌子立在牆角，周世勳搬過來立起來，又搬了幾把椅子擺好，何文靜幫忙的時候隨口問：「你平時住在這裡？」

桌子不太穩，周世勳正抬頭搜尋著東西墊桌角，隨口答道：「是啊，我從小就住這。」

何文靜點點頭沒再問。從小和姥姥姥爺住在一起，要不是父母工作忙，不然就是父母感情不好，無論是哪一種可能，對孩子來說都是種傷害。

周老爺子進了廚房端菜，小聲和周老太太嘀咕：「我看我們小勳和這女孩啊，有戲！兩人都小孩似的在那玩，我們小勳什麼時候跟女孩子玩了。」

周老太太一聽，心裡更高興了，「我也覺得有戲。」

「兩人今年結婚，明年是好年啊，明年我們就能抱上曾外孫了！」

「對！對、對！」

兩人對未來憧憬得熱火朝天，被周世勳掀開布簾走進來打斷：「咳咳咳，我說都已經是老頭和老太太了，沒事別瞎想，她就是我兄弟，跟順子、小白他們一樣，沒您們想的那種關係。」

老爺子不樂意了：「人家女孩子怎麼就是你兄弟了？」

周世勳揚眉：「你看她渾身上下哪點像女孩？」

老太太反駁：「怎麼不像女孩，她朝我笑的時候可甜了。」

「您老啊，小心點血糖，還可甜了，我怎麼沒發現啊……」周世勳端著菜走出去幾步才想起來，何文靜壓根就沒朝他笑過，忽然有點鬱悶。

何文靜坐在圓桌前，看著滿桌子的菜，有些反應不過來。最讓她驚掉下巴的莫過於桌子中央那滿滿一盆豬頭肉燉粉條了，這也就算了，旁邊放著一大盤涼拌豬頭肉，這周世勳到底是怎麼敗壞她名聲的！

周世勳拿著筷子在她眼前晃了晃：「怎麼了，看到豬頭肉開心成這樣？吃吧，豬頭肉絕對夠！」

「吃點雞蛋，這個雞蛋可好吃了，自己家養的雞下的。」

「吃菜吃菜，這菜也是自己家後院種的，綠色無污染。」

「嚐嚐饅頭，姥姥自己蒸的。」

周老太太的手藝很不錯，何文靜整天吃外食，很久沒嘗過家常菜的味道了，再加上她本來就是直率爽朗的性子，也就真的放開來吃。周世勳見識過她的食量，老頭老太太倒是被嚇到了。

周世勳忍著笑，撓撓眉毛，朝老頭老太太使眼色：「還甜嗎？」

老太太瞪他：「能吃好，能吃是福，要是跟你小時候一樣那麼挑食就麻煩了！」

何文靜好奇：「他小時候很挑嗎？」

老太太笑咪咪地回憶：「挑！長個子的時候瘦得跟猴子似的！」

何文靜咬了口饅頭，「看起來不像啊，後來怎麼願意吃了？」

老頭老太太忽然不吱聲了。

還是周世勳一臉無所謂地回答她：「丟到部隊上誰管你吃不吃，餓了就知道搶了。」

何文靜覺得當兵也挺正常的，再看老爺子老太太一臉諱莫如深，也就沒多問，低頭吃飯。

過了一會兒，老太太起身去了廚房，沒一下子又回來。

「長壽麵來嘍！」

老太太端著青花大碗公回來，碗裡的麵條盤得整整齊齊，臥了個荷包蛋，點綴著蔥花香菜，周世勳用筷子一挑開，香味就散開來，他低頭吃了一大口：「還是那個味道！」

老爺子笑呵呵地拿了個紅包出來：「又長了一歲，姥姥、姥爺給你的。」

周世勳接過來塞口袋裡，低頭吃著麵：「每年這時候我就想念我姥為我做的生日麵。」

何文靜詫異地看著周世勳：「你今天生日嗎？」

周世勳好整以暇地看著她：「是啊。」

何文靜不好意思地看著他：「我不知道，也沒準備禮物，還是我出去買個蛋糕給你吧？」

周世勳痞痞地看她，一副耍無賴看妳怎麼辦的樣子：「大老爺們誰吃那玩意兒。」

何文靜手足無措，「那……」

老太太解圍：「沒事沒事，吃碗麵就得了，那麼大了哪能跟小孩一樣還收禮物。」

「要不然，我把這個送給你吧。」何文靜摘掉鑰匙扣上的飾物：「這是我從實驗室摸出來的骨頭，自己磨的鑰匙圈，挺有意義的，現在管得嚴，都不能拿出來了。」

周世勳捏在手裡看了看，挑著眉骨問：「狼牙棒？」

何文靜看了老爺子老太太一眼，瞪他：「亂說什麼，你怎麼那麼流氓！」

周世勳一副吊兒郎當的模樣，反問她：「哪裡流氓了？」

何文靜懶得理他，越理他，他越來勁。

吃完飯，收拾了桌子，周世勳叼著支沒點的菸，蹲在院子裡的壓水井前洗碗，還挺像樣的。

何文靜沒玩過壓水井，新奇地玩了半天，濺了周世勳一身的水，她不好意思地停下來補救，「有打火機嗎，我替你點上？」

周世勳咬著菸抬眼看她：「不用。」

他也沒想真抽，只是飯後一支菸已經形成習慣了，猛地一斷讓他有點難受。

何文靜也蹲到他旁邊：「你姥姥……」

周世勳一臉不樂意地吐了菸：「好好的說話怎麼罵人呢？還醫生呢，一點都不文明。」

何文靜無辜：「沒罵人啊。」

周世勳瞇著眼睛看她：「你姥姥，這還不算罵人呢？」

何文靜無語：「那我要怎麼叫啊？」

周世勳循循善誘：「叫我們姥姥就不算罵人了。」

何文靜翻了個白眼，又占她便宜。

碗剛刷完，就聽到有人站在門口喊：「周大娘，妳孫子在不在？來幫個忙啊？」

老太太在屋裡應聲：「在在在，小勳啊，去隔壁幫幫忙吧。」

「來了！」周世勳擦擦手，脫了外套往門外走，還不忘招呼何文靜：「外面冷，妳去我房間裡坐吧，那間。」

何文靜看著門口的身影不見了，才往周世勳指著的那間房走。

推門進去，房間算小，沒比他那間辦公室大，傢俱也都是幾十年前的樣式，一張實木的單人床，上面鋪著洗得發白的國民床單，枕頭下壓著的被子依舊疊得像塊豆腐，旁邊是張棗紅色的書桌和書櫃，床對面是衣櫃。

書櫃裡放著一堆國中教材，大概是周世勳上學時這麼放著的，這麼多年竟然都沒動過。

她隨手抽出一本高中物理課本，和她想像的不一樣，她以為周世勳是個上課睡覺，下課打架的學渣，沒想到裡面的筆記還挺多的，字體一般，但是寫得很認真。翻了幾頁，忽然一張泛黃的照片飄出來落到地上。

何文靜彎腰撿起來，是一群偽裝過的軍人合影，身上穿著作戰服，亂七八糟地掛著武器，臉上化得烏漆抹黑，容貌都看不清楚，大概是剛經歷過一場激戰，渾身狼狽，卻都笑嘻嘻地看著鏡頭，露出一口白牙。

「這個是我外孫。」

忽然一根手指伸過來，指了指其中一個人，何文靜抬頭看過去。

周老太太正低頭看著照片笑：「一個個畫得跟小鬼似的。」

何文靜也跟著低頭去看，說實話，偽裝得太好，看不大出來是周世勳，只是那雙眼睛依舊又黑又亮。

「他不在那幾年啊，我每次推門進來就覺得看到他小時候的樣子，趴在這裡寫作業。」老太太看著照片裡的周世勳緩緩開口：「他爸媽不知道他是特種部隊的，一直以為他是在部隊裡坐辦公室的，就是打打字、看看報紙的那種工作，他也隱瞞得很好。一直到那年他們去執行任務，一小隊是十一個人，只有他自己活著回來了，但也是重傷，傷得太重了，醫院下了病危通知，沒辦法了才通知他父母。後來他活下來了，他媽就他這麼一個兒子，以死相逼，讓他必須退伍，鐵錚錚的漢子躺在床上淚流滿面。他從懂事起就沒哭過，小時候打球摔斷手都沒哭。他求他媽給他三年時間，他媽不同意，是我壓著他媽同意的。我外孫是我一手帶大的，我瞭解，他答應的事一定會做到，說三年就三年。三年以後他把對方據點端了報了仇，把所有隊友都帶了回來，二話不說就退伍了。他退伍的時候，他們隊長跟我說，有他在，邊防線上十年不敢有人動作。」

何文靜忽然明白他那一身正氣源自何處，明白他那隱藏在玩世不恭外表下的智慧、堅韌和無所畏懼，明白他肩上曾經扛過什麼。

她忽然想起第一次見他時，他站在那裡什麼都不說，自帶著一股威嚴和狠戾，後來賤起來的時候恨得人牙癢癢，漸漸就淡忘了。現在才知道，那是在戰場上沾過血的人才有的殺氣，敵人的血、戰友的血、自己的血，那是藏也不藏不住的凜冽。

她忽然對周世勳的印象全變了，之前一直覺得他煩、痞，嘴裡沒句正經。現在想來，是痞氣，也是正氣。

老太太看何文靜半天沒說話，繼續開口：「他小時候被他爸媽離婚影響了，不好好學習，叛逆得狠，可我知道他不會學壞。他不花他爸媽一毛錢，國中開始就自己打工賺錢，後來當了兵，把津貼都拿給我。他是個粗人，可粗中有細。上次妳跟他借錢，他不是不想借給妳，他說那些話是怕我對妳印象不好，故意說給我聽的。我孫子長得帥，從上學開始，喜歡他的小女生就多，可他都不想跟她們多說一個字。妳不一樣，他還帶妳來家裡吃飯。」

何文靜越聽越覺得不對勁，輕咳一聲，開始解釋：「姥姥，我跟周世勳……不是那種關係，我們就是朋友，嗯……我們是哥兒們，兄弟！」

周老太太一臉不相信：「妳是不是嫌棄小勳讀書文憑不夠高？」

何文靜趕快搖頭：「不是不是，這種東西夠用就行了。我也不愛念書，要不是學醫沒辦法，我早就不想上學了。周世勳雖然書讀得不多，但生活經驗挺豐富的，這樣的人在社會上才混得開，死讀書又有什麼用。」

周老太太疑惑地看著她：「那妳是……」

何文靜也在想，是啊，周世勳到底哪裡不好呢？

想了半天，他沒哪裡不好，做兄弟當然沒話說，可做男朋友……一想到男朋友這三個字，何文靜雞皮疙瘩就上來了。

雞皮疙瘩還沒下去，主角就來了，周世勳摸著腦門上的汗推門進來：「在聊什麼呢？還關著門。」話還沒說完就看到何文靜手裡的照片，臉上的笑收了收。

何文靜動作一滯：「我不是故意……」

周老太太從她手裡抽過照片：「我拿給小何看的，怎麼了？又不是不能見人。」

周世勳的嘴角重新揚起，一臉不在乎地把照片夾回物理課本裡，放回書架上。

可何文靜還是被他那一臉的不在乎鎮住了，有些心虛。

周老太太站起來往外走：「你們聊吧。」

經過周世勳的時候還不忘低聲威脅他：「你敢擺臉色給人家看，我就打斷你的腿！」

周世勳扯扯嘴角：「您老真是老當益壯啊。」

周老太太出去後，周世勳就懶懶地往床上一躺，閉著眼睛也不說話。

何文靜站也不是，坐也不是，鼓起勇氣解釋：「我不是故意翻你的東西，我只是隨便拿了一本，沒想到……」

周世勳掀開眼簾看她一眼：「都說沒事了，這麼見外。」

何文靜腹誹，你什麼時候說沒事了。

她也不好再待下去：「時間不早了，我先走了。」

「嗯。」周世勳站起來：「我送妳。」

周老太太和周老爺子送到門口，還拉著她的手不放：「沒事就多來家裡玩啊！」

何文靜禮貌地回應，道了別就上了周世勳的車。

兩人一路無言，她忽然發現，其實周世勳是個話不多的人。

她偷偷轉頭看了他一眼，窗外的燈光一晃而過，車內光線模糊，只能朦朦朧朧地看到他側臉堅毅的線條，再加上周老太太今天的話，她忽然覺得自己又重新認識了這個笑起來痞壞痞壞的男人。

周世勳餘光瞟了她一眼：「看我幹嘛？」

何文靜輕咳一聲：「你是不是生氣了？」

周世勳忽然笑起來：「妳不是知道我以前是幹什麼的了嗎？妳覺得，如果我真的生氣了，妳還能好好地坐在這裡偷看我？」

他一笑起來，好像那些血腥和心酸都不見了，他還是那個嘴賤起來恨得人牙癢癢的周世勳。

何文靜也對他笑了一下。

周世勳暗暗在心裡罵了一聲「靠」，笑起來還真的挺甜的。

下車的時候，何文靜站在車外彎腰看他：「還是祝你生日快樂。」

周世勳豎起兩根手指點點眉毛，往前帥氣一揮：「謝謝了。」

回去的路上周世勳想著剛才何文靜的笑，心情很不錯，接了個電話，又掉頭往常去的俱樂部走。

一群人三五一桌坐著，看到周世勳遠遠地就開始打招呼。

周世勳點頭應著，隨便找了一桌坐下來。

順子正跟小白和黑子玩鬥地主，忙裡偷閒遞了根菸給周世勳：「勳哥，來一根？」

周世勳自己開了瓶啤酒，推開他的手：「戒了。」

兩個字平地炸起一顆雷，三個人也不玩了，都圍過來看著周世勳。

「什麼時候戒的？昨天還抽的。」

周世勳一臉稀鬆平常：「就今天。」

「什麼情況？」

周世勳喝著啤酒：「沒什麼。」

「不是吧，勳哥？你沒事戒什麼菸！」

「那以後我們是不是也不能抽了？」

「因為女人？」

周世勳沒再說話，三個人越喊聲音越大，旁邊幾桌也都圍過來。

「勳哥，你有媳婦了？」

「勳哥，你媳婦不讓你抽菸啊？」

「勳哥，你那麼大隻還怕媳婦啊？」

「……」

周世勳忽然想起了什麼，開口問道：「喂，你們說小女孩叫什麼名字好？」

「什麼玩意？」

「嫂子有了？」

「勳哥你很可以啊！」

「不是我的。」

「這你都能忍！」

「哈哈哈……」

「滾蛋！快點給我認真想！每人想一個，不許重複！」

如果勳哥生氣了，後果會很嚴重。於是一群五大三粗的糙漢子坐在燒烤攤上低著頭，一個個眉頭深鎖，嘴唇緊抿地替小女孩取名字。

過了幾天，何文靜發了薪水，打電話給周世勳要帳戶，要轉帳給他。周世勳要她直接送到俱樂部去。

她一進門，就有工作人員走過來，她主動開口：「我找周世勳。」

那人一愣，轉身就朝旁邊喊：「有女人來找勳哥！」

一個身上還帶著攀岩裝備的人跌跌撞撞地衝過來，盯著何文靜看，呆呆傻傻地念叨：「真的是女人啊……」

沒一會兒，何文靜就被五六個人圍在了中間。

她皺眉：「沒見過女人嗎？」

「女人見過，但是沒見過有女人來找勳哥。」

「為什麼？」

「因為勳哥不見，來找他的女人都被他打出去了。」

「他連女人都打？」

「勳哥說，他眼裡只有死人和活人，沒有男人和女人。其實也不是真打，就是兩步，拎起來、扔出去。」

「經常有女人來找他嗎？」

「是啊，勳哥的臉可招女人喜歡了，就那張臉那個身材，扛起多少會員卡啊，好多女客戶來玩，看過他之後都會回來找他。」

何文靜一臉微妙地笑，還想再扒點內幕出來就被打斷。

周世勳站在二樓往下看：「都在幹什麼呢？不幹活了嗎！」

一群人這才驚覺說錯了話，嘿嘿哈哈地打岔。

「勳哥！有人找！」

何文靜仰頭看他，他嘴裡含了支棒棒糖，配上他五大三粗的形象，有點反差萌，她忍著笑：「我來還錢。」

順子笑嘻嘻地開玩笑：「勳哥，你還有放高利貸的業務啊？」

周世勳橫他一眼：「幹你的活去！」

後來坊間流傳，周世勳欺男霸女，放高利貸，人家還不了錢直接搶了人當老婆，不要臉。

周世勳招手讓何文靜上樓：「上來說。」

何文靜上了樓進了他的辦公室，從包包裡掏出錢遞給他：「你數數吧。」

何文靜只是客氣，誰知周世勳還真的點了起來。

他點完之後，抬眼看她：「不夠。」

何文靜愕然：「怎麼會不夠？我從銀行領出來就沒動過，你是不是不會算數啊？」

周世勳把嘴裡的棒棒糖「喀嚓」一聲咬碎：「怎麼，歧視我沒上過學啊？那妳點啊。」

數錢這個技能，何文靜也不太熟，數了半天，又來回點了好幾遍，皺著眉看他：「這不是剛好兩萬嗎？你再數數。」

周世勳靠在椅背上，長腿搭在桌上，懶懶地看著她：「是兩萬沒錯，不過我不是說了嗎？高利貸。」

何文靜翻白眼：「那利息多少啊，周大爺？」

周世勳揉揉太陽穴，猶豫著：「我還沒想好。」

何文靜拉過椅子坐在他對面：「那你快想啊。」

周世勳卻開始和她閒聊：「我說，妳一個醫生，也算是高薪職業吧，有急用的時候連兩萬塊錢都拿不出來？」

何文靜認真地看著他：「你對醫生是不是有什麼誤解？醫生哪裡算是高薪職業了？根本就是要命又低報酬率的高危職業好嗎？再說了，我還扛著房貸呢，月光族！」

「喲，沒看出來，妳還是個月光美少年啊！」說著他又拆了支棒棒糖塞嘴裡：「對了，妳不是讓我幫那個小丫頭取名字嗎？我取好了。」

說起這個，何文靜一臉沮喪：「用不到了，小女孩被她父母接回去了，他們剛丟掉就後悔了，第二天就趕回來接走了。本來嘛，那麼漂亮的小女孩誰會捨得不要她……」

周世勳樂了：「怎麼，人家不要，妳還打算撿回去自己養啊？」

「說得也是……」何文靜咬唇，嘆氣：「我也養不起。」

周世勳看了眼時間：「怎麼辦啊，都這個時間了，一起吃飯？」

「不了，我翹班出來的，還要回醫院。」何文靜臨走前看他一眼：「少吃點糖，容易蛀牙。這點錢還不夠換顆好牙的。」

周世勳起身送她的動作一頓。

靠，不能抽菸，連糖也不能吃！這日子還過不過了！

何文靜開車走出去一段後才想起來，忘記提醒周世勳了，下次別放那麼多現金在車裡了，不安全。轉念又一想，他比押送運鈔車的運鈔員還彪悍，誰敢搶他啊？自己就別操這個心了。

何文靜前腳剛走，小白後腳就捧著一大盒棒棒糖進來了：「勳哥，你要我買的棒棒糖。」

周世勳擺手：「你自己吃吧！」

「不要了？」小白撓撓頭：「剛才不是還叫我快點買回來嗎？」

順子也湊進來，賊兮兮地笑著問：「勳哥，剛才那個……是不是嫂子啊？」

周世勳臉一沉，兩人溜得比兔子還快。

戒菸的日子頗為難熬，周世勳好不容易撐到晚上回家吃飯，還沒進門就被周老太太塞了個大便當盒趕出來：「送去給小何！」

周世勳推算著這個時間，何文靜應該還沒下班，就直接去了醫院。

剛出電梯就聽到震天響地的哭喊聲：「我不要拔牙！嗚嗚嗚……我要回家！」然後便被一個圓滾

滾的生物直接撞上小腿，他低頭看。

胖乎乎的小男孩捂著額頭氣呼呼地瞪他，眼裡還含著淚花。

周世勳絲毫沒有被威懾住，順手拎起來和他對視，他本來就長得嚴肅，沉著臉的時候莫名帶了點陰狠，此刻又戴著墨鏡，咬著牙籤，確實不太像什麼好人。

小男孩看著他，忽然又放聲大哭：「爸爸，我要拔牙！」

孩子的父親很快追過來，小心翼翼地接過孩子，客氣地向周世勳笑笑，抱著孩子回了治療室。

何文靜站在治療室門口低頭笑，原來在小朋友眼裡，這個人比牙醫還可怕啊。

她朝他笑了笑算是打了招呼：「等我一下。」

周世勳點頭。

等何文靜忙完了，一出治療室就看到周世勳百無聊賴地站在走廊上發呆，她剛才沒看到，他手裡竟然還拎著個便當盒，嘴裡依舊咬著根牙籤。

何文靜笑得不行：「你這是怎麼了？牙疼啊？」

周世勳吐了牙籤：「菸癮。」

何文靜更樂了：「那你抽菸啊，咬牙籤有什麼用。」

周世勳揉揉臉：「不抽。」

何文靜嘖嘖稱奇：「戒菸啊？沒看出來，還挺有毅力的。」

周世勳看著何文靜不說話。

何文靜摸摸臉：「怎麼了？我臉上有血？」

周世勳搖頭：「來，老太太要我帶給妳的。」

何文靜就著他的手，打開看了眼：「呀！肉凍啊！我好多年沒吃過了！」

周世勳塞進她懷裡：「下面還有一層。」

何文靜又驚嘆了聲：「滷味啊！姥姥自己滷的啊？」

周世勳眼底帶著幾絲玩味：「叫得是越來越熟練了。」

何文靜看在好吃的份上沒動手。

「吃不完就放冰箱裡。」

「冰箱啊，休息室冰箱滿了怎麼辦啊？」何文靜歪頭想了想，一本正經地建議：「要不就先放停屍房吧？那裡溫度也夠。」

「……」周世勳第一次見識到她的彪悍。

何文靜沒繃住，笑出來：「哈哈哈，逗你玩的，還真信啊！」

周世勳面無表情：「呵呵，一點也不好笑。」

何文靜踮著腳攔著他轉了個方向，學著他的口吻：「走，兄弟，我請你吃飯！」

兩人去吃了火鍋，何文靜也沒多問，直接點了菜，誰知道周世勳這麼一個漢子竟然吃不了辣。

她看著對面吃一口灌一杯水，再吃一口，再灌一杯水的周世勳，雙肩不停抖動。

後來她去洗手間，回來的時候遠遠看到周世勳在和一個女孩子說話，等她走近，那個女孩子已經走了，她只看到一個側臉。

她拿起筷子繼續吃：「那女孩誰啊？」

周世勳被辣得滿臉通紅：「我戰友的妹妹，徐小青。」

「呵呵。」何文靜把這兩個字還了回去。

周世勳撂了筷子：「什麼意思啊，兄弟？」

何文靜朝他擠眉弄眼：「都是成年人了，裝什麼傻啊。」

「妳無聊！」

「你無理取鬧！」

「快吃吧妳，那麼八卦！」

「你才八卦！」

「……」

兩人難得沒動武，開始鬥嘴。

第二天中午，隨憶和三寶約何文靜吃午飯：「去餐廳吃飯啊。」

何文靜一臉幸福：「不去，我帶了飯。」

三寶瞪圓了眼睛：「妳哪來的飯能帶啊？」

何文靜敲敲便當盒：「我就是有啊。」

三寶直接動手搶了便當盒：「這麼好，走走走，帶去餐廳我們一起瓜分。」

於是整頓飯不時聽到三寶的驚嘆聲。

「哇！這個肉凍裡竟然還有花生米耶！」

「還有豬蹄！我最愛的豬蹄！」

「啊！還有豬頭肉！好好吃啊！」

三寶捧著肚子一臉滿足：「這個怎麼那麼好吃啊！去哪買的？」

何文靜摸摸耳朵，頭髮長了，有點刺癢：「病人送的。」

隨憶一愣：「啊？」

何文靜猶豫了，索性說了實話：「八十號的姥姥。」

隨憶和三寶對視一眼：「喔……」

何文靜扶額：「他姥姥來找我看過一次牙，可能是為了謝謝我。」

隨憶好奇：「妳不是從來不和相親對象見第二次的嗎？」

何文靜無奈：「那有什麼辦法！孽緣！」

那麼大一盒肉凍和滷味，何文靜終於趕在天氣徹底熱起來之前吃完了。她趁著週末，把便當盒洗乾淨，直接送到了周老太太那裡。

小院的門虛掩著，她輕輕一推就開了，一進門就愣住了。

這個年代，她竟然還能看到一個大男人抱著臉盆，用透明肥皂手洗衣服。

天氣熱了起來，他就那麼光著膀子，蹲在太陽底下，搓得很認真很均勻，像是訓練過一樣，手上都是搓起的白色泡沫。

微風吹過，盆裡的肥皂泡飛到空中。

直到很多年後，何文靜回憶起這天，還能聞到太陽下泛著七彩光芒的肥皂泡香味。

周世勳很快就發現了她的存在，轉頭看過來，挑眉看著她，也不說話。

何文靜舉著便當盒給他看：「我來還這個。」

周世勳揚著下巴指指廚房：「放那裡就行了。」

何文靜放下後又問：「你姥姥……」

「嘶……」周世勳瞥她一眼：「你姥姥……」

何文靜沒忍住自己先笑起來：「兩位老人家呢？」

周世勳繼續低頭洗衣服：「在隔壁打麻將呢，找他們還是找我？」

何文靜繼續玩上次沒玩夠的壓水井，漫不經心地回答：「誰也不找，就是來還便當盒啊。」

周世勳沒再說話，一個專心洗衣服，一個專心玩壓水井，壓出來的水給他用，也算默契。

等周世勳把衣服洗完晾好，站到何文靜面前，她一抬頭才發現不對勁。

他上半身沒穿衣服，汗水順著臉頰流下來，滑過脖子處那道性感的凸起，消失在亮晶晶的胸肌和腹肌。身前背後遍布著大大小小的傷痕，汗涔涔的胸肌和腹肌在太陽光下反射著光澤，褲子腰身又低，露出的人魚線又深又鋒利，肚臍下濃密的毛髮一路延伸……

荷爾蒙爆棚啊。

看得何文靜氣血翻騰，她眼神閃爍，到處亂看著：「我說，你能穿件衣服嗎？」

他沒廢話，轉身進屋去，倒是穿了件衣服，不過和沒穿沒什麼區別。

白色背心緊貼在身上，下襬被拉到胸上翻折起，胸肌腹肌人魚線，該露的一點也沒遮到不說，白色撞上他麥色的膚色，視覺衝擊更大了。

何文靜捂著鼻子，怕流鼻血丟人，甕聲甕氣地繼續提要求：「你的褲子……能再往上拉嗎？」

周世勳又開始逗她，痞裡痞氣地湊近：「穿再多也沒用，火熱的漢子、火熱的身軀、火熱的心，可以遊冬泳、可以洗冷水澡，妳要不要試試？」

何文靜快速退了兩步，臉刷一下就紅了，她忽然覺得自己丟了三寶的臉。

她和三寶這個內外都黃的炎黃子孫待在一起這麼多年，竟然隨隨便便被男人調戲到紅了臉，真是對不起她「何首汙」的名號啊！

她匆匆忙忙往外走：「我忙著呢，沒空試！先走了！」

周世勳一把拉住她：「忙什麼？」

「我下午要去打籃球。」

「妳還會打籃球？」

「小看我！我以前也是校隊的好嗎？」

「男籃校隊？」

「滾！」

「哈哈哈，在哪啊？有空我也去看看。」

何文靜匆匆忙忙甩了個地址就逃了。

她以為周世勳就是隨口一說，誰知道他真的來了。

她站在籃球架下喝水的時候，就看到他從看臺上跳下來，手裡還捧了隻小奶貓。

何文靜走過去低頭看：「哪來的？」

周世勳又揉了一把：「車輪邊撿的。」

何文靜還想再說什麼就聽到場上有人叫她：「何帥！開始了！」

她回頭應了聲，又得意地向周世勳眨眨眼睛：「讓你好好開開眼界。」

一群人就只是打好玩的，大概不是正式比賽，她也就沒穿籃球服，隨便套了件寬鬆的T恤短褲。

周世勳嘴角噙著笑看著，她動作姿勢都很標準，打起籃球來有種英姿颯爽的帥氣，怪不得那些人要叫她「何帥」了，只是他總覺得有點不對勁。

他看了好一會兒才發覺是哪裡不對勁。

她太白了，白得發光。臉就已經很白了，天氣熱了，她穿得少，沒想到身上比臉還白。

兩條白晃晃的大長腿在他眼前晃來晃去，看得他莫名的眼熱。

他又覺得莫名其妙，何文靜就是個男人，他把她當兄弟看，眼熱什麼？

每次何文靜在場上往他這邊看的時候，就看到他在低頭和貓玩。她打了多久的籃球，他就玩了多久的小奶貓，她沒想到他對這種小萌物這麼感興趣。

其實，事實是她打了多久的籃球，周世勳就看了多久她的腿，看得移不開眼。

直到何文靜收拾好東西，擦著汗走過來：「走了。」

周世勳抱起貓就走。

何文靜叫住他：「你要把牠帶去哪裡啊？」

「我看也沒人要牠，我帶回去讓我姥養吧。」

「也行。」

「我還取了個名字給牠。」

「叫什麼？」

「車軲轆。」

「……就你這取名字的水準，幸虧當初那個小女孩被她爸媽接走了，不然也慘了。」

「車軲轆不好聽嗎？」

「你覺得呢？」

「我覺得挺好的。」

兩人一邊聊天一邊走遠了，留下籃球場上幾個人站在那裡好奇。

「那個男人是何帥什麼人？」

「不知道……」

「……」

當天晚上發生了一點事，造成的後果是周世勳從第二天早上起床之後就黑著一張臉。

俱樂部裡所有人都感覺到了周世勳的暴躁，連唐恪來找他，他都心不在焉的。

兩人坐在沙發上，一個侃侃而談，一個默不出聲。

「……事情差不多就是這樣，你點子多，幫我想想辦法。」唐恪自顧自地說完才發現周世勳一直保持著那個姿勢，動也沒動。

他推了周世勳一把：「喂！我在跟你說話，你在想什麼？」

周世勳回神，目視前方不動聲色地抽了口菸：「在想辦法啊。」

唐恪被氣笑：「少來！你這個樣子分明是在想女人。」

周世勳夾著菸的手一抖，差點燙到自己，轉頭問：「我想女人很明顯嗎？」

唐恪挑挑眉，點頭。

周世勳把菸掐滅在菸灰缸裡，低頭罵了一句：「媽的……」

唐恪打了個響指：「哥兒們，你不是不抽菸了嗎，怎麼又開始抽了？」

周世勳起身往外走：「跟你有什麼關係？」

他走了沒幾步又回來，坐到唐恪旁邊：「我昨晚作了個夢，你聽聽幫我分析分析是什麼意思。」

唐恪來了興致，把腦袋湊過去，一臉八卦：「嗯，你說，是關於女人的嗎？」

「就是……」周世勳一抬頭被唐恪瞪得又圓又亮的眼睛嚇住：「你幹什麼？」

唐恪又湊近了點：「聽你講故事啊。」

周世勳忽然頓住：「還是不說了。」

說完推門走了，留下唐恪在屋裡暴走：「周世勳你大爺的！沒有你這樣的！我好奇心都來了！你再這樣聊天以後沒人跟你玩了！」

其實那個夢也沒什麼好說的，就是個春夢。

夢裡何文靜那雙白白嫩嫩的腿緊緊纏在他的腰上，捏在手裡溫軟細滑，兩人抵死纏綿，她的臉特別清晰，就那麼清清冷冷地撩了他一眼，他的骨頭都酥了一半，剩下一半酥在她媚著嗓子叫的一聲聲「勳哥」裡……

黑暗裡他猛地睜開眼睛，手往下一摸，摸了一手的濕滑黏膩，心裡不自覺地罵了句髒話。

他喘著粗氣目光呆滯地又躺下一陣子，才起身換內褲。

周世勳覺得邪門，他發誓他在這之前真的只當她是兄弟，自己怎麼會夢到和她……

重新躺下，腦子裡卻還是剛才的夢，清晰異常，那雙冷冷清清的眸子把他勾得火大，他沒忍住，手伸進被子裡律動起來，腦子裡想著剛才夢裡的情景，很快釋放出來。

周世勳煩躁地把內褲揉成一個團扔出來，倒頭大睡。過了一會兒又坐起來，抬手在床頭摸出菸盒，抖出一支菸，抿在唇間。

過了許久，周世勳動了動手指，劃了根火柴低頭點上。很久沒抽了，尼古丁的味道瞬間在口腔裡彌漫開來，一路抵達肺部，他仰著頭閉上眼睛，緩緩吐出薄薄的煙霧。一支菸抽完，再睜開眼，眼底一片清明。

這就是周世勳一整天異常暴躁的原因，可這個原因實在很難對外人說出口啊。

周世勳就是想讓那雙清清冷冷的眸子再看他一眼，但又怕看到那雙眸子，暴躁了幾天還是沒有忍住，還是打了電話。

打電話之前，他已經坐在她家樓下一整個晚上了，斷斷續續地抽了兩包菸。

『找我幹嘛？』

「還利息！」

『嘖，上次不是請你吃飯了嗎？』

「一次不夠，繼續請，再說請我吃飯，妳比我吃的都多！」

『周大哥啊，我發的薪水都還債了，沒錢啊！』

「沒錢我請，出來。」

何文靜一上車，周世勳就先瞄了眼她的腿。還好，穿著長褲，看不見什麼。再往上看，一對上那雙眼睛，他就感覺小腹一熱，不自然地移開視線。

喉嚨乾，周世勳動了動手指，想抽菸。

何文靜往他這邊湊近了點，聞到了菸草味，轉頭問：「你又開始抽菸了？」

周世勳一怔，似乎在想什麼，半晌才「嗯」了一聲，直勾勾地看著她。

何文靜不知道，周世勳腦子裡想的是他可能確實到了該找個女人過日子的年紀，不然怎麼會看一眼何文靜就會硬呢。

何文靜一臉莫名其妙：「看我幹嘛？開車啊。」

其實，周世勳也不是真的要吃飯，隨便找了個小吃街。

何文靜吃著面前的麻辣燙，不時抬頭看一眼周世勳。

周世勳食之無味，兩三口解決完，點了支菸看她吃。

何文靜神經再大條也察覺出不對勁，放下筷子：「你是不是有什麼事啊？」

周世勳嘴裡叼著菸，煙霧一縷縷升騰起來遮住他的臉，她看不清他的神色，只能聽到他模糊不清的聲音。

「沒什麼事啊。」

何文靜不放心地追問了一句：「真的沒事？」

周世勳把菸從嘴邊拿下來，掐滅在地上，一臉無所謂：「囉唆。」

這下何文靜終於安心了，拿起筷子繼續吃，邊吃邊和他聊天，他倒是有問必答，不過就是有些神思恍惚。

「真的只是找我吃宵夜？」

「不然？」

「你手底下那麼多兄弟，幹嘛非要找我？」

「妳不也是我兄弟嗎？找妳有什麼奇怪的。」

「也是。」何文靜已經對他這個「兄弟」的稱呼免疫了。

周世勳瞥見她被辣得紅通通的唇，不自覺地舔了舔嘴唇，更加心猿意馬了。

那兩片唇看起來軟軟的，上下動了動：「吃不完了，不然打包回去給車軲轆吃吧？」

此刻的周世勳，嘴比腦子動得快：「好。」

他送何文靜回到樓下的時候，忽然想起了什麼：「妳……週末有空嗎？」

何文靜想了想：「應該有空，幹嘛？」

「俱樂部內部員工聚會要去爬山，妳要不要一起去？」

「行吧。」

「那到時候我來接妳，妳別開車了。」

「好，那我先上樓了，自己開車小心點。」

周世勳看著她上樓，那個窗戶的燈亮了，他又坐了會兒才發動車子離開。

他的暴躁在見過何文靜之後，莫名好了，生活好像恢復了平靜，又好像有什麼地方不一樣了。

週末早上，俱樂部的員工在俱樂部門口聚齊，自由組合開了幾輛車往山腳出發。

周世勳打算去接何文靜再去和他們會合，徐小青叫住他：「勳哥，我坐你的車吧。」

她拉開車門就要坐進去，被周世勳制止，他揚揚下巴：「坐後面。」

「啊？我之前一直都是坐前面啊。」

「以後不能坐了。」

「什麼意思？」

順子從後排探出腦袋：「哈哈哈，勳哥有媳婦了，嫂子專屬。」

徐小青一愣，不情不願地坐進了後座。

周世勳剛開上主幹道，徐小青就在後面叫喚：「勳哥，你是不是走錯路了？」

周世勳用食指抵墨鏡：「沒走錯，還要去接個人。」

徐小青好奇：「接誰啊？」

周世勳沒說話，順子笑哈哈地替他回答：「當然是接嫂子啦！」

徐小青從車內後視鏡看了周世勳一眼，心裡一沉，他竟然沒反駁。

何文靜從上了車就覺得不太對勁，老覺得後背冷颼颼的。

順子笑嘻嘻地跟她打招呼：「何姊！」

何文靜歪著身子應了聲，然後便看到後排還坐了個女孩子，看起來有些眼熟，好像在哪裡見過。

周世勳單手搭在副駕駛座的座椅上，側身一邊看著後方倒車一邊替她介紹：「徐小青，上次妳見過的，我戰友的妹妹。」

何文靜也想起來了，對她笑了笑：「妳好，我是何文靜。」

徐小青面無表情地點了點頭，然後轉頭看向窗外。

何文靜遭遇冷暴力，一臉莫名地看看順子，又看看周世勳，沉默著坐正，她哪裡得罪這女孩了嗎？

等他們到了山腳下，其他人也剛到沒一會兒，很快分了組進行爬山比賽。

周世勳揚揚手裡的紅包，笑著動員：「都認真點，第一名老闆發紅包！」

紅包的厚度引得一群人躍躍欲試，何文靜蹲下綁鞋帶，抬頭逗他：「周老闆，我得了第一也會發給我嗎？」

周世勳把她罩在他的影子裡，居高臨下地看著她，歪頭壞壞地笑著，眼底帶著一絲痞味：「妳不算。」

何文靜站起來白他一眼：「我也不想要！」

周世勳嘲諷道：「說的好像妳想拿就能拿到一樣。」

何文靜的好勝心被激起來：「那就試試看啊，我就和你比。」陽光下朝他笑著的她，甜得讓他移不開眼。

周世勳欣然應戰：「好啊。」

一聲哨聲，比賽開始。

何文靜體力不錯，一口氣爬到了山頂，吃吃喝喝等了很久，才看到周世勳扶著徐小青一小步一小步地挪上來。

一群人很快湊過去關心：「小青怎麼了？」

徐小青擦擦額頭的汗，虛弱地回答：「腳扭到了。」

周世勳抬頭掃了一圈，看到何文靜就叫她：「兄弟，妳幫忙看看。」

何文靜坐在石頭上沒動：「我又不是骨科的。再說了，你自己看啊，你又不是沒學過。」

她算是看懂了，這女孩也就對周世勳有個笑臉，對別人都是一臉高冷，她也懶得理她。

周世勳讓旁人幫忙扶著徐小青，自己走過來叫她：「我哪有妳專業啊。」

她仰頭看著他，臉上帶著運動過後健康的粉紅剔透，周世勳撐著膝蓋彎腰看她：「嗯？」

她不好駁他的面子，拍拍屁股站起來，走過去替徐小青看腳。

周世勳卻因為她這個動作怔在原地，視線還停留在她的腰部以下，以前沒發現，她屁股還挺翹的，他手癢，心也癢，也想拍拍看。

剛才她從地上起來的時候，上衣領口下垂，他垂眸瞄了一眼。溝壑很深，還挺有料，隨著她的動作輕輕晃動著，只看了一眼，他的慾望就上來了。

周世勳抬頭望天，不行了，他受不了了，想抽菸，摸了摸口袋，拆了根棒棒糖塞進嘴裡。

何文靜檢查了一下，對這種小把戲看得多了，懶得揭穿她：「沒事了，沒傷到骨頭，回去好好休養吧。」

徐小青也沒搭理她，眼裡含著淚可憐兮兮地看著周世勳：「勳哥，我腳痛。」

周世勳一邊擰開一瓶礦泉水往外倒，幫何文靜沖手，一邊轉身叫人：「小白，你替她揉揉。」

徐小青的聲音又軟了幾分：「勳哥，我想讓你幫我揉，他笨手笨腳的。」

周世勳面無表情：「我力氣大，怕妳受不了。小白，快點，磨蹭什麼呢？」

小白飛奔過來：「來了來了，小青妳別怕。我這手藝是祖傳的，一揉馬上好，妳明天就能下地走路！」

小白還沒碰到她，就看到徐小青一把抱住周世勳的大腿：「勳哥勳哥，你別走，我害怕……」

何文靜轉身，挑了塊遠處的石頭背對著他們坐下，吃花生嗑瓜子，又喝了兩罐啤酒。

她拍了拍身上的瓜子殼，忽然開口問旁邊的人：「有菸嗎？」

黑子一愣：「哈？」

何文靜蹙眉：「沒有嗎？」

黑子趕緊把菸盒打火機遞給她，「有有有！」

何文靜一手拿菸一手拿火機，眉頭皺得更深了。

黑子以為她是抽不慣這種菸，剛說給她換一盒，就聽到她遲疑地問：「這東西……怎麼抽？」

黑子咽了下口水：「那個……何姊，勳哥要是知道我教妳抽菸，他會劈了我……」

她瞇著眼睛看著山下的風景，半晌才嘀咕道：「不教就不教，我走了。」

周世勳好不容易擺脫掉徐小青，轉頭回來找何文靜，找了一圈也沒看到人影。

他坐到黑子旁邊問：「我兄弟呢？」

黑子替他點了支菸：「你說何姊啊，她說先走了。」

周世勳莫名其妙：「怎麼突然走了？連紅包都不要了……」

兩人默默抽了會兒菸，黑子鼓起勇氣開口：「勳哥，我覺得何姊好像不高興了。」

周世勳抬眉：「為什麼不高興？」

黑子撓撓腦袋：「我也說不上來，就是感覺她不高興。」

周世勳沒說話。

過了一會兒黑子又開口：「勳哥，何姊人挺好的。」

周世勳漫不經心地回道：「怎麼個好法？」

「我不知道怎麼形容……就是覺得人家一個醫學博士，我是國中都還沒上完的人，每次看見我都客客氣氣地打招呼，多隨和啊。她每次來我們俱樂部都帶著水果零食什麼的，而且挺獨立的，一點也不矯情，能自己做的絕對不麻煩別人，男人的活也能幹，不像小青，覺得自己是女人就給人添麻煩。」

周世勳冷哼：「就是個男人唄。」

黑子臉一紅，「其實挺女人的。」

周世勳拿眼橫他：「怎麼樣，你看上了？」

黑子趕緊搖頭：「我哪敢啊？想都不敢想，她跟我不是同個世界的人。」

周世勳神色淡淡：「是嗎？」

「上次在街上遇見，還介紹她同事給我認識，說我是她朋友。我能感覺得到，她是真的把我們當朋友看。不像小青，小青雖然也和我們說話，但是她心裡瞧不起我們，她只瞧得起你，何姊對你跟對我們都是一樣的。」

周世勳臉色一沉，走開了。

黑子問旁邊裝背景偷聽的順子：「勳哥怎麼不高興了？」

順子轉轉眼睛：「大概是因為你說何姊對他跟對我們一樣。」

黑子迷茫：「是一樣的啊……」

順子賊精賊精的，笑得快昏過去了：「你不會是個傻子吧？你看不出來勳哥對何姊不一樣啊！勳哥啥時和女人一起玩過啊？」

「他不是還帶小青一起？」

「那能一樣嗎？小青他哥跟勳哥是換命的交情，那是看她哥的面子。」

黑子恍然大悟：「是嗎……」

何文靜從山上下來就去了健身房，她在跑步機上揮汗如雨的時候，周世勳傳了一則訊息給她，還打了一通電話，她洗完澡從健身房出來才看到。

都過去一個多小時了，她也懶得回了，直接回家倒頭大睡。

周世勳咬著菸坐在車裡看著那個沒亮燈的窗戶，又打了通電話，這次是關機的語音提醒。

第二天，何文靜忙了一上午，午飯的時候度蜜月的小護士回來上班，湊在一起聊八卦。

「我坐早上的飛機回來，在機場看到大白楊了。他帶著個軟軟的妹子，好像是飛往雲南的，雲南雙飛啊，好浪漫。喂，何帥，妳和大白楊熟，那個妹子是他女朋友嗎？」

何文靜捏著葡萄的手一頓，又扔了回去，擦擦手站起來：「不知道，我睏了去睡一下。」

一連幾天都沒聯絡，何文靜沒回周世勳電話，周世勳也沒再打過來，他們之間好像一下子就淡了下來。

有時候何文靜想想也覺得這樣才是正常的，他們也就是相過幾次親，本來就是兩個世界的人，這樣淡下來才正常。

下午快下班的時候，何文靜接到通知，要去鄰省進修一週，本來不是她去的，結果原定的同事家裡臨時有事去不了，她便頂替上了。

她下了班回到家後，又是訂機票又是收拾行李，第二天一大早又趕往機場。

她剛領了登機證就聽到有人叫她。

「何醫生？」

何文靜回頭，看到徐小青，然後才看到一身黑衣的周世勳。

他看起來精神不太好，隱隱帶著點頹然。

何文靜在心裡冷哼，雲南雙宿雙飛，透支了吧？

徐小青難得熱情地和她打招呼：「真的是妳啊，何醫生，我還以為認錯人了呢！」

何文靜扯扯嘴角：「嗯。」

周世勳看了眼她手裡的行李箱：「去哪？」

「X市。」

「去幹什麼？」

「培訓。」

「去多久？」

「一週左右。」

「回來的時候說一聲，我來接妳。」

幾句平淡如白開水的問答讓氣氛有些尷尬。

徐小青看看周世勳，又看看何文靜，忽然朝周世勳撒嬌著開口：「勳哥，我睏了，我們走吧。」

何文靜率先轉身，順便回答他剛才的話：「不用了，我自己叫車。」

周世勳看著她的背影，舔了舔後槽牙。

接下來的一週，何文靜都沒消沒息的，周世勳都懷疑她是不是把他設黑名單了。

何文靜也沒想到，培訓竟然是封閉式的。第一天到就上繳了手機，每天除了上課考試就是團隊活動，無聊得要命，好不容易結束了，她定了最快的航班逃離。

她下了飛機，剛從機場出來就一眼看到了周世勳，也不知道他怎麼查到自己是這趟航班的。

他個子高，站在人群裡特別顯眼，看到她就遠遠地走過來，也沒說話，伸手過來接行李箱。

他的手搭在行李箱的拉杆上，何文靜沒鬆手，氣氛一下子冷下來。

他微微用力，何文靜也暗暗較勁，很快他開口叫她：「何文靜。」

他第一次開口叫她的名字，平平淡淡的語氣，不知道為什麼，何文靜心裡忽然「咯噔」一下，半晌才慢悠悠地回了個：「嗯」。

他就這麼看著她，眼睛炯炯有神，又特別銳利，像是一眼就能看出她的心思。

半晌他自嘲地扯了扯嘴角：「我明白了。」

然後轉身走了。

呵，不是同一個世界的人嗎？

周世勳黑著臉回到家，一進門周老太太就往他身後看：「不是讓你帶小何回來吃飯嗎，怎麼你自己回來了？」

周世勳心不在焉地往屋裡走。

周老太太看他神色不對，在他身後問：「你不吃飯了？」

周世勳關門前回了句：「不吃了。」

周世勳扛了幾天，到底憋不住了，不知不覺又把車開到了何文靜家樓下，一連幾天都是，晚上十二點來，坐著抽一整夜的菸，早上五點再開車回家睡覺，連風雨無阻的五公里慢跑都荒廢了。

每天睡到中午才起床，到了俱樂部，還是坐立難安的。

從樓上走到樓下，在射擊場練一小時槍，又去攀岩一小時，精力驚人得旺盛，臉色越來越難看，身材倒是越練越好，每次出現都引得一堆女客戶抓著服務生打聽。

俱樂部的員工每天面對這樣性情大變的老闆，一個個戰戰兢兢的。這天周世勳在俱樂部裡亂竄，經過門口的時候，走過去又倒回來，看著地上叫人。

「順子！」

順子趕緊應聲：「勳哥，怎麼了？」

周世勳指著地上的一根雜草，一臉嚴肅地開口：「這是誰的？打電話問問姓何的是不是她丟的，讓她過來拿走！整天丟三落四的。」

說完便上了樓，留下順子一臉茫然地站在原地，勳哥這是幹嘛呢？這東西能是誰丟的？肯定是誰的鞋底踩著帶進來的吧！還姓何的，想見就去見，還這麼傲嬌地裝酷，活該單身。

這個電話順子當然沒有打，他怕被何文靜當成神經病。不過因為件事他也猜到周世勳的不正常十有八九是跟何文靜有關。

快下班的時候，徐小青來找周世勳：「勳哥。」

周世勳剛從射擊場出來，看到她眼睛都沒抬：「嗯。」

「勳哥，晚上一起吃飯吧。」

「我回家吃。」

「我也很久沒吃姥姥做的飯了，能不能帶我一起回家吃？」

「不方便吧，我也沒提前說，沒做妳的份。」

「……」

周世勳的冷淡讓旁邊的順子越發覺得自己的猜測是對的。

勳哥、何姊、徐小青……三角戀？

晚上十點多，周世勳還賴在沙發上，喝著啤酒看足球比賽的重播，周老太太起床上廁所，看到他便開始趕人：「幾點了？還不睡。」

周世勳低頭看了眼手機，什麼提醒都沒有，心不在焉地應了一聲：「馬上睡。」

何文靜和隨憶、紀思璿、三寶才吃完飯，晚飯時喝了點酒，三個人都有家屬來接，她站在飯店門口等代駕的時候，倍感淒涼。

她低頭翻看著手機，和周世勳的交流還停留在半個多月前，爬山回來那天。

第二天何文靜調休，睡醒了去超市，推著購物車排隊結帳的時候，一抬頭發現排在前面的竟然是周世勳的姥姥、姥爺。

周老太太看到何文靜那叫一個興奮，拉著她的手問：「最近怎麼不到家裡玩啊？」

何文靜的瞎話張口就來：「最近……工作忙。」

周老太太看看她購物車裡的冷凍食品：「還沒吃飯吧？少吃這些，不健康，走，到姥姥那裡去，姥姥做炸醬麵給妳吃，姥姥做的炸醬麵可好吃了，小勳每次都能吃三大碗，是吧，老頭子？」

周老爺子笑咪咪地點頭。

何文靜一聽立馬拒絕：「不了……」

老太太眼睛一轉，心頭一亮：「妳看我和妳姥爺買這麼多東西也不好叫車，妳就送送我們啊。」

這個理由何文靜沒辦法拒絕：「行！」

老太太笑著拉著何文靜繼續排隊，周老爺子在後面偷偷摸出手機傳訊息給自家孫子，要他不用來接了。

結帳的時候，老太太轉頭問老爺子：「有零錢嗎？」

周老爺子脖子一歪：「我沒錢！」

周老太太不信，要去翻：「怎麼沒錢？快拿出來！」

周老爺子捂著口袋：「那是我的零用錢，我後天還要和老李頭出去釣魚，沒錢買零食，他又要笑我了。」

「這些東西還不都是你買的！快掏錢！」

「……」

何文靜在一旁樂呵呵地看著，真是家有一老如有一寶啊，何況還是兩寶。

從超市出來，周老爺子指著旁邊的小攤，「小何啊，妳吃不吃糖葫蘆？」

何文靜一愣：「啊？」

老爺子朝她擠眉弄眼，她那個「不」字硬生生憋住，點頭：「吃！」

老爺子立刻向老太太笑：「小何要吃，我去買，買兩串，不給妳！」

何文靜拎著東西掏錢包：「我來付吧！」

周老爺子大手一揮：「不用，為我孫媳婦花錢，我樂意！」

何文靜無語：「……」

她送了老人回到家，又幫忙把東西拎到院子裡，剛想開口說要離開，就聽到一道聲音從門口進了小院。

「姥，飯好了嗎？我餓了！」

周世勳最後一個音節剛落地，他就看到了院子裡站著的何文靜。

周老太太立刻拉著老爺子進了廚房：「馬上就好！」

留下兩人尷尬地站著，半晌周世勳才彆彆扭扭地開口：

「來了？」

「嗯。」何文靜垂著眼眸，盯著周世勳的鞋看：「我在超市碰到兩位老人家，就順便送他們回來，坐一會兒就走。」

「吃了飯再走吧。」

「不了不了，我一等下還有事。」

桌子擺在院裡大樹下的陰涼處，倒也不熱，只是兩人都有些坐不住。

老太太和老爺子對視一眼，外孫和未來孫媳婦全程無交流，低頭默默吃著麵，氣氛不太對啊。

周世勳不經意間一低頭，看到她腳踝有一道道細細的傷痕，好得差不多了，留下淡淡的痕跡，不仔細看也看不大出來。

他淡淡開口：「腳怎麼了？」

何文靜低頭看了眼，她今天穿了條九分牛仔褲，正好露出傷口：「草割的。」

「去哪了？」

何文靜似乎不太想提：「爬山那天。」

「……」

兩人的不對勁大概就是從爬山那天開始的，這個話題又終結了，繼續沉默。

這次的沉寂沒過多久就被一道清脆的女聲打破。

「姥姥，我好久沒來了，過來看看妳和姥爺。」

何文靜一抬頭就看到徐小青拎著兩箱牛奶進來，臉上揚著明亮的笑容，亮得刺眼。

徐小青大概也沒想到會在這裡看到何文靜，笑容一滯：「何醫生也在啊。」

何文靜敷衍地扯了扯嘴角：「好巧。」又順便瞄了眼她的腳，好得有夠快的。

徐小青之前來過幾次，周老太太和周老爺子本來對周世勳這個戰友的妹妹印象還不錯，但自己孫子明顯對她沒那個意思，他們也就不湊熱鬧了，只拿她當普通晚輩，笑著招呼她：「小青吃飯了嗎？

沒吃的話坐下一起吃。」

徐小青不客氣地坐到了周世勳旁邊：「沒吃呢！吃炸醬麵啊，我最喜歡吃炸醬麵了！」她離得有些近，周世勳皺了皺眉，往旁邊挪了挪。

這下就變成離何文靜近了，何文靜也不著痕跡地往旁邊挪了挪。

本來沉寂的氣氛因為徐小青的到來變得熱絡起來，她左一個「勳哥」、右一個「勳哥」地叫著，聽在何文靜的耳朵裡，格外刺耳。

「勳哥，我過幾天搬家，你來幫忙好嗎？」

「沒空，給妳錢，找搬家公司。」

「搬家公司沒輕沒重的，我怕把我東西撞壞了。」

「那我到時候讓順子、小白他們過去。」

「你不來啊？」

「說了我沒空。」

「那你忙什麼呢？」

「瞎忙。」

周世勳明顯不想搭理她，徐小青也不在意，每隔一會兒就開一個話題引誘周世勳和她說話。

後來大概周世勳也煩了，放下筷子，推著板凳往後退了一大步，坐到了何文靜的斜後方，低頭點了支菸。

徐小青立刻大驚小怪：「勳哥，你怎麼又抽菸啊，你不是答應我戒菸了嗎？」

何文靜動作驀地一頓，周世勳餘光瞄了她一眼，火大道：「老子什麼時候答應妳戒菸了？有病吧妳？腳好了腦子又壞了是吧？」

周世勳發了火，徐小青不敢再撩撥他，轉而去跟何文靜聊天。

「何醫生妳吃那麼多啊！」

「何醫生妳手上的體毛挺多的啊！」

「何醫生妳這件是男款吧？」

「……」

徐小青一改之前對何文靜的高冷，喋喋不休地說著。

何文靜神色淡然地吃著，沒委屈，也沒發火，似乎壓根沒聽到她說什麼。

到了後來，聽得周老太太和周老爺子都開始皺眉了。

周世勳倒是神色如常，抽著菸瞇著眼睛看何文靜一口一口地吃麵。兩條長腿伸直，交疊放在她的凳子下小幅度地左右擺動，在別人看不見的地方一下一下地踢著她的腿。何文靜往旁邊躲，他很快跟過去繼續踢。

一下，兩下，三下，何文靜磨牙數著，頻率不高也不低，不疼，倒有些癢，一下一下地撩撥著她的心。

過了半晌，他忽然開口：「出去！」

終於安靜下來，空氣似乎都凝固了。

何文靜身形微動，周世勳的腿稍稍用力，抵住她的凳子讓她起不了身，抬頭看向徐小青：「妳，出去！」

徐小青眼眶一下子紅了，委委屈屈地看著周世勳：「勳哥……」

周世勳一臉不耐煩：「別在我面前哭，老子看了心煩，走！」

徐小青面子掛不住，哭著跑了出去。

飯桌上的氣氛再次冷下來。

何文靜不知道是賭氣還是怎麼樣，連吃了好幾碗麵還沒有停下來的意思，看得周老太太和周老爺子都嚇到了，小心翼翼地勸她。

「小何啊，要不別吃了？」

「是啊是啊，這玩意也不好吃，一會兒讓妳姥姥做好吃的再吃？」

周世勳一個沒忍住笑出來，緊接著被菸嗆得猛咳嗽。

何文靜回頭看了他一眼，終於放下筷子：「吃飽了，不吃了。」

吃完飯，何文靜主動洗碗，周世勳也沒理，直接進了自己房裡。

何文靜洗完碗，跟周老太太和老爺子打了個招呼，準備離開。

老太太抱著便當盒遞給她：「這是姥姥自己炸的醬，妳帶回去放冰箱裡，餓了煮點麵拌一拌就能吃。」

何文靜轉頭看了眼某扇緊閉著的門，笑著點點頭，轉身走了。

剛走沒幾步，那扇房門被猛地拉開。

周世勳從裡面走出來：「我送妳。」

天黑了，巷子裡的路燈昏暗朦朧，兩人靜靜走著，只能聽到彼此的腳步聲。

周世勳忽然開口：

「我不是因為她戒菸的。」

「嗯。」

「我是因為妳。那天在醫院妳要我別抽了。」

「……我不記得了。」

周世勳頓住腳步，似乎生氣了，冷冷開口：「路上小心。」

然後轉身頭也不回地走了。

第二天，周世勳早起跑了十公里後才去俱樂部，吹毛求疵了一整個早上，嚇得員工個個戰戰兢兢。

午休時間，小白忽然舉著手機闖進辦公室：「勳哥勳哥！你看這是不是何姊！」

周世勳懶洋洋地掀起眼皮瞟了一眼，然後立刻從行軍床上坐起來，拿在手裡仔細看了幾眼，很快拿出自己的手機打電話。

沒人接。

他拿了車鑰匙就衝了出去。

去醫院的路上，周世勳的腦子裡不斷重播著剛才影片裡的畫面。

醫院頂樓，一個穿著病人服的男人正拿刀抵著何文靜的脖子，已經劃開一道刀口，血順著脖子流下來，看起來有些嚇人。

「你們別過來！」

「反正我的病也治不好了！我要拉個人陪我一起死！」

「……」

那個男人明顯已經瘋了！

周世勳來得比員警快，他很快找到那棟樓，樓下圍了很多人，電梯不能用，他直接爬樓梯，一衝上來就看到兩個人影往樓下墜，在一片驚呼聲和尖叫聲裡，他只來得及撲過去拉住何文靜的手。

他死死抓著她的手：「抓緊了，千萬別鬆手！」

何文靜的腿被那個劫持她的男人緊緊抓住，他現在倒是正常了：「我不想死啊！」

「我快沒力氣了……」何文靜艱難地開口，手臂在混亂中被刀劃傷，血很快染透了白色隔離衣，他的手上也染上了她的血。

周世勳咬牙：「另一隻手給我！」

何文靜艱難地抬手去拉他的手……

周圍的人反應過來後很快圍過來幫忙，好不容易把兩人拉上來。

一上去她就被周世勳一把摟到懷裡，好像還在她頭頂親了一下，她一懵，腦子裡一片空白，只能感受到他胸腔不斷的起伏，似乎情緒很不穩定。

他身上有淡淡的香皂味道，夾雜了些汗味，不討厭，反倒讓人覺得乾淨。

周世勳大腦也是一片空白，他有多久沒經歷過這種驚心動魄了？

過了半晌，周世勳才放開她，盯著她看：「妳臉怎麼那麼白啊？」

何文靜這會兒頭還是暈暈的，閉了閉眼：「我怕高……」話還沒說完，身子一軟便要往後倒，周世勳一下子把她拉進了懷裡，攔腰抱起。

一群醫生護士跟在後面進了急診。

檢查完之後，醫生一出來就被一群同事圍住，周世勳站在最後。

「何帥沒事吧？」

「還好，失血過多。脖子上的傷口問題不大，手臂上的有點深，要打針。對了，通知她親屬了沒？」

周圍的人剛才都看到周世勳英雄救美，又是他公主抱把何文靜抱進來的，聽到這句話，紛紛回頭看向周世勳。

周世勳走了幾步，面無表情地開口：「我是，需要做什麼嗎？」

何帥一向都只勾搭女孩子，難得看到和她有瓜葛的男人，那人也八卦，問出了群眾關心的問題：「男朋友？」

周世勳眸色一沉，還沒說話就聽到醫生輕咳了一聲，一本正經地給出官方回覆：「先去付錢拿藥，回去找護士把針補打了。」

可能是失血過多，也可能是怕高，何文靜一直安安靜靜地睡著，針刺進手背裡她也沒醒。

周世勳坐在旁邊陪著，小聲叫了她幾聲，沒反應他才伸手握住了她的手。

比一般女孩子的手要大一些，手指細長，但是沒他的手大，也沒他的手指長，摸上去軟軟的。

臉色還是白得沒有一絲血色，頭髮長了點，軟軟地趴在耳邊，看起來有點俏皮。

他忍不住勾了勾唇角，繼而又開始皺眉。

三十幾年的人生，鐵血勳爺第一次切實體會到什麼是心疼。

過了一會兒有人輕輕地敲門，很快進來幾個熟悉的人。

順子、小白、徐小青一字排開，站在病床旁看著何文靜。

「勳哥，何姊沒事吧？我們來看看她。」

周世勳低聲回了句：「沒事，出去說。」

病房外，周世勳簡單說了情況後，徐小青主動開口：「勳哥，你先回去吧，我留下來照顧何醫生，她畢竟是個女孩子，有些地方你也不方便。」

周世勳垂著眼簾說了句：「反正以後也是我的人，沒什麼方便不方便的。」

他在來醫院的路上就想清楚了，管她像不像個男人，就算她真是個男人，他也喜歡她。

如果何文靜真的是個男的，那周世勳大概是她人生中掰彎過最粗、最直的一個鋼鐵直男了。

眾人一默：「……」

徐小青最先反應過來，臉色一白：「你說什麼？」

周世勳一臉無所謂：「妳聽到了。」

小白、順子笑嘻嘻的：「那我們以後是不是要改口叫嫂子了啊？」

周世勳終於露出了這幾天第一個笑容。

徐小青的臉白了又白，欲言又止，最後被順子、小白拉走。

何文靜是在拔針的刺痛感中驚醒的，她揉揉眼睛，跟拔針的護士打了聲招呼，然後才看到了周世勳。

她愣了幾秒鐘才回憶起之前發生了什麼，抿了抿唇：「謝謝你啊。」

周世勳要笑不笑地看著她，什麼也沒說。

護士叫了值班醫生進來，那醫生是何文靜在學校的學姊，問了幾個問題之後笑著說：「針打完了就回去吧，在醫院妳也不好休息。」

何文靜想要坐起來，一動才發現不對勁：「嘶……」

周世勳眼疾手快扶了她一把：「怎麼了？」

「腰……」何文靜捂著腰皺眉：「好像扭到了。」

女醫生從櫃裡拿出一個玻璃瓶：「這個是藥酒，回去多揉揉就好了。對了，妳睡著的時候，院長來看過妳，你們主任說，這幾天讓妳在家好好養養，等傷好了再來上班。」

何文靜頭疼、脖子疼、手臂疼、腰更疼，她皺著一張臉：「還算有點人性，我這個樣子再要我來上班，我就去衛福部檢舉醫院虐待傷殘人士！」

「大難不死，必有後福啊。」女醫生說完看了眼周世勳，曖昧地向何文靜眨了眨眼睛。

何文靜瞪她：「八卦！」

女醫生開完玩笑又認真地交代周世勳：「她晚上可能會發燒，你顧得仔細點，最好用物理降溫。」

周世勳點點頭，扶著何文靜站起來往外走，沉默得嚇人。

何文靜走得慢，他可以放緩腳步配合她，一直到上了車他都沒說一個字。

何文靜不習慣，不知道他是怎麼了，小心翼翼地看著他：「周世勳？」

周世勳終於看她一眼：「說。」

「今天謝謝你啊。」

「剛才說過了。」

「那我還是要說，救命之恩啊，多說兩句謝謝怎麼了？要不我請你吃飯吧？」

周世勳噗哧一聲：「哼，救命之恩，就請吃頓飯？」

何文靜扶著腰：「那你想怎麼樣？」

「救命之恩，該以身相許啊。」

他口氣平淡，半真不假的，讓何文靜不知道他是說真的還是開玩笑。

之後周世勳的話也慢慢多了，彆扭了這麼久，兩人之間好像又恢復了之前的和諧。

何文靜以為他會直接送她回家，誰知他直接帶她進了一個陌生的社區，直到從電梯出來，她才問出口：「這是哪啊？」

周世勳一邊拿過掛在門把手上的保溫壺，一邊低頭去開門上的密碼鎖：「我家。」

何文靜跟著他進了門：「你不是說你住你姥姥家嗎？」

周世勳扶她在沙發上坐下：「嗯，這是我買的房子，沒怎麼住過，就找人定期來打掃打掃。」

何文靜到處看著，滿心滿眼地羨慕：「嘖嘖嘖，這個地段啊……這個面積啊……」

周世勳從廚房拿了個碗出來，從保溫壺裡倒出一碗熱氣騰騰的湯，端到她面前：「前幾年房價還沒炒起來的時候買的，那時候便宜。」

何文靜接過來，還在東瞧西看：「真好。」

周世勳大大咧咧地坐到她旁邊的沙發上，兩腿交疊搭在茶几上，滿不在乎地開口：「喜歡啊？喜歡送給妳啊。」

何文靜嚇了一跳，瞪他一眼：「有病啊你！」

周世勳低頭沉沉地笑。

何文靜歪頭看他：「你笑什麼？」

「沒什麼。」周世勳搓了搓手：「吃完了嗎？吃完了我幫妳揉揉腰吧。」

何文靜拒絕：「不用、不用你揉。」

周世勳的舌頭掃過下排牙：「那妳自己能揉？」

何文靜無語，她當然不能。

周世勳不以為意地笑了一聲：「就揉個腰而已，什麼都看不見，妳怕什麼。再說，在我眼裡妳壓根就是個男的，有什麼好看的？」

何文靜用沒受傷的那隻手抓起旁邊的抱枕，直接扔到他臉上：「滾！」

當然，抱枕沒砸中目標，而是被周世勳牢牢抓在了手裡。

何文靜主動發動攻擊的後果，就是她被周世勳拎到臥室的床上，還沒掙扎幾下就被一床軟被彈回了床上。

周世勳拿著藥酒坐在床邊，居高臨下地看著她，示意她把衣服下襬掀起來：「妳要自己來還是我來？」

何文靜趴在床上，磨磨蹭蹭地把衣服掀起來一點，又把褲腰往下褪了褪，好在她今天穿的是低腰褲。

周世勳大概等得不耐煩了，一把掀開她的上衣下襬，直接推了上去。

在她還沒反應過來的時候，溫熱粗糙的手掌便貼上了她的腰。

何文靜猝不及防，忍不住打了個哆嗦，然後把頭栽進了枕頭裡。

他的力道和溫度控制得很好，揉在不疼的地方還是很舒服的，可一旦揉到傷處，何文靜便開始悶哼。

周世勳的手規規矩矩地揉著她的腰，可眼神就沒那麼規矩了。

薄薄的被子剛好搭在她的屁股上，撐起一個圓潤挺翹的弧度，襯得腰更加纖細了。

摸上去溫軟細滑的，上衣被他推得有些靠上，能看到內衣的邊沿，黑色的。燈光下，她的肌膚散發著溫和的光暈，一黑一白間，皆是誘惑，晃花了周世勳的眼。

她看起來高高瘦瘦的，腰也格外纖細，其實摸上去還是有些軟軟的肉，揉捏間，不知道是不是藥酒的作用，周世勳覺得自己的掌心好像著了火。

時間一點點流逝，周世勳越來越認識到自己是作繭自縛，他可以強迫自己不去看，可她的聲音怎麼遮掩？

「疼疼疼！」

「忍著！」

「輕一點！」

剛開始她還只是悶哼，後來沒忍住叫出了聲，便一發不可收拾了。

「周世勳！你輕點！」

「輕了沒用，就是要使勁揉開。」

「癢癢癢！哈哈哈……」

「妳這裡有癢癢肉？」

「嗯，別碰！」

「這裡？」

「哈哈哈，你滾蛋！別碰！」

她越是不給碰，周世勳越是去撓，她忽然歪了頭，從他的角度正好看到她笑得臉色潮紅，眼睛裡瀲灩灩地泛著細細碎碎的光，看得周世勳在心裡直罵髒話。

他不再自我折磨，收起了玩鬧的心思，繼續規規矩矩地替她揉腰，假裝嫌棄地轉移話題：「明明像個男人似的，竟然還有癢癢肉。」

何文靜歪著頭跟他聊天：「我媽說，有癢癢肉的人有人疼。」

「說的有道理啊。」周世勳手下忽然加重了力道，立刻就聽到她的哀號聲，他戲謔著開口：「感覺到了嗎，我疼妳啊。」

何文靜咬牙切齒：「你滾！」

後來何文靜疼得受不了了，周世勳終於收手，看著她一點點翻過身來，大概是疼得狠了，她的額頭起了一層薄汗，兩頰似是酒後的酡紅，嘴唇微張，急促地喘息著，粉嫩的舌尖若隱若現。

充血，膨脹，周世勳清晰地感受著身體的變化，不知道今天晚上第幾次罵髒話，硬生生收回視線，去外面洗手。

等他回來，何文靜看他滿頭大汗，以為是因為太累，有些過意不去：「謝謝啊。」

周世勳看她一眼，舔著嘴唇：「不用謝，我只是在趁機耍流氓。」

何文靜臉頰一紅。

「喂，妳也別覺得吃虧，我給妳看我的。」

說完掀起T恤下襬，露出精壯的腰身。

何文靜咬牙切齒：「周世勳，你就不要等我傷好了。」

周世勳輕呵了一聲：「怎麼？等妳好了幹嘛，還要打我啊？」

周世勳出去了一趟，回來的時候替她帶了杯水，又伸手過來，掌心裡躺著石頭：「前段時間去雲南帶回來的，妳送給我狼牙棒，禮尚往來。」

何文靜拿過來捏在手裡看了看，半天才問：「和徐小青一起去的？」

「嗯，就是在機場遇見那天早上回來的。」

「雲南好玩嗎？」

「不是去玩，我是去看戰友，徐小青去看她哥哥，順路。」

「你的戰友們還好嗎？」

周世勳扯了扯嘴角：「好。」

「你們很久沒見了嗎？」

「不久，我們每年見一次。」

「他們也退伍了嗎？」

「算是吧。」

「那他們是在雲南落地生根了嗎？」

「嗯，安家了，躺在麻栗坡。」

何文靜心底一顫，猛地握緊手裡的石頭，麻栗坡……

她抖著聲線，半天才說出話來：「麻栗坡烈士陵園？」

周世勳點頭。

「徐小青的哥哥也……」

「嗯。」

何文靜忽然覺得，那個時候她對徐小青應該寬容一些。

他不知道在想什麼，沉默著一下一下地按動打火機，他的臉在跳動的火苗裡越加冷厲，一明一暗間他的臉有些模糊，他坐在那裡一動不動，隱隱透著落寞和頹然。

這樣的周世勳讓她覺得陌生，她努力找著話題沖淡他低沉的情緒：「我之前看過一個紀錄片，叫《強軍》，裡面講了軍人的家國情懷，你看過嗎？」

周世勳依舊看著自己手裡的火光，輕描淡寫裡又帶了點不屑：「執行任務就是執行任務啊。上過戰場的人都知道，在戰場上所有人都只有一個想法，那就是活著，哪那麼多情懷啊？妳說的那些榮譽就留給鎂光燈下的那些名字吧，能活著回來就謝天謝地了。我有多少戰友連這個都沒辦法做到，他們的名字第一次出現，就是在麻栗坡的墓碑上。有的因為任務特殊，大概連名字都不能留，只留下因公犧牲四個字。」

身分不公開、工作不公開，死了連名字都不公開。見了那麼多的血腥、殘酷、欺詐、凶狠，暴力，剛退伍的那幾年他每天在床上醒來都覺得不真實，原來他真的已經脫離那些硝煙和征塵了。

何文靜不知道該怎麼接話，她沒有當過軍人，沒有經歷過那種出生入死，她沒有發言權。

看她半天沒有回應，他似乎笑了一下：「放心，我沒有報復思想。我脫下軍裝的那天，特種大隊的委員跟我說，以身許國，何事不可為。他送了幾個字給我：『寧為直折劍，猶勝曲全鉤。國家如有難，汝應作前鋒。』我當時就許諾，隨時等待國家的召喚。若有戰，召必回。」

今天晚上何文靜似乎又認識到了周世勳的另一面：「你媽媽逼你退伍，是不是挺遺憾的？」

周世勳想了下才回答：「沒什麼遺憾不遺憾的，想開了就好了。都是母親，我得一碗水端平了不是嗎？前面那幾年都在孝敬國家母親這個大媽，現在回家孝敬自家母親這個小媽，也沒什麼不好。軍人也是個職業，跟妳當醫生一樣，妳也不可能拿一輩子手術刀吧？最後都要放下，不過是時間早晚的問題。」

何文靜看著他手裡的打火機：「你想抽就抽吧。」

周世勳抬頭看她。

何文靜垂著眼睛：「我那天是說，要你在醫院別抽。」

「妳不是不記得了嗎？」

「我……」

周世勳也不知道今天為什麼會跟何文靜說這麼多，這些話他從來沒跟別人說過，或許，何文靜於他而言，真的和別人不一樣。

她白淨細長的脖子上纏著繃帶，隱隱看得到血跡，垂著眼睛不知道在想什麼。

「妳那天是不是不高興了？」

「哪天？」

「爬山那天，我從雲南回來在機場遇到的那天。」

何文靜的聲音有些低落：「可能吧。」

「……妳是不是吃醋了？」

何文靜惱羞成怒，直接把手裡的石頭扔了過去，力道很輕，石頭落在地上滾了幾個圈，停在了周世勳腳邊。

「你是不是送過很多女人石頭啊！我不要了！」

「不是啊，我在中越麻栗坡邊界碑旁撿的，只有一塊。」

「那我也不要了！」

「不要也別亂丟啊，人家說麻栗坡隨便一塊石頭都能開出祖母綠來，我自己留著。」

「……你給我撿回來，我還要。」

「哈哈哈，還真信啊？逗妳的，就是塊普通的石頭。」

「那你也給我撿回來。」

何文靜在周世勳「悉心」的照料下，終於痊癒了，何文靜為了謝謝他，要請他吃飯。

兩人去了第一次吃飯的那家店，吃完了也沒走，坐在那裡聊天。

「喂，何醫生，最近沒相親啊？」

「沒。」

「為什麼？」

何文靜夾了個花生米扔嘴裡，看他一眼：「怕遇上你。」

周世勳被她逗樂：「哈哈哈，妳說妳相了八十個，從什麼時候開始相親的？」

「讀研究所的時候吧。」

「那妳頻率夠可以的啊。」

「還用你說。」

「我說，妳以後也別相親了，跟了我算了。」

說這話的時候，周世勳吐了個漂亮的煙圈，又用夾著菸的手拿起啤酒瓶，喝了一口，依舊是那副玩世不恭的樣子。

何文靜被水嗆住，驚天動地地咳嗽起來，咳完了才瞪著眼睛問：「你說什麼？」

「沒聽見？那我再說一遍。」他忽然湊得很近，熱氣噴到她的臉上：「我說，妳跟了我。」

何文靜頭皮發麻，想也沒想，立馬站起來一個橫踢過去。

當然了，沒踢到。

那人反應更快，像是等著她把腿伸到他手裡，這次他捏著她的腳踝不放，瞇著眼睛看她，粗礪的手指滑過她小腿上裸露在外的肌膚，引起她一陣陣戰慄。

半天才勾著唇角痞痞地笑：「還挺嫩挺滑的。」

他搓搓手指，比想像中還嫩還滑。

何文靜這才反應過來，猛地掙扎開來。她腦子裡只有一個想法：我把你當兄弟，你卻想睡我！

這次周世勳沒為難她，很快鬆了手。

兩人暫時休戰，重新坐下來談和。

何文靜看他一眼：「我有個原則，從來不和相親對象見第二次，更別說談戀愛了。」

周世勳不以為意：「那妳相親幹嘛？」

「打怪，積累經驗，賺獎勵。」

「我就是獎勵啊。」

「我看你像系統ＢＵＧ！」

不然怎麼會打了那麼多次都打不過去。

周世勳又問：「真的不喜歡兄弟我啊？」

何文靜看看他沒說話。

周世勳換了個問法：「那妳喜歡怎麼樣的？小白臉？」

何文靜搖頭：「喜歡有男人味的。」

「男人味？」周世勳抬眉：「妳自己沒有嗎？」

何文靜莫名地煩躁：「有你妹！」

周世勳一笑：「何醫生又不文明了。」

何文靜看著他：「那好，我問你，你喜歡我什麼？」

「喜歡妳像個男人啊。」還沒說完，周世勳就忍不住笑起來。

何文靜暴躁：「滾！」

「我錯了，我重新回答。」周世勳若有所思，一臉認真地開口：「我喜歡妳……其實還是喜歡妳像個爺兒們。」

何文靜忍住再次打他的衝動：「你給我滾！」

她實在是太悶了，要不是打不過他，她早就把他打死一百回了！

何文靜皺眉看著他，欲言又止：「……你不會真的喜歡我吧？」

周世勳瞥她一眼：「妳這話問得多新鮮啊？不然呢？不喜歡妳我一大老爺們閒得沒事幹啊，在這和妳玩相親遊戲？不喜歡妳一天到晚擺著臉跟妳鬥嘴？有病啊我？」

何文靜被他吼得沉默了，還不忘腹誹，相親怎麼了？相親遊戲我玩了好幾年呢，很好玩的。

周世勳在桌下踢她一腳：「別跟我說妳不喜歡我。」

何文靜慌得都結巴了：「誰、誰喜歡你了？」

周世勳呵呵笑了兩聲：「不喜歡我吃什麼醋，跟我冷什麼戰？」

他當時不明白，事後一想便恍然大悟了。

何文靜不想承認，可又無力反駁，武力解決不了，談和又不成，她選擇回家。

何文靜回到家，臨睡前還是不死心，打電話給何母。

「媽，妳上次跟我說，要介紹對象，什麼時候見啊？叫什麼名字啊？不姓周吧？」

『叫什麼我沒問，不過他爸姓秦，他總不能姓周吧？』

「喔，不姓周就好。」

『姓周怎麼了？』

「沒怎麼，就問問。他是做什麼的啊？不是軍人吧？」

『好像是開什麼旅遊公司的，我也沒細問，妳之前不都是不問這些的嗎？我也就沒多問。』

「喔。」

旅遊公司和俱樂部應該扯不上關係。

何文靜放心了，她覺得這次她的九九八十一男計畫可以成功了。

第二天，何文靜坐在咖啡廳裡看著坐在她對面的周世勳，不知道該作何反應才好。

她動了動唇：「這次我真的問了，說是相親對象姓秦。」

周世勳心情好到爆炸，努力壓著嘴角：「喔，介紹人可能不知道，我爸姓秦，後來他和我媽離婚，我跟我媽，所以改跟我媽姓。」

何文靜深吸一口氣：「不是說是做戶外旅遊的嗎？」

周世勳的答案完美得想讓她打人：「剛退伍那兩年，實在不習慣，就專門帶隊去國內外那些有挑戰的地方，叢林、大漠、雪山、冰川，哪都去過。後來漸漸也覺得沒什麼意思，就轉讓給別人了，開了現在這個俱樂部。」

不是覺得沒意思，是終於明白那些跟野外生存訓練的深山老林比起來，什麼也不是，回不去就是回不去了，終於認命。

何文靜真的是無力吐槽了，崩潰地撫額：「你怎麼過得跟電視劇一樣的！」人家孫悟空頂多就是三打白骨精、四探無底洞，她可好，五遇大白楊。

周世勳的嘴角怎麼也壓不住了：「死心了吧？」

「嗯。」

「還相親嗎？」

「不相了。你是我的相親終結者。」

「一起吃個飯？」

「我不想吃飯，我想回家靜靜。」

「別啊，我請妳啊。」

「我真的不想吃。」

任由何文靜怎麼拒絕都沒用，直接被周世勳架著走了。

周世勳說到做到，竟然真的開始追她。

一大早，何文靜打著哈欠從臥室出來，看著站在餐桌前自顧自往碗裡倒粥的人，覺得自己可能沒睡醒：「你、你怎麼進來的？」

周世勳指了指，「翻陽臺啊。」

「換句話說，是不是意味著我家陽臺的防盜功能要更新加強一下了？」

「那倒不用，剛才我拎著早餐翻進來的時候還挺費力的，一般人根本進不來。」

「自我評價還挺高嘛。」

「我有實力啊。」

「你到底想幹嘛？」

「這不是追妳嘛。」

「你對歷任相親對象都這麼熱情嗎？」

「沒，就妳一個。」

「……」

「我能在妳家洗個澡嗎？」

「你家停水了？」

「沒有，我跑步過來的，身上都是汗，一會兒吃完了早飯，我再搭妳的車回去。」

「……」

計畫周密得讓何文靜一個字都說不出來。

他一走近何文靜才發現他頭上還冒著熱氣，下巴上還有青色的鬍渣，身上的布料緊貼著堅實的肌肉，勾勒出完美的線條，看起來有點性感。

何文靜發誓，真的就只有那麼一點點。

於是託了周世勳先生每天早上風雨無阻五公里慢跑行程的福，何文靜每天一醒來就有熱騰騰的早餐吃。

周世勳到底是部隊出來的，靠著作風優良、堅持不懈、越戰越勇的軍人品質和鋼鐵般的意志，雷厲風行地在這個夏天最熱的時候攻下了何文靜這座偽碉堡。

週末上午，何文靜打電話給他，周世勳說正忙著為國家做貢獻，她好奇就去了俱樂部。

俱樂部的塑膠跑道上，大太陽底下，周世勳穿著迷彩服和軍靴，戴著墨鏡，帥得一塌糊塗，正揚著聲音一臉嚴肅地訓話，聲音洪亮有力。

「穿上這身衣服你們就是軍人，軍人是什麼！堅決服從命令、嚴守紀律、英勇戰鬥；不怕犧牲、忠於職守、努力工作，苦練殺敵本領，堅決完成任務；在任何情況下，絕不背叛國家、絕不背叛軍隊！知道嗎？」

回答他的則是奶聲奶氣的：「知道」還不齊，說得七零八落的。

何文靜在旁邊看得笑彎了腰。

周世勳餘光瞥到何文靜，就結束訓話：「好，現在排隊去喝水。按照高矮，女同學在前面、男同學在後面，不要吵鬧！」

他很快把這群小朋友交給別人帶去喝水，自己朝何文靜走過來。

何文靜還在歪頭看那邊的小朋友：「你從哪找來的童子軍啊？」

周世勳抽了腰帶，脫了外套搭在肩上，拉著她往外走：「他們幼稚園自己找來的。」

「哈哈哈……」

「有那麼好笑嗎？」

「有，我可以笑一年。」

兩人並肩往樓上的辦公室走，不時遇到來俱樂部玩的人，三五成群的，走過時，那些男人的視線不時往何文靜的腿上看，膽子大的還朝她吹口哨。

她的頭髮已經留到肩膀了，越來越有女人的樣子了，晃著兩條白花花的大長腿，夏天都快過去了，她好像怎麼曬都曬不黑。她那兩條腿他都抵抗不了，更別說那群流氓。

周世勳的臉色越來越黑，進了辦公室，冷著臉開口：「以後別穿短褲。」

何文靜納悶：「為什麼？天氣多熱啊。」

周世勳的眼神一下子就變了，輕佻又放肆，極具侵略性：「妳不知道為什麼嗎？」

何文靜瑟縮了一下：「不知道啊。」

她覺得現在的周世勳像一頭狼，被他這麼看著，感覺離死亡特別近。

周世勳沒說話，直接把她按在牆上從後面壓住。

何文靜反抗著：「你幹嘛？」

周世勳幹了一直想幹的事，用身體緊緊壓住她，一條腿擠進她兩腿中間，一手抓著她的雙手按在頭頂，另一隻手從衣服下襬伸進去，擠開內衣，握住了那兩處柔軟。

真他媽軟！周世勳覺得自己的手要化了。

他嘴上惡狠狠地教訓她：「妳不是不知道嗎？我就告訴妳，妳光著兩條腿的時候，看到的男人心裡都想這麼做！看妳以後還敢不敢這麼穿！」

何文靜使勁掙扎：「你流氓！」

「我就讓妳看看什麼是真流氓！」

說著他的下身往前頂了頂。

何文靜立刻感覺到了危險，臀部那裡像是貼了根尺寸可觀的火棍，她一個學醫的，當然知道那是什麼。

他捏著她的下巴，讓她轉過頭和他接吻，火熱的舌頭在她的口腔裡野蠻地攪動，帶著狠勁地含著她的舌頭吮吸，像是餓了很久的狼，要把她吞噬進腹，晶瑩的液體順著她的嘴角往下流，然後又被他攔截、吸啜，重新交換到她口中，喉間不斷發出貪婪的吞咽口水的聲音，她的身體漸漸發軟……

不知過了多久，周世勳才終於放開她。

何文靜覺得自己的嘴巴都疫了。

可他的手還擠在衣服裡橫在她胸前，粗糙滾燙的手包裹著她的胸，斷斷續續地揉捏著，在胸前拱起一個大包……

他低頭趴在她耳邊吞吐著熱氣，曖昧地笑著：「古人也有胡說八道的時候，不是說『小何』才露尖尖角嗎，還挺有料的。」

何文靜不知道哪裡來的勇氣，掙脫開來回身給了他一拳。

周世勳沒想躲，所以這一拳結結實實地打在了他臉上，他舔了舔嘴角，血腥味，多久沒嚐過了。

他臉上還是痞痞的笑，滿不在乎地開口：「妳還真打啊。」

真他媽不是女人，女人不都打耳光嗎，怎麼直接上拳頭？

何文靜快速低頭整理衣服，看也沒再看他一眼就走了。

周世勳頂著腫了的嘴角走出辦公室，面無表情地接受各路人馬的問候。

「周教官，你怎麼了？」

「被打了。」

「誰啊？」

「女人。」

小朋友兩手捂住嘴巴一臉驚恐：「女人好可怕！」

連周教官都打不過。

「勳哥，你怎麼了？」

「被打了。」

「誰能近得了你的身啊？」

「女人。」

周世勳被女人打了，還是真打那種，這個爆炸性新聞引來了唐恪圍觀。

「老周，你真被女人打了？」

「嗯。」

「你做什麼了？」

「親了，摸了。」

「那上了沒？」

周世勳瞪他，唐恪摸摸鼻子：「那看來是沒有。」

唐恪又盯著他壞笑：「不過別人都是被打耳光，看你這個傷勢，你那妞挺火辣的啊。」

周世勳面無表情地問：「別人是誰？」

唐恪一怔：「沒誰。」

周世勳一語戳破他：「自己就說自己，還硬要說別人。」

唐恪哭著跑走了。

一連幾天，打電話不接、傳訊息不回，周世勳去醫院找何文靜當面道歉。

正是休息時間，一群小護士正圍在一起看手機，看到他頭也沒抬地說：「何帥不在，今天沒來上班。」

幾個小女孩湊在一起討論得熱火朝天。

「哎呀，真好看啊！要是誰送我一套我馬上原諒他啊！」

「是啊是啊，別說原諒了，嫁給他也行啊！」

「……」

周世勳忽然停下腳步，轉身回去：「那個……能給我看一下嗎？」

「……」

這天唐恪被周世勳叫去了俱樂部，他還為那天周世勳不給他面子的事生氣，難得周世勳好聲好氣地和他說話，他也不好再冷著臉。

「什麼事？說吧。」

「你看看這東西能不能幫我找到貨，價錢好說。」

唐恪眼睛一亮：「什麼好東西？我瞧瞧。」

周世勳都找不到的東西，肯定是好東西。

唐恪接過來看了半天，一臉疑惑地問：「這什麼玩意兒？」

周世勳耐心解惑：「故宮出的膠帶。」

「你要這個幹什麼？」

「讓我媳婦貼化妝品。」

唐恪直接扔他身上：「周世勳，你他媽腦子被驢踢了！」

說完站起來就走。

過了一下子唐恪又推門進來，為難地開口：「老周，這真能哄女人？」

周世勳手裡忙著：「唐總有女人要哄？」

唐恪眼神閃爍著否認：「沒！都是女人哄我。」

周世勳特別認真地給他建議：「其實如果你真要哄女人，也不需要搞這個。」

「那怎麼辦？」

「把你自己送給她啊，你是糖糖啊，甜死她！」

唐恪最討厭別人叫他糖糖，蹬兩地跑了。

何文靜冷靜了好幾天，還是咽不下這口氣，決定再去打周世勳一頓出出氣。

她直接殺去了俱樂部，一進門就碰到順子。

「周世勳在嗎？」

「勳哥……啊……」

「不在？」

「在在在！」

「不方便？」

「……」

她推開順子，直接衝進了周世勳的辦公室。

本想著能看到什麼香豔的場面，誰知竟然看到一個心比鋼筋粗的漢子，正拿著鑷子刻刀跟一支口紅奮鬥，周圍還有若干團捏成一團的膠帶。

何文靜的熱血冷卻下來，眨眨眼睛：「你在幹什麼？」

周世勳一臉認真：「妳們醫院的護士說的啊，故宮聯名款的口紅，最能哄女孩子開心。」

何文靜真是什麼火氣都沒有了：「她們逗你的！你還真貼啊？」

「已經快貼好一套了，一百零八支，哄女朋友神器，就差這一支了。」

「我看看。」何文靜走過去看：「你貼了多久？」

她抬眼看他，他的眼睛裡都是血絲，眼底一片青灰。

何文靜心底一酸：「你不用這樣……我又不是小女孩了，不需要別人哄著。都這個歲數了，你有需求也是可以理解的，我的要求也不高，大家能互相體諒，日子過得去就行了……」

周圍的空氣一下子凝固了，何文靜低頭自顧自地說著說著，忽然感覺到不對勁，一抬頭就看到周世勳的臉色沉得嚇人。

「怎、怎麼了？」

周世勳朝著門外喊人：「順子！」

「勳哥，你不會是要我貼吧？我告訴你，這個我可真不行，上幼稚園時老師教剪紙，我都能把自己的褲子剪破了，小女孩說我耍流氓，我哪是耍流氓啊，我是真手殘啊！」

「你閉嘴！你想貼我還不給呢！」

「也別再叫我去買膠帶了，人家說斷貨了！真買不到了！」順子哭喪著臉，嘴裡還念念有詞：「勳哥，你說你個手殘黨做什麼手工啊，你那拿槍的手怎麼拿那些女人用的東西啊……」

周世勳沉著聲音，指著桌上：「把這些全部拿出去燒了！」

順子嚇了一跳：「勳哥……貼不好也沒事。別自暴自棄啊，或是我拿到貼膜的那裡試試？我們不怕花錢啊。」

何文靜朝順子使眼色讓他先出去，順子一臉感激地溜之大吉。

周世勳瞇著眼睛看她：「老子的一顆真心就換來妳一句湊合著過日子？」

何文靜抿唇：「我不是那個意思……」

「需求？老子是喜歡妳才想上妳！」

「……你怎麼那麼粗俗！」

「過來！」

「幹嘛？」

「哄我！」

何文靜忍著笑：「怎麼哄？」

她一走近就被周世勳按在牆上親，她心裡有愧就沒掙扎，順從地接受，誰知卻點了火。

何文靜努力躲開他的唇舌：「周世勳，你親夠了嗎？」

周世勳一口咬上她的脖子：「不夠！」

她按住他的手：「你摸夠了嗎！」

周世勳掐著她的屁股又把她往懷裡壓了壓，讓她感受著胯部那裡的生龍活虎：「也不夠！」這種事哪有夠的。

周世勳抓著她的手按在欲望的源頭，不讓她躲閃，力道控制得剛剛好，她掙脫不開，也不會弄疼她。

何文靜深知，在武力方面，她跟周世勳不在同一個量級上，索性遂了他的願。

好在他也沒再過分，只是抓著她的手隔著褲子撫慰著，粗壯，滾燙，燙得她手心都疼了。

他的唇舌從眉眼滑過鼻尖，印上她的唇，又從下巴滑到胸前，輕咬慢舔，偶爾又壞心眼地用牙尖磨著頂端，輕微的刺痛讓她忍不住喘息呻吟，一股熱流從小腹流出，黏黏地沾在內褲上。她的意識漸漸混亂，另一隻手胡亂搭在他的身上，手下的肌肉堅韌緊實，手心都是滑膩的汗，空氣中濃郁的荷爾蒙氣息就要將她淹沒，耳邊還有他的粗喘聲，伴著窗外的蟬鳴，全部鑽進她的心底，她沉溺其中不自知。

兩人正情到濃處，門忽然敲響了一下。

周世勳受了驚，身體一繃，一下子噴洩而出。

門很快被人推開，周世勳極快地動了動身子遮住何文靜。

何文靜把T恤下襬拉下來，整了整內衣，臉紅紅地轉過來。

周世勳面上沒什麼可整理的，該整理的地方現在也沒法整理，他轉過身去擋住何文靜，皺著眉看向來人。

徐小青推門走了進來：「勳哥。」

周世勳語氣不善：「進來不知道敲門啊！」

何文靜推開周世勳，一臉不高興：「我先走了。」

周世勳追了兩步：「我送妳啊！」

何文靜瞪他：「你自己處理好！」

她眼底還帶著剛才情動的春色，瞪他這一眼毫無威懾力，反而撩得他蠢蠢欲動。

何文靜也沒多待，很快就走了，周世勳回到桌前坐下。

徐小青看兩人的樣子，也大概猜到了兩人剛才在幹什麼，她紅著眼睛又叫了聲：「勳哥。」

周世勳看她一眼，沒理。

徐小青走近：「勳哥，我叫你呢！」

周世勳皺著眉，開門見山地開口：「我媳婦不喜歡妳，妳以後少來。」

徐小青一怔，眼淚一下子掉了下來：「你不是說過，我哥哥把我託付給你，你會好好照顧我的嗎？」

周世勳一臉平靜：「妳是不是搞錯了，我是答應妳哥好好照顧妳，不是答應妳哥娶妳。以後妳有什麼困難可以來找我，沒事就別來了。」

「就因為她？那個女人……」

「別她她她的，那是我媳婦，妳願意的話可以叫她一聲嫂子。」

「我不願意！」

「不願意就別出現，她也不願意看見妳。」

「勳哥！」

「妳叫我一聲勳哥，那妳就要叫她一聲嫂子。妳嫂子，是我要放在心尖上疼一輩子的女人，只要她有一丁點不高興，那都是我周世勳沒本事，明白了嗎？」

「我不明白！」徐小青吼出最後一句轉身跑了出去。

周世勳完全不為所動，坐在那裡舔了舔嘴，似乎在回味，腦子裡都是剛才何文靜衣衫不整的樣子。

何文靜回到家洗澡的時候，看著鏡子裡的自己，胸上那個牙印清晰可見，臉不爭氣地紅了。

過了沒幾天是俱樂部週年慶，不是週末，何文靜要上班，沒請到假。

反正每年都有，今年也不是五週年十週年，周世勳不在意，就安慰何文靜好好上班，下了班再過來。

其實就是內部員工在俱樂部裡吃一吃喝一喝鬧一鬧，反正場地大不用去別處，也方便。

徐小青也來了，周世勳一開始沒給她好臉色。

她倒是一反常態，大大方方地認錯，端了幾杯酒：「勳哥，之前是我不懂事，給你和嫂子添麻煩了，以後不會了。」

他一開始就被人灌了酒，員工多，他每人都喝了一杯。這會兒已經有點醉了，本來不想喝的，可到底是戰友的妹妹，他點點頭，一一接過來喝了。

剛放下酒杯就覺得頭暈，他看了眼時間，心裡推估著，下午兩點多，他去樓上睡會兒，等何文靜下班過來，他們再一起吃晚飯正好。

這麼想著，他起身跟旁人打了個招呼就上樓去了。

樓下一群人鬧得正歡，挺混亂的，也沒人注意徐小青上樓。

周世勳閉著眼睛躺在行軍床上，酒勁上來，血氣有些翻湧，他腦子裡不自覺地閃過何文靜的臉和她白白淨淨的身子。

酒精麻痹神經，他不知道什麼時候有人悄悄靠近了他，等他感覺到不對勁猛地睜開眼睛，就看到衣衫半解的徐小青趴在他上方，正拿著他的手要往她裸露在外的肌膚上放。

周世勳眸光一沉，立刻轉開視線，毫不留情地把她推到地上，然後拎起她扔到了門外，震怒中的聲音低沉駭人：「滾出去！」

樓下正在玩鬧的一群人立刻安靜下來，往樓上看過來。

周世勳瞇著眼睛，眼底都是危險，他們還從沒見周世勳發過這麼大的火。再看看一旁的徐小青，還有什麼不明白的，有人踩到周世勳的底線了。

徐小青趴在地上哭哭啼啼，周世勳火大，站在樓上叫人：「順子、小白！把她給我丟出去！」又對徐小青說：「妳以後再出現在我面前試試！妳哥怎麼會有妳這種妹妹！」

說完直接回了辦公室，門摔得震天響。

眾人又是一怔。

老闆發起火來好嚇人啊。

周世勳重新躺回床上，頭疼得更厲害了。

小白、順子兩人剪刀石頭布，順子輸了負責把徐小青拎到門外丟掉，小白負責打電話給何文靜。

「何姊，妳現在方便過來一趟嗎？勳哥氣炸了。」

周世勳雖然看起來脾氣不太好，其實很少發火，何文靜以為發生了什麼大事，掛了電話就趕過來了。

一進來就看到徐小青坐在門口的臺階上哭，妝都花了。

順子、小白看到她，趕快把她往樓上推去滅火。

何文靜站在門外敲了敲門，沒人應，便推門進去，屋裡有酒氣，還有他身上的氣息。

她走過去，蹲在床邊，伸手摸著周世勳的臉，聲音裡帶著笑：「你這是跟誰生氣呢？」

周世勳猛地睜開眼睛，惡狠狠地瞪她：「還笑！老子差點被人睡了！」

說完一抬手把她摟到床上壓在身下。

她被壓在床上還笑嘻嘻地逗他：「誰那麼大能耐啊，還能對你硬來？我看看哪裡被強了？」

因為周年慶要拍照，周世勳今天穿了正裝，白襯衫勾勒著他完美的輪廓，一動白襯衫的下襬牽起，露出那塊塊分明的腹肌，何文靜一進門就看到了，勾得她心癢癢，剛才就不時偷偷摸幾下，現在終於可以正大光明地摸了，她就不客氣了，直接解開扣子摸了上去。

周世勳被她摸得心猿意馬，手也開始不老實起來。

據說發起火來很嚇人的周世勳被她三兩句就哄好了，咬著她下巴上的那塊軟肉終於笑出來：「妳都摸我了，我是不是也能摸摸妳？」

何文靜不斷扭動躲著：「你怎麼那麼無賴！」

周世勳的手就像是黏在了她身上，怎麼都擺脫不了：「我哪裡無賴了？他們都說我是最可愛的人。」

她被周世勳壓在床上又親又摸的，牛仔褲的釦子不知道什麼時候被他蹭開了，往下一扯，就露出兩條又白又嫩的長腿，上衣連同內衣早就被他推了上去，露出白花花的一片，勾得他氣血翻騰。

她怎麼那麼軟，渾身上下都是軟的，恨不得揉進身體裡，他也真的這麼做了。

他一手壓著她，一手去脫褲子，何文靜急了：「大白天的，你別來真的啊！」

周世勳咬牙：「老子什麼時候來過假的？」

何文靜這下才慌了：「你喝醉了！」

周世勳三兩下就把褲子蹬掉扔到了地上，壓了上去：「老子清醒得很，是妳勾引我的！」

何文靜無辜死了：「我什麼時候勾引你了！」

周世勳也不跟她廢話，直接開始扒衣服。

他嫌衣服礙事，兩手一用力從領口撕開，內衣扔到一邊，何文靜看著散落在地的碎布，都快哭了：「你別撕啊，我一會兒要怎麼回去！」

周世勳現在已經什麼都聽不進去了，他就沒見過比她還白的女人，特別是胸前那兩塊軟肉，白白嫩嫩的，再加上那兩朵粉色的小花初初綻放開來，看得他眼底冒火，無意識地上了手，揉捏上那片飽滿。

他的膚色偏黑，覆在她粉嫩的肌膚上帶來前所未有的視覺刺激，他不自覺地就想在上面留下自己的印記。

何文靜吃痛，去扯他的手：「你別用力捏啊……」

他單手抓著她兩隻手壓到頭頂，埋頭在她胸前深嗅了一口，又香又甜，光聞著香甜的味他就受不了，另一隻手順著腰腹往下，揉捏著她屁股上的軟肉往他身上按。

何文靜被他含咬得又癢又痛，她滿臉春潮，眼睛紅紅的，周世勳察覺到了她的變化，又去和她接吻。

他喝了酒，舌頭又燙又辣，何文靜才一觸碰到就開始躲閃掙扎。周世勳就喜歡她這股欲迎還拒的引，揉著她腰上的軟肉嵌在懷裡。

何文靜真的不是欲迎還拒，她不知道哪裡戳到這個變態的興奮點了。越掙扎周世勳越是興奮，越吻越深，還有種說不上來的色情，捲著她的舌尖逗弄，像是真的要把她吞進腹中。

何文靜一向自詡男人，強硬不屈，唯一硬不起來的大概就是在床上，她怕再這麼興奮下去，她非得被周世勳弄死在這張行軍床上。她怕了，想反抗的那點勇氣也煙消雲散，便努力放鬆下來，乖乖伸出舌頭讓他親。

他趁勢把一條腿擠進她兩腿之間，曲起膝蓋隔著內褲薄薄的布料，不緊不慢地碾壓著那處嬌嫩，何文靜被他伺候得舒服了，長長地舒了口氣，抱住他的脖子嗚咽嬌喘。

何文靜扭著腰不讓他得逞：「你之前……有過經驗嗎？」

箭在弦上，周世勳忍得額角都開始冒汗了，咬著後牙槽問：「妳說呢？」

何文靜膽子也大，用腳背碰了碰他那裡，誰知一碰那裡就猛地抬起頭來顫了一顫，她輕咳一聲，一本正經地下結論：「看顏色，好像是沒有耶。」

她的腳背一片白皙，和漲得發紫的猙獰形成鮮明的對比，周世勳看得眼角一跳，移開她的腳背，猛地一沉腰，滿足地輕嘆了聲。

何文靜還沒做好準備，皺著眉頭：「痛！」

周世勳也皺眉，低聲罵了句髒話。

她緊得不像話，又緊又熱地吸著他，讓他舉步維艱。

何文靜也想罵人！她學了那麼多本醫學的書，為什麼書裡沒說會這麼痛！

她痛得眼眶發酸也不讓周世勳好過，伸手擰上他胸前的兩點凸起，沒輕沒重地捏著。誰知他那裡硬得像石頭，她捏得指尖都疼了，他都沒出聲，反而眼角猩紅地開始動作。

他覺得何文靜越來越對他的胃口，瘋起來又野又烈，他又痛又興奮，恨不得就這麼把她弄死。

行軍床不結實，禁不住他這麼折騰，吱吱嘎嘎的好像要散了，何文靜害怕摔下地板，緊緊攀在他身上不放手。

他的身上硬梆梆的都是肌肉塊，滲出的汗水一顆顆滑落到她身上，何文靜聞著他身上的氣味聽著耳邊的粗喘，漸漸有些情動，不自覺地扭著腰迎合他。

他腰腹力量驚人，每一下都又深又重，她明明都感覺到疼了，可還想要更多更重……

歡愉來得很快，快樂漸漸積累到最高點，何文靜呻吟著咬上他肩膀，極致的酥麻歡愉讓她全身顫慄。

周世勳忽然想起了什麼，頓了一下，繼而抓著她的兩條腿緊緊纏在他的腰上，按著她的肩膀狠狠地快速進出，他緊緊盯著她的眼睛：「叫我。」

他要得又快又狠，何文靜艱難地招架，半天才嬌喘著吐出三個字：「周……世……勳……」

周世勳重重地頂在她的敏感點上，粗喘著懲罰她：「不對！」

何文靜歪歪頭，媚著嗓子叫了聲：「勳哥……」

曾經的夢境和現實重疊，周世勳腿都軟了，人的欲望是個無底洞，越是滿足想要的就越多，他俯身含弄著她的胸，含糊不清地說了一句什麼。

何文靜沒聽清，他又重複了一遍，還沒說完就被她揪住耳朵：「你別得寸進尺！」

周世勳一臉無賴，慵懶地瞇著眼睛道：「妳不說也沒關係，反正我有的是時間，總能讓妳餵飽我。」

何文靜不為所動。

周世勳也不在乎，他有更感興趣的：「不說算了，反正就妳這雙腿我就能玩一夜。」

說完一口咬在她的大腿內側，她的腿又白又細又直，即便周世勳沒有特殊癖好，也被她勾得心裡癢癢的。

何文靜怕了，這個禽獸體力沒得說，她可不想一直被他這麼壓著。

到了這個歲數，對於那種事也沒那麼羞澀了，一狠心就如了他的願。

「勳哥，我愛你……」

可能是害羞，她耳尖紅得滴血，周世勳生理和心理都滿足了。

何文靜意識到什麼，開口阻止他：「別在裡面解放，我不是安全期。」

周世勳不理她：「不是就不是，有了就生下來，我們都已經幾歲了，還不生孩子，怎麼了？妳還想和別人生？」

這個時候何文靜哪敢強硬，主動示弱：「沒有沒有，只和你生。」

周世勳笑著揉一把她的胸：「乖。」

何文靜還在掙扎：「可是你喝酒了。」

某人還在抽著氣緩慢地進出著，最後還是獸性大發，拉著她的手解決了出來。

溫柔鄉，醉芙蓉，一帳春宵。

終於得償所願的某人吃飽喝足地瞇著眼睛，一臉得逞的笑。

「嘿嘿，媳婦。」

「你叫誰媳婦？」

「叫妳啊，我就妳一個媳婦。」

「滾！」

何文靜一腳踢過去，這次竟然踢到了。

她不可置信地看著自己的腿，到現在她的腿都還在抖呢，就是做了個動作而已，竟然就踢到了？

周世勳還是笑咪咪的模樣：「以後妳隨便踢，我不躲了。」

兩人在樓上鬧得動靜有點大，更何況她還穿著周世勳的T恤，從樓上走下來的時候何文靜不知道是不是自己心虛，總覺得別人看她的眼神都怪怪的。

還有不長眼的提問。

「嫂子，嗓子怎麼啞了？」

何文靜輕咳一聲，尷尬地回道：「呃……感冒了。」

不長眼的繼續問：「怎麼眼睛都紅了，勳哥罵妳了？」

問問題的人被周世勳用一個眼神嚇跑了。

這場瘋狂帶來的後遺症就是，以後何文靜同學一聽到「坐辦公室」幾個字就臉紅。

大概是那天生孩子的事情周世勳真的放在心上了，又開始了漫漫戒菸路。

戒了沒幾天就來了醫院。

門口護士叫了聲：「何帥，大白楊找妳！」

何文靜看他捂著半邊臉進來：「怎麼了，牙痛啊？」

周世勳點頭：「嗯。對了，剛才我聽有人叫大白羊，大白羊是誰？」

何文靜一愣，神色有些微妙：「沒有誰。」

周世勳試探著問：「不是說我吧？」

何文靜立馬否認：「不是。」

「我就說嘛，我怎麼也算大狼狗吧？」

「哈哈哈，嗯，你是藏獒！」

說完又想起他每次在床上都要在自己身上留下點牙印痕跡，確實像狗。

周世勳忽然想起什麼：「手機借我用，我的放在車上了，要打個電話。」

何文靜側了側身：「在口袋裡，你自己拿。」

周世勳直接上手去摸她的屁股。

何文靜推了他一下：「你摸哪呢！白袍的口袋！」

周世勳痞痞地笑著：「我哪知道，妳又沒說清楚，我以為是屁股後面的口袋呢。」

何文靜板著臉：「耍完流氓了嗎？耍完了就快去打電話！」

周世勳講完電話回來，何文靜已經戴好口罩：「躺下吧，我看看。」

周世勳邊躺下邊調戲她：「妳不和我一起躺嗎？」

何文靜瞪他：「看病呢，嚴肅點！都跟你說了別吃那麼多糖。」

「我媳婦是牙醫，我怕什麼啊？」周世勳一臉不高興，「再說，我這是啃甘蔗啃到痛的！菸不能抽、糖不給吃、甘蔗也不能啃，我還能吃什麼啊？」

話音剛落就聽到外面「砰」一聲巨響，何文靜往外看了一眼：「你躺著別動，我出去看看。」

何文靜邊往外走邊踮腳看著，好像是醫鬧[15]，還沒走幾步就被周世勳握住了手。

她轉頭，周世勳已經跟上來了：「一起去。」

來得人不少，皆是一臉氣勢洶洶的凶狠模樣，拿著鐵棍東砸西砸，醫院的警衛也擋不住。周世勳草草瞄了幾眼，忽然開口：「喲，怎麼？踢館啊？」

他站姿筆挺，不是刻意，倒像是一種本能，渾身上下肌肉線條硬朗，站在那裡，什麼都不說，就自帶著一股威嚴和狠戾。

再加上他牙疼，臉色正不好看。

那群人順著聲音看過來，然後便收了手，臉上賠著笑。

「勳哥……」

「勳哥……」

周世勳揉著臉，似笑非笑地掃了一圈：「想打架來找我啊。」

領頭的站出來：「沒、沒有想打架。」

周世勳忽然冷了臉，瞇著眼睛：「你們連醫生都要打，也他媽算男人？」

那人也不惱，繼續賠著笑臉：「不算不算。」

周世勳懶得理他們：「不打架也不看病那還不快滾！」

「滾滾滾，這就滾。」

說完一群人就要往外走。

周世勳叫住他們，看看何文靜：「以後有點眼力，叫嫂子。」

一群人齊聲聲地問好：「嫂子好！」

何文靜嚇了一跳，周世勳轉頭對她笑：「回他們啊。」

何文靜為難地看著他：「啊？」

那邊又是齊聲聲一句：「嫂子辛苦了！」

何文靜有些懵：「喔。」

領頭的那人笑著禮貌地道別：「嫂子您忙您的吧，不用招呼我們了，我們這就滾了。」

何文靜艱難地扯出一抹笑，然後轉頭看著周世勳，緩緩吐出一口氣，她本有一顆做大哥的心，奈何卻做了大哥的女人。

周世勳的牙很快就治好了，可他還是三天兩頭地往醫院跑。

醫院準備去下面的鄉鎮義診，何文靜報了名參加。行程也就兩天而已，可周世勳兩天不見，如隔三秋，回來的時候周世勳主動要求去醫院接她，一起去姥姥家吃飯。

路上塞車，他到的時候接送巴士已經停在醫院門口了，一群人圍在車邊好像在等什麼，還指手畫腳的。

「何帥，幫我把我的行李箱扛下來，那個白色的，妳小心點啊，別摔壞了。」

「何帥，還有我的，那個粉色的。」

「……」

「何帥，牙科的儀器，一會兒自己搬進去啊。」

「何帥，這兩桶水妳負責搬進去啊。」

「好。」

大熱天，她臉上都是汗。

周世勳走過去：「幹嘛呢？」

何文靜看他一眼，手裡還忙著：「搬東西啊。」

「沒問妳。」周世勳掃了她一眼，指了指周圍站著聊天玩手機的人：「說妳們呢，欺負人啊？沒長手還是怎麼了，自己的東西不會自己搬嗎？」

說完轉身看著何文靜腳邊的儀器：「妳們口腔科的男人呢？」

何文靜舔舔嘴角：「我就是我們口腔科的男人啊，那群小雞仔力氣還比我小呢。」

周世勳靜靜地看著她：「妳再說一遍。」

何文靜不敢說了。

可別人敢說，一群女人七嘴八舌地嚼著舌頭。

「她哪裡像個女人了？就是個男人嘛！」

「就是……矯情什麼嘛！」

「以前一直都是她幹啊，也沒怎麼樣嘛。」

「……」

周世勳轉身指著剛才說何文靜不像女人的人：「妳告訴我，她哪裡不像女人了？妳胸比她大還是腿比她長？妳說啊！」

周世勳看起來還真的挺嚇唬人的，立刻沒人說話了。

何文靜忘了，周世勳的字典裡只有死人和活人，沒有「不打女人」這一條，她趕快上前抱住他的胳膊：「你幹嘛啊？怎麼了？怎麼火氣那麼大？」

周世勳垂眸看她：「妳說呢？」

何文靜向他笑笑：「真的沒事，這些我搬得動。」

「我告訴妳，何文靜，妳給我記住了！妳是個女人，以後這種粗重的事情妳都不准做，再被我看到妳做一次試試！」

說完一手拿起儀器，另一隻手順手又拎起一箱瓶裝水往前走，輕鬆得跟拎了兩袋青菜一樣。

何文靜愣在原地。

他走了幾步又回頭惡狠狠地問：「放哪？」

「喔喔。」何文靜小跑著跟上去：「放這放這，我帶你去。」

那天的事不知道被傳了多少個版本，隨憶、紀思璿、三寶組隊來圍觀何文靜，何文靜站在醫院的走廊上，臉都被她們看紅了。

「不是吧，何文靜，妳竟然穿裙子！」

「我認識妳那麼多年，還沒看過妳穿裙子！」

「妳這腿也太長太白了吧，犯規犯規！妳以前不穿裙子簡直是暴殄天物啊！」

何文靜紅著臉惡狠狠地轉移話題：「妳們到底來幹嘛？」

「我們都聽說了，哇喔，妳男人真的好MAN，男友力MAX啊！」

「就是，我早看不慣妳們義診組那群女人了，就知道動嘴。」

「文靜同學，妳終於找到了那個幫妳搬桶裝水的人了！恭喜妳結束漫長的女漢子生涯，修成正果，可以做個被人疼被人愛的小仙女了！」

一群鴿子從頭頂飛過，何文靜看著牠們越飛越遠，微微笑起來，或許是吧。

四個人肩搭著肩站在一起，我們都找到了各自的幸福，真好。

從那之後，四姐妹再出來聚餐，何文靜再也不是形單影隻的那一個了。

這天聚餐結束，周世勳說要來接她，何文靜穿著厚厚的羽絨外套站在飯店門口等他，周圍都是熱熱鬧鬧的人群，她傻呵呵地笑著看著等著。

其他三人站在飯店的二樓往下看，遠遠地看著周世勳走過來。

兩人身高都比一般人高一些，瘦瘦高高的兩個人，樣貌氣質也出色，並肩站在人群裡，很吸引眼球。

周世勳在她身後拍了她左肩一下，卻從她的右邊冒出來，伸手替她戴上帽子，壓住不放，然後一把扛起她，一連串動作一氣呵成：「五公里負重跑準備！跑！回家嘍！」

何文靜掙扎了幾下，被他打了一下屁股，安靜了下來，後來又不知道他說了什麼，何文靜紅著臉給他了一拳，又咯咯咯地笑起來，笑聲傳了很遠。

何文靜終於在第二年一個秋風颯爽的日子披上了婚紗，那天晴空萬里，留了長髮的何文靜美得像個天仙，卻依舊攻氣十足，站在一身西裝、高大英俊、身姿筆挺的周世勳身邊，笑靨如花，般配異常。

三寶給出評價，何哥站在這個八十號身邊，一點也不大鵬展翅，相當地大鳥依人。

幸虧何文靜沒聽到，聽到了大概會打死她。

於是在遇到周世勳這個攔路虎後，何文靜同學也沒想要搬救兵。她終究是沒能湊齊九九八十一男立地成佛位列仙班，心甘情願地留在了人間，做了攔路虎的老婆。

10 LES：女同性戀的簡稱。
11 馬家輝：香港知名作家、文化評論學者。
12 AA：平均分攤。
13 姥姥：中國東北方人對外祖母的稱呼。
14 姥爺：中國東北人對外祖父的稱呼。
15 醫鬧：藉由用作假造成的醫療糾紛，來獲取不當利益收穫的人。

番外三　忽覺素心傾，方知情已深

春日的上午總是讓人昏昏欲睡，可校園裡的青春活力驅散了瞌睡蟲的來襲，朝氣蓬勃的學生們似乎永遠不知疲倦，下課休息的短暫時間，三五成群，打打鬧鬧，熱鬧異常。

蕭雲醒在熙熙攘攘的人聲裡，安安靜靜地坐在位置上寫題目，溫暖閃耀的陽光從窗戶照進來，在他身旁鍍上一層金色的光芒，溫柔地勾勒著他漂亮的側臉線條，連帶著一向清涼的眉眼都溫柔了許多。

前座的姚思天和聞加正側著身子和向霈聊得熱火朝天。

「嗳，哥兒們，聽說了嗎？國中部新來個轉學生，特別漂亮的女孩，一來就把校花比下去了。」

蕭雲醒剛把倒數第二題收尾，不以為意地點了一下筆尖。

「不知道，誰有你涉獵廣啊？誰不知道你向帥和國中部的學妹們關係最好啊。不過我們學校什麼時候開始收轉學生了，我怎麼不知道？」

「我哪知道啊？校長又不會跟我說！不過真的長得特別漂亮，這幾天好多人去圍觀呢，好像叫什麼清歡。」

蕭雲醒已經看完最後一道題的題幹，準備答題的筆一頓，很快又繼續。

「什麼清歡？」

「叫什麼清歡……我好好想想啊……喔，我想起來了！陳清歡！」

蕭雲醒的手一滑，帶動著筆尖在白紙上畫出一道淺淺長長的劃痕，他徹底回神了。

向霈歪頭看過去：「雲哥，怎麼了？」

蕭雲醒終於抬頭，緩緩開口：「沒事。」

姚思天繼續剛才的話題：「那我們一會兒也去看看吧？說起來校花已經夠漂亮了，比校花還好看那得長什麼樣子？」

「比校花還好看，那比校草呢？」聞加笑嘻嘻地朝蕭雲醒擠眉弄眼。

蕭雲醒恍若未聞，低頭繼續解題。

向霈也湊熱鬧：「雲哥雲哥，我們一起去看看吧？」

蕭雲醒吐出兩個字：「不去。」

姚思天揮揮手：「算了，別找雲哥了！一向都是別人來圍觀雲哥的盛世美顏，雲哥什麼時候去看過別人啊。」

蕭雲醒畫上最後一個句號，把練習冊收起來：「無聊。」

向霈朝其他兩人做鬼臉：「看！我們和雲哥已經有兩個字的交情了！讓那些和雲哥連一個眼神交情都沒有的人羨慕去吧！」

說完三個人哈哈大笑。

是，蕭雲醒不愛說話，尤其不愛和陌生人說話。要不是和他們座位靠得近，他們又都是自來熟的個性，說不定現在蕭雲醒連他們的名字都叫不出來。

笑聲剛落，上課鈴便響了，伴隨著一聲聲嘆氣聲，老師走了進來，教室裡立刻安靜下來。

蕭雲醒打開課本，轉頭看向窗外，看往國中部的方向。

陳清歡？

三月裡的豔陽天，春風拂面，暖洋洋的在不經意間讓人失了心神。他好像看到一隻蝴蝶從明媚的春光裡飛到了他面前……

陳清歡幾天前終於和老爸一起搞定了老媽，從國際學校轉到了X大附中，這幾天忙著適應新環境，還沒來得及去給蕭雲醒驚喜。

今天午餐時間好不容易逮到時機，便馬不停蹄地拉著新同桌冉碧靈去了學校餐廳。

冉碧靈和她並肩走進餐廳，嘴裡還在介紹著：「這就是我們學校餐廳了，屬性和我們那個班導老楊一樣，中庸，不好吃也沒那麼難吃。」

陳清歡根本來就不是來吃飯的，眼睛像雷達一樣搜索著目標，完全沒聽她在說什麼。

草草掃了一圈竟然沒發現熟悉的身影，這才被冉碧靈拖著，興致缺缺地去排隊裝飯。

後來又碰到兩個隔壁班的女生，好像和冉碧靈關係還不錯，於是四個人就坐在一起吃著飯聊天。

女生湊在一起無非是聊聊衣服、八卦、明星啊。

陳清歡托著下巴，百無聊賴地攪著面前清澈見底的番茄蛋花湯。

聊著聊著其中一個女生忽然指著陳清歡的身後叫起來：「喂！高中部那個學霸蕭雲醒耶！」

陳清歡一聽到那三個字，一下子精神就來了，立刻腰板挺直順著她的視線看過去。

冉碧靈被她的迅速反應嚇了一跳，緩過來後替她作介紹：「嗯，被譽為『風生雲起他獨醒』的蕭雲醒同學。他就是現實版的那種不給別人一條活路走的學霸加校草，無論是顏值還是智商都讓人望塵莫及哪！」

陳清歡勾著唇角看著那個身影，意味不明地問：「那……學校裡是不是很多女生喜歡他啊？」

冉碧靈想了一下，給出極客觀的答案：「也沒有很多吧，除了我，全校還是能數出來幾個不喜歡他的。」

「……」那麼幾個？

坐在陳清歡對面的女生咬著筷子一臉花痴：「妳們說蕭雲醒到底是吃什麼長大的啊？成績好、顏值高，運動起來又那麼帥，真的是眉目如畫、清貴雅致，這麼個翩翩少年郎啊！完美符合了我們這種懷春少女對學長的所有嚮往。」

陳清歡似乎把這話聽進去了，托著下巴，一臉若有所思。

冉碧靈在她眼前揮揮筷子：「清歡小朋友，快醒醒啊，快把妳的美夢扼殺在萌芽裡。別覺得自己長得好看就想去搭訕，那人可是出了名的高冷啊！也不能說是高冷吧，其實他對人也客客氣氣的，不過如果妳敢去惹他，就等著被凍死吧！」

陳清歡眼底的笑意越發明顯，一開口卻又是無所謂的口氣：「這樣啊……」

冉碧靈睜大眼睛看著她：「妳不會真的看上他了吧？」

陳清歡眼底的狡黠一閃而過：「看上了呢。」

冉碧靈想著以往跟蕭雲醒告白的女生下場，努力阻止她：「那也別去！」

陳清歡咬著嘴唇，眼底波光流轉，笑得異常好看，當真是唇紅齒白、顧盼生姿：「如果我偏要去呢？」

「那……妳去吧。」

冉碧靈投降，她才要問問這個小朋友是吃什麼長大的，怎麼笑起來能那麼好看？小小年紀就這麼佔盡風流，說不定她真是蕭雲醒的菜呢。

隔壁班的兩個女生都以為陳清歡在開玩笑，誰知她竟然真的站起來走了過去，順便還拿走了手邊的粉色水壺。

蕭雲醒裝了飯剛坐下沒多久，就察覺到一道陰影罩在身上，他抬頭。

陳清歡拎著水壺坐到他對面，歪著頭看他，髮梢彎彎的馬尾在她腦後輕輕晃動，那雙貓眼又大又圓，不笑再帶三分萌，嫣紅粉嫩的唇上下開闔，慢悠悠地叫著他的名字：「蕭雲醒？」

蕭雲醒靜靜看著她：「嗯。」

陳清歡低頭喝了口水，唇上還沾著水珠，亮晶晶的：「學校發的這個水壺啊，顏色我不喜歡，我喜歡你那個顏色的，我們可不可以……換一換啊？」說完瞄了眼他手邊的黑色水壺。

那麼懶洋洋的模樣卻讓周圍倒吸一口冷氣，這個女生瘋了嗎？

向霈、聞加、姚思天齊齊目瞪口呆地看著這個轉學生，長得好看的女孩子怎麼是個傻子？

誰不知道蕭雲醒有潔癖！他的書本別人都不許碰，更別說入口的東西了！

三人又齊齊看向那個粉色水壺，水壺上學校的Ｌｏｇｏ大概也在瑟瑟發抖。

更不可思議的是蕭雲醒的反應。

他沒說話，拿了自己的水壺放到她面前，又從她手裡拿過她的水壺放到自己的手邊，還很貼心地提醒了一句：「剛裝的水還很燙，喝的時候小心點。」

陳清歡展顏一笑：「那就……謝謝你啦！」

向霈、聞加、姚思天面面相覷，說好了兩個字的交情呢？怎麼就對第一次見面的女生說了那麼多話！

陳清歡在此起彼伏的吸氣聲中起身，轉身回了座位，繼續吃飯。

心情頗好的她邊吃邊想，餐廳的飯還挺好吃的。

過了半天冉碧靈才反應過來，扯扯她的手臂：「陳清歡，妳說實話，妳是不是會催眠術啊？快教教我！」

陳清歡嫌棄她的幼稚：「不會。」

其他兩個女生也按捺不住了，異口同聲地問道：「那蕭雲醒怎麼會和妳換？」

「大概是因為……」陳清歡從水壺裡倒了一杯水，舉到唇邊喝了一口後才繼續說：「他喜歡我水壺的顏色？」

「……」

粉色！鬼才信！

「他為什麼還和妳說了那麼多話？」

陳清歡放下水杯，像是發現了什麼：「他平時都不跟別人說話的嗎？」

「不是不說話，是話少，除了上課回答問題，基本上不會超過三個字。」

陳清歡的心情又明媚了幾分，舉著水杯又喝了口。

冉碧靈擰開杯蓋，弱弱地舉到陳清歡手邊：「能不能分我一點？」

陳清歡直接把杯子抱進懷裡，警惕地看著她：「不給！」

冉碧靈瞪她：「小氣！」

陳清歡得意地向她拋了個媚眼：「妳不是說不喜歡他的嗎？」

冉碧靈嘆氣：「我是不喜歡他啊！可是我想沾沾他的仙氣，下次考試名次能往前一點，這樣我媽就不會嘮叨我了啊。」

「……」陳清歡無言以對。

陳清歡和冉碧靈吃完飯就走了，一群八卦人士吃完了也沒打算走，等著看蕭雲醒到底會怎麼處理那個水壺。

蕭雲醒吃完了飯，擰開水杯，放在唇邊喝了一口，動作自然得好像那就是他自己的水杯，沒有一丁點不情願或者勉強的樣子。

於是大家就看到名動整個X大附中的蕭雲醒同學，每天拎著粉色水壺在校園裡晃蕩，不得不說，人長得帥，和什麼顏色都搭。

轉學生陳清歡繼成為新一代校花這個話題傳遍全校後，靠著成功撩到蕭雲醒又紅了一把，且大有燎原之勢。

對於陳清歡這種撩完就跑，下次繼續撩的行為，久而久之就有人看出了端倪，這兩人……根本早就是認識的吧？

向霈聽說後跑來跟同桌求證。

蕭雲醒點頭：「是啊。」

姚思天推推眼鏡：「認識多久了？」

「多久啊……」蕭雲醒停下筆，難得認真地想了想：「很久了……」

那麼久的陪伴，久到蕭雲醒都不太記得他們第一次見面到底是什麼時候了。他只知道等他意識到什麼的時候，忽覺素心傾，方知情已深。

番外四　好久不見，如約而至

小鎮的清晨，鳥語花香。沈潺打開家門就看到站在門外的隨景堯，也不知他在門外站了多久，身上浸上了一層薄薄的露水，連眼睛眉毛都帶著水氣。

他嘴角噙著淺淺的笑，一如當年初見時一般溫文儒雅，聲音輕緩溫和：「沈潺，好久不見，我來赴十六年之約。」

沈潺平靜多年的心忽然亂了，咬緊牙逼迫著自己深呼吸，記憶裡的聲音也隨之響起。

「你是誰？」

「沈潺，妳不認識我，可我知道妳是誰。妳是那個有名的才女，我叫隨景堯，以後我們就算是朋友了，好嗎？」

最初相見的美好到最後分道揚鑣的決絕不過十幾年光陰。

「隨景堯，我再也不欠你們隨家什麼了。從今往後，我會努力過得很好，希望你也是。」

「好，隨景堯，我可以給你機會。我認識你的時候是十六歲，我等你十六年，如果十六年裡你不再碰別的女人，你就能夠回來找我！」

縱使是知書達理的名門小姐，也有忍無可忍的時候。那個時候年少的她不過是一時之氣，氣他為了生個男孩和別的女人上了床。他們分開的時候，他正是血氣方剛的年紀，怎麼會為了一個縹緲的希望而真的守身如玉？更何況他後來還娶了林家的小女兒，她心裡從沒想過他會當真。後來的那麼多年裡，他也沒有再出現在她面前過，她也就死心了。

心情漸漸歸於平靜，也越發豁達。她也會跟女兒說，偶爾回想起他，記得的都是那些快樂的時光，希望他偶爾想起她時，也是這樣。

可當這個男人再次站在她面前的時候，她還真的能心如止水嗎？

回憶是一道洩洪的閘門，一旦打開，奔騰的水勢向你撲過來，不留任何喘息的餘地。

「你……」沈潺一時竟然說不出話來。

這種事沒辦法證明，只看她信或不信，而他用十六年的光陰賭她會相信。

她是真的相信，他來找她，必定是守住了承諾。

隨景堯雖是生意人，卻不是會說謊的人。恰恰因為他不會說謊，當年才讓她看出了破綻，發現了那件事，可縱然如此，他也只能算是極力隱瞞，從沒騙她一個字。

那個時候他為了隨憶主動放棄了隨家的一切，不知道又用了什麼辦法讓林家的女兒肯和他和平分手，這一切當她從別人口中得知的時候只有震驚。她以為他會回來找她，可他卻杳無音信，今天卻又毫無預警地出現在她面前。

沈潺面無表情地慢慢走出去，和隨景堯擦肩而過，心裡翻江倒海。

隨景堯，我們的故事太久遠了。久遠到來不及回望、久遠到追不上時光，久遠到每每想要開口重提都會覺得沒有勇氣，都會感到格外慌張。

從那日起，隨景堯便在隔壁住了下來，每天都會來找沈潺聊天，大多都是些無關緊要的話題，他卻也興致勃勃，她竟不知道他的話可以這麼多。他是看盡富貴經歷過大風大浪的人，就這麼整日裡在院子裡養花喝茶看書寫字，竟也覺得愜意滿足。

只是她很少主動說什麼，她都已經到了做外婆的年紀，對很多事情都看得很淡了，既然做了鄰居，來串個門子聊個天都是再正常不過的了。

只是曾經富貴一身不接地氣的人，生活技能基本為零，忽然來到這裡，生活起來真的是……怎一個慘字了得。

沈潺看著桌上幾盤色香味一樣都沾不上邊的菜，握著筷子，過了很久都沒辦法下手，半晌才抬頭問：「廚房還好嗎？」

他說他搬了新家，邀請她慶祝喬遷之喜，自告奮勇要親自下廚，結果就是……

隨景堯一滯，頗為尷尬地咳嗽了幾下，廚房？可能是不太好了。

沈潺垂眸，放下筷子，緩緩開口：「回去吧。」

「去哪？」隨景堯看著她，笑容清淺，眼底卻俱是篤定：「妳在這裡，我能去哪？」

隨景堯看著眼前的人，她從天真稚嫩到如今的成熟優雅，十幾年的歲月不過是風情氣韻不同了，容顏依舊不改，曾經的那些傷害似乎沒有留下任何痕跡，她的身上也看不到任何的不平和怨氣。想來也是，那位老人博學睿智，文人本是清高疏離的，而他卻難得地寬容溫和，教出來的孩子總不會壞到哪裡去。

一頓飯吃得沉默。

午後，沈潺沏了杯茶，躺在院中的竹椅上，陽光明媚，暖風輕柔，茶香四溢，她慢慢入眠。

夢中是那一年水畔，水中鴛鴦成群，蘆葦飄飄，她坐在岸上光著腳去踢水，調皮的水珠掛在她的腳上腿上，年輕俊朗的男子提著她的鞋站在她身後，一襲白衣灰褲，身長玉立，微風吹過，紛繁的花瓣撒在他衣襟，他眼中帶著寵溺笑著叫她：「潺兒……」

她玩得高興，轉頭去看那男子，咯咯地笑著：「景堯你快過來……」

做一場無因無果的夢，夢裡桃花紛落，春水熠熠，她未經世事，純淨如水。

也許這是冥冥之中的因果，一切都是註定，因果中有你，也有我。

那一年，我不識君，君不識我，日月山川，歲月晴照。

沈潺慢慢睜開眼睛，朦朧間眼前似乎站著夢中人，他似乎真的在開口叫她：「潺兒……」

她輕扯嘴角：「原來已經那麼多年了……」

恍惚間，她似乎看到門外立著一個少年。

少年推門而入，漸漸走近，最後停在她面前。少年的眉眼間有他年少時的影子，卻不是他。

隨鑫看著沈潺沒有焦距的眼神，小心翼翼地出聲打斷她的出神：「媽媽……」

沈潺猛地驚醒，抬頭去看眼前的少年，仔細地描摹了一遍他的五官，其實他的容貌還是像她更多一些，剛才她竟然沒有察覺。

那一刻她的心情格外複雜，如果說隨景堯對她有愧，那她有愧的就是這個孩子，少年一直安安靜靜地站著，似乎在等她回神。

過了許久，沈澪什麼也沒問，指了指旁邊的竹凳：「坐吧。」

隨鑫立刻笑起來，露出一排潔白整齊的牙齒，他的臉圓圓的，帶著未消的嬰兒肥，和隨憶小時候有點像，卻多了一對酒窩，笑起來的時候，眉眼彎彎，兩個深深的酒窩異常討喜。

坐下後，隨鑫看了看他們之間的距離，似乎不太滿意，搬著竹凳又往沈澪這邊湊了湊，一點也不見外地問：「媽，我們晚上吃什麼？」

沈澪一時沒反應過來：「你說什麼？」

少年滿是疑惑地看著沈澪，繼而一副恍然大悟的模樣：「媽媽，妳睡了很久了。現在都是吃晚飯的時間了，以後中午睡覺不要睡那麼久。」

沈澪的思緒不自覺都被他帶著走，連那個稱呼都忘了糾正：「我睡了那麼久嗎？」說著抬頭看看西沉的太陽，很快站起來：「是不早了，該做飯了。」

隨鑫滿意地點了點頭，又指指矮桌上的茶：「媽媽，我可以喝這個嗎？」

沈澪點點頭，走了幾步才反應過來：「你……」

「對對對……」少年也一副剛剛想起來的模樣，立刻站了起來，規規矩矩地彎腰問好：「媽媽，我叫隨鑫，風滿襟去留隨心。」說完也不管沈澪的反應，便坐下喝茶。

沈澪也回過神來，又坐下，看著他不說話。

隨鑫有些苦惱，放下杯子：「媽媽，我不可以在這裡吃飯嗎？」

沈潺本想拒絕，可看著他垂下來的眉眼遲疑了下：「也不是不可以……」

「太好嘍！」隨鑫聽後到就差歡呼了：「我下午才剛到，午餐都還沒吃，都快餓死了！媽媽，妳多做點，我吃很多！」

他的神色轉變太快，快到沈潺都有些後悔自己是不是被他騙了，一時站在原地沒動。

隨鑫顯然不知道沈潺的想法，抿了抿唇試探著問：「是需要我幫忙嗎？可是我不太會，這樣吧，我去叫爸爸過來幫忙好嗎？」

沈潺立刻轉身往廚房走：「不用了！」

話是這麼說，隨鑫也還鑽進了廚房，打著幫忙的名義在裡面搗亂。

沈潺不過一轉身，他就把切好的蒜瓣剁得亂七八糟。

沈潺又一轉身，他已經把一根蔥扒得什麼都不剩了。

眼看著他又把魔爪伸向那顆白菜，沈潺及時阻止了他，丟給他半根黃瓜啃。

隨鑫老老實實地坐在角落裡，不時發出驚嘆聲：「哇，媽媽，這根黃瓜好好吃啊！我好喜歡！」

沈潺覺得這個孩子性格挺討喜的：「你喜歡啊？後院種了很多，離開的時候幫你裝一點。」

隨鑫邊啃黃瓜邊解釋：「我不走啊。」

沈潺手上動作一頓：「……」

隨鑫看她半天沒說話，看著她的臉色小心翼翼地問：「我不走的話，還能吃嗎？」

沈潺無語：「吃吧，多著呢。」

隨鑫東看看西看看，忽然問：「姊姊喜歡吃什麼？」

沈潯一時沒反應過來：「哪個姊姊？」

隨鑫說起姊姊來，嘴角壓都壓不下去：「我姊姊啊，林辰哥哥帶我偷偷去看過幾次姊姊。」

沈潯不知道隨景堯是怎麼跟隨鑫解釋他們那段過往的，十幾年沒有見面，隨鑫對她對隨憶似乎一點芥蒂都沒有：「喔，隨丫頭啊，她不挑食的。」

隨鑫拍著胸口保證：「我也不挑的！媽媽，我可聽話了！」

沈潯心裡默念，聽話是聽話，就是頻率有點奇怪。

飯菜上了桌，隨鑫抱著碗請示沈潯：「媽媽，可以邀請爸爸過來一起吃嗎？他做的菜很難吃，好可憐。」

沈潯被隨景堯的手藝荼毒過，遲疑了一下：「可以。」

隨鑫立刻歡天喜地去隔壁叫人了。

吃了晚飯，沈潯暗示了幾次，隨鑫也沒有要離開的意思。

最後沒辦法，她只能直言道：「你還不回家嗎？」

隨鑫正在吃水果，一臉莫名地看向沈潯：「媽媽，這裡就是我家，我還能去哪？」

這句話聽著有些熟悉，不過她倒是聽出幾分無賴的味道。

好久沒有這種被人噎得說不出話來了，一時間沈潯和隨鑫大眼瞪起小眼了起來。

隨景堯瞪了隨鑫一眼：「規矩點！」

隨鑫倒也乖巧，忽然客氣起來，認真問著：「媽媽，可以收留我幾天嗎？」說完又指指隔壁：「爸爸那邊，生存條件太惡劣了！」

隨景堯輕咳一聲，頗為尷尬，心裡腹誹，怎麼就惡劣了！

隨鑫還在眨著眼睛，一臉期待地等答案。

隨景堯怕沈潺為難，瞪了他一眼，訓斥的話還沒出口，就聽到沈潺回答：「可以。」

沈潺的心態頗為平和，一個晚輩來家裡借住幾天也沒什麼不能接受的，如果自己反應太過激動才是不正常。

最高興的莫過於隨鑫，站起來規規矩矩地道謝：「媽媽，那就打擾您了。」

聽上去有些奇怪，一時間沈潺又說不上來哪裡奇怪，索性不管了。

隨家父子在打擾了大半個月之後，隨憶才知道消息，還是蕭子淵轉告她的。

那天臨睡前，蕭子淵靠在床邊看雜誌，狀似無意地提起：「今天我回家，我爸媽說，他們前幾天出去路過妳家，就順路去看看媽，結果家裡還挺熱鬧的。」

隨憶正在玩手機，壓根沒往那方面想，隨口回答：「熱鬧？」

蕭子淵的回答迂迴平穩：「嗯，除了妳不在，剩下的都在。」

隨憶一時沒反應過來：「我家除了我跟我媽，還有誰？」

蕭子淵放下手裡的雜誌，轉頭看向她，提醒道：「還有……妳父親和妳弟弟。」

隨憶一愣，手下動作也停了下來，不可置信地看著他：「誰？」

蕭子淵一笑，轉回去繼續翻雜誌：「妳聽到了。」

隨憶不可置信：「他……和我媽待在一起？」

接下來大半個晚上，隨憶都在輾轉反側，後來被蕭子淵壓著做了睡前運動才累得睡了過去。

第二天她就請了假，回家一趟。誰知才剛進門，不止看到了隨景堯，還看到了那個曾經有過半面之緣的少年。

那天下著雨，她又刻意躲避，所以沒看清，今天陽光明媚，她看得相當清楚，有些猝不及防。

父子倆正在院中搭花架，大概沒做過這些，都是一副笨手笨腳的樣子，還互相懷疑加嫌棄。

大概她的腳步輕，兩人爭吵的聲音有些大，誰都沒有注意到她進來。不知道是因為急還是熱，兩人都是滿頭大汗的樣子。

「爸爸，不是這樣的，應該從這邊推進去！」

「不對不對，不是那邊，是這邊。」

「不是！是這邊！」

「我是你爸！我說是這邊就是這邊！」

「你是我爸也得講道理啊！」

「你看說明書啊，說明書上是這麼畫的。」

「你行你來！」

隨鑫立刻認輸：「我不行，這個說明書是中文的，我只能看懂圖，認不出字。爸爸，都聽你的，別讓我做。」

隨景堯也緩了口氣：「我看看啊！不行，我看不清楚，我也得老花眼了呢，你去把我的老花眼鏡拿過來。」

隨鑫應了一聲，一轉身看到隨憶，眉毛一揚驚喜萬分地湊過去：「姊姊！」

隨憶下意識地往旁邊側了側身，沒應。

但是絲毫沒影響隨鑫的歡喜，圍著隨憶轉了好幾圈，嘴裡還說個不停：「姊姊妳怎麼回來的？姊姊妳吃飯了嗎？姊姊妳渴不渴？要不要喝點什麼……」

隨憶一句話都插不上，就看著隨鑫兩眼放光地盯著她。

沈溽聽到動靜從屋裡出來，看到隨憶也沒有太意外，招了招手叫她進屋。

隨憶朝隨景堯點了一下頭算是打過招呼，跟在沈溽身後進了屋。

隨鑫還要跟著進去，被隨景堯叫住了。

坐下後，沈溽開門見山：「本來想打電話告訴妳一聲的，可總覺得說不清楚，就想著等妳回來再說。」

隨憶的心情很是複雜，看了看院子裡：「您是什麼想法？」

沈溽笑了笑：「沒什麼想法，都這個歲數了，不過是住得近些，相互有個照應，妳不用那麼緊張，一個故人而已。」

「媽……」隨憶張張嘴，想要說些什麼，可看到沈溽一臉平靜的微笑，忽然不知道該說些什麼。

故人……情於故人重，跡共少年疏。

午飯是隨景堯做的，優秀的人學東西就是快，才過半個月，隨景堯的廚藝已經相當拿得出手了。

飯桌上他不斷招呼隨憶吃菜，隨憶想起上一次見他還是在電視上，他宣布散盡家產的時候，這麼久不見，她能感覺到他眉宇間的鬱氣消散了許多。

誰也沒有想到，他們一家四口還有機會坐在一起吃飯。

如果只有他們三個在，氣氛可能會很尷尬。可有了隨鑫，一頓飯竟然吃得頗為和諧熱鬧。

隨鑫嘴甜得要命，叫起媽媽姊姊來跟不用錢一樣，明明還不怎麼熟悉，他卻絲毫不把自己當外人，親昵又不做作，讓人無法拒絕。

而對隨景堯卻是抱怨不斷，跟隨憶吐槽老爺子怎麼把他的衣服洗壞了啊，怎麼換個床單被套換了好幾個小時還搞錯了啊之類的。

隨景堯在商場沉浮多年，積威頗深，隨鑫不敢明著去嫌棄，暗地裡卻小動作不斷，看得隨憶有些好笑。

隨憶也說不上來現在這樣到底是好還是不好，不過，總不會差就對了。

吃過午飯，她想去山上看外公，刻意也去看了那棵樹，當時她以為快要死去的那棵樹忽然鬱鬱蔥蔥起來，不知道是樹木的生命力頑強，還是人為的起死回生。

她從山上下來，打算回家打個招呼就走了，誰知離開前隨鑫拎著個包包，說要和她一起走。

隨憶看著他：「你要去哪？」

隨鑫想了半天才想出來：「離家出走。」

這個藉口隨憶實在不敢苟同：「你是要去哪嗎？我可以送你。」

「嗯……我和妳一起。」隨鑫又想了想：「姊姊，是不方便嗎？」

「不是……」隨憶還沒說完就看到隨鑫歡呼一聲，打開車門坐了進去，還招呼她：「姊姊，我們快走！」

隨憶也不知道隨鑫到底要去哪裡，快到家了他也沒有要下車的意思。一路上他姊姊、姊姊叫得隨憶頭都大了：「姊姊，我餓了，可以去妳家吃飯嗎？」

隨憶覺得就算自己說不可以，他也有辦法去，於是點頭。

帶他回到家，一進門，隨鑫就到處看，似乎在找什麼：「我親愛的小外甥呢？」

隨憶對他的自來熟深感無力：「送他爺爺奶奶那裡了，晚點接回來。」

蕭子淵回到家就看到隨鑫正趴在餐桌前感嘆。

他看看桌前的人，問隨憶：「這是……」

隨鑫看看蕭子淵，很認真地建議：「姊夫，你可以叫我……小舅子，我在林辰哥哥那裡看過你的照片。」說完轉頭問隨憶：「是吧，姊姊？」

一句姊姊弟弟，蕭子淵大概猜到了這是誰，只是隨憶對這段關係還有些不自在，吞吞吐吐了半天，不知道怎麼就繞到林辰那裡去了：「順著林辰那邊的叫法，叫一聲姊姊也是對的。」

誰知隨鑫立刻反駁，一臉正色：「不是不是！和林辰哥哥沒關係，是親姊姊！親姊夫！」

蕭子淵看著亂成一團的姊弟，笑著解圍：「先吃飯吧？」

飯桌上，蕭子淵見識了這個小舅子的……姊控屬性。

隨憶做的飯，蕭子淵也給過不錯的評價，但顯然不如隨鑫來得……真誠。

隨鑫吃了一口就兩眼冒光：「好好吃啊！姊姊，妳好棒啊！」

「好吃！姊姊，妳真的好厲害！」

吃一口誇一句，再吃一口再誇一句，完全看不出演戲的成分，就連白米飯都被他誇得天上有地下無，真情流露得讓隨憶心虛慚愧。

「……」隨憶無語地和蕭子淵對視了一眼，動了動嘴型，浮誇。

大概還在成長期，隨鑫的食量大得嚇人，他心滿意足地放下筷子後，忽然問：「親姊姊，我晚上睡哪裡啊？」

隨憶根本搞不清楚隨鑫此行的目的，她也不可能把他趕出去不管，指指客房：「那裡。」

隨鑫實在是太能聊了，就算兩人不理他，他都能自說自話保持不冷場。後來隨憶實在怕了，躲去洗澡，於是接下來的時間就從群組切換到了私人頻道，姊夫和小舅子聊了整個晚上，蕭子淵再次領教了他的姊控程度，簡直是病入膏肓。

蕭子淵回到房間，直接躺到了床上：「和他說話比開一天會還累。」

隨憶邊擦頭髮邊問：「聊什麼聊了這麼久？」

「也沒什麼，基本上都是他在說。」

「他說了什麼？」

「說他姊姊超漂亮、超厲害、超棒！」

「……」

隨憶從小到大都沒想過有個兄弟姊妹是種什麼樣的體驗，到了而立之年卻忽然冒出一個弟弟，還是個瘋狂的姊控，她一時間有些愣住。

隨鑫討好了蕭子淵一個晚上，顯然效果並不明顯。蕭子淵看了看隨憶的神情：「如果妳覺得不自在，我就讓隨家把他領回去。」

隨憶下意識地開口：「別……」

說完之後又愣住，難得猶豫不決：「再看看吧。」

看什麼？看多久？蕭子淵沒再問。

隨憶不知道，這一切只是剛剛開始，從此她多了個跟屁蟲弟弟。

她去醫院上班他跟著，她去學校代課他也在，如果不是手術室不能進去，大概他都會跟。

一大早，隨憶抱著病歷本在醫院走廊走得飛快，身後的叫聲如影隨形，陰魂不散。

「姊姊！姊姊！姊姊！」

有人從對面走過，叫她：「隨醫生，好像是叫妳的。」

隨憶笑著點頭，忍無可忍，終於回頭看向少年，少年笑咪咪地又叫了一聲：「姊姊。」

隨憶嘆氣：「你到底想幹嘛？」

隨鑫笑得溫和無害：「來和妳說早安啊！妳早上出門走得太快，我忘記和妳說了。」

隨憶點頭：「說過了！你可以走了！」

「可是我還沒吃早餐。」

「那你去吃啊。」

「我沒帶錢。」

隨憶隨手才白袍裡掏出一張，也沒看多少，塞進他手裡：「快走！」

隨鑫轉臉就去了蕭子淵的辦公室，坐在那裡蹺著腳喝茶，一臉得意地跟蕭子淵炫耀。

「親姊夫親姊夫！我姊今天給了我零用錢！」

蕭子淵想像不出來隨醫生能出多少錢，讓這位曾經富可敵國的隨家小少爺笑成這樣。

下一秒就看到他伸出兩根手指，眉飛色舞地搖晃著：「兩百塊喔！」

向來穩如泰山的蕭子淵也嗆住了：「你是不是對錢沒什麼概念？」

隨鑫皺著眉想了想，半天才重重地點了下頭：「嗯！」

蕭子淵被他騷擾了一個上午，斥鉅資兩百塊打發他出去吃午飯。

隨憶看著走廊上的人，嘆口氣：「你怎麼又來了？」

隨鑫指指牆上的時間：「來和妳吃午餐啊！」

隨憶板著臉教育他：「醫院這種地方是能隨便來的嗎？」

隨鑫很是無辜地和她對視：「是啊，我進來的時候沒人找我收門票啊。」

「……」隨憶覺得她還是去吃午飯吧。

隨憶一個下午都在手術室，六點多才出來，一出來就又看到了熟悉的身影。

她沒摘口罩，低頭快步往前走。

隨鑫一下子就湊了過來：「姊姊！」

隨憶無語：「我穿成這樣你都能認出來？」

隨鑫沒聽出話外音，還當隨憶誇他：「當然啦，骨肉親情，我們心有靈犀啊！」

隨憶睨他一眼：「又來幹什麼？」

隨鑫還是笑嘻嘻的模樣：「來接妳下班啊！」

隨憶皺眉：「你一天到晚沒有別的事情可以做嗎？」

隨鑫一臉理所當然：「我放假啊！」

她不知道別人的弟弟是什麼樣子，不過這個弟弟真的是噎死人不償命。

隨憶換了衣服出來，隨鑫還在等她：「姊姊，我餓了！」

隨憶低頭往外走：「你自己去吃！」

隨鑫苦著一張臉，眨著一雙和她相似的大眼睛，可憐兮兮地看著她：「我沒錢啊！爸爸把我們家家產都捐了，我是窮人了，沒錢吃飯。」

「……」

隨憶歪頭看著他身上穿著的衣服，這裝備，說沒錢誰信？

隨鑫這麼一天三次地來醫院報到，時間久了，連何哥三寶都來圍觀了。

「聽說妳養了個模樣俊俏的小奶狗，我們來看看。」

「嘖嘖嘖，還那麼小，成年了沒啊？」

「道德淪喪啊。」

「人性扭曲啊。」

「……」

兩人你一句我一句地說著，隨憶一句話都插不進去，頗為無言。好在她答應了許教授去幫他代課，這幾天可以躲開那個跟屁蟲了。

誰知道第二天，她一進教室就發現隨鑫，他坐姿端正地占著第一排最中間的位置，笑著看她，還一副「在這裡看到我是不是很驚喜」的小得意。

驚喜沒有，無力感是越來越深刻了。

隨鑫來找她無非就是蹭吃蹭喝。

時間久了，隨憶才發現這個弟弟是只認吃不認路的路痴，他們的對話基本上就是這個樣子。

「去第二餐廳等我。」

「第二餐廳是哪間餐廳？」

「就是吃紅燒魚那間餐廳。」

「喔，那我知道。」

「你去醫院東門等我。」

「東門在哪裡？」

「就是上次吃火鍋的地方。」

「好！」

再後來，隨憶就懶得解釋了，直接說：

「你去買水果的那個地方等我。」

「你去吃川菜的那個地方等我。」

好在隨景堯還記得有個兒子，一個電話把隨鑫召了回去，隨憶才清靜了幾天。

不過僅僅是幾天而已，他就又回來了。

蕭子淵倒是覺得他這個小舅子很不錯了，在那樣的家庭裡長大，個性沒被養歪，挺不容易的，雖然腦袋電波有些詭異。

有天他忽然跑來問：「親姊夫親姊夫！我姊說我狗膽包天，是什麼意思啊？」

蕭子淵警惕地看著他：「你的中文有那麼差嗎？」

隨鑫有些不好意思：「不算差吧？雖然我很小就出國了，但你看我和你交流起來沒問題啊。這是誇我的意思嗎？」

蕭子淵騙起人來面不改色：「嗯，是誇你，誇你特別能幹。我倒是好奇，你做了什麼？你姊姊會這麼誇你。」

隨鑫呵呵笑了幾聲：「我把爸爸最喜歡的那幅畫偷出來賣掉了。」

蕭子淵挑眉：「哪幅？」

「就是這幅。」隨鑫拿出手機來給蕭子淵看。

蕭子淵看了一眼，評價道：「你姊姊誇你狗膽包天真是太客氣了。」

他還留了半句沒說，沒打死都還是親生的。

他看看隨鑫：「你很缺錢嗎？」

「我不缺啊！但我是舅舅，跟外甥見面要包紅包啊。」

這個理由……蕭子淵似乎無法反駁啊。

隨鑫的假期終於結束了，隨憶心裡一喜，就差敲鑼打鼓放鞭炮了，只是不太好意思表現得那麼明顯。

臨走那天，隨鑫依依不捨地拉著隨憶的手：「姊姊，我知道妳捨不得我，我回來參加大學考試，就考妳們學校，妳教我好不好？」

隨憶手一抖：「你考不上。」

「那……花錢買呢？」

「你有錢嗎？」

「沒有，爸說再偷家裡的東西出去賣就打斷我的腿。」

「沒關係，骨科我有熟人，接起來應該不會太麻煩。」

「那會不會很痛？」

「可以打麻藥。我也有認識的麻醉師，技術很好的。」

「麻藥會不會影響我的智商？」

「影響應該不大，反正都已經這樣了。」

「那……」

隨憶終於發飆：「你還走不走？」

隨鑫還不忘甩鍋，轉頭看向蕭子淵：「姊夫，你惹我姊姊生氣了嗎？她怎麼那麼暴躁？」

蕭子淵歪頭看向旁邊，表示這個鍋他不接。

到了機場，隨憶拿了張卡給隨鑫：「出門在外，拿著救急吧。」

隨鑫立刻擺手：「不能花女孩子的錢！」

「你不是窮人嗎？」

「爸爸給了我一張卡，這幾年的學費和生活費都夠了。姊姊，我也有東西給妳！」

說完也遞給隨憶一張卡：「這是我在國外打工賺的，不是爸給的，給妳花，隨便花！」

隨憶沒接過，被他硬塞進手裡。

「好好學習，早點……回來。」

「好！」

沈溽打開門，太陽剛剛升起來，陽光順著房檐斜斜灑在他身上，他背對著她坐在臺階上，端正挺拔，有種說不出的味道。他聽到聲音轉頭看過來，繼而站起來，一臉溫和地看著她：「一起去買菜吧。」

沈溽笑著點頭。

這幾年好像一直都是這樣，他會一大早等在門前和她一起去買菜，會和她閒聊，會來她這裡蹭飯，偶爾有些重活他也可以勝任……

不管曾經如何，現在的一切都很好。

番外五　夫妻日常

1. 關於婚禮的驚喜

蕭子淵打電話告知時隱喜訊，並提出喜帖隨後給他送過去之後，時隱翻來覆去問了好幾遍，還是不敢相信：『誰結婚？你？』

蕭子淵半天沒說話，最後輕飄飄扔了一句「聽不懂人話嗎？」，就掛了電話。

過了幾天，時隱還是覺得不太可能，蕭子淵這個人對女人一向沒興趣，怎麼會是他們之中最早結婚的呢？他不服氣啊！

於是抽空去了一下蕭子淵家，誰知一進新房就被嚇住了。

溫少卿趴在一堆喜帖中奮筆疾書，腳邊還落了幾張撕碎的紙片。他順手撿起來看了看：「寫得挺好的，為什麼撕掉？」

溫少卿轉頭，一臉憤憤地直直對沙發上的背影瞪著，答案不言而喻。

時隱有些不可思議：「蕭子淵這是瘋了嗎？」

在旁邊包喜糖的林辰忍不住吐槽：「已經瘋很久了，連喜糖盒子都親力親為。上次檢查到我少包了一塊糖，說數字不好，罰我吃了一包。有時間我要去醫院驗一下血糖，萬一得了糖尿病，我要告到他傾家蕩產！」

溫少卿頭也沒抬地冷哼：「有點常識好嗎？糖尿病和吃糖沒關係，文盲！」

林辰一腳踢在桌腳上，桌子一抖，溫少卿快寫好的喜帖立刻毀了，他直接伸手過來，一手一個捏壞了兩盒喜糖。其行為之幼稚連時隱都看不下去了，林辰還想回擊就被時隱攔住：「你們一會兒再繼續，我就想問問，他娶的到底是何方妖魔鬼怪，竟然會讓他這樣？」

不讓繼續，林辰和溫少卿就大眼瞪小眼，你白我一眼，我哼你一聲，幼稚得不得了。

時隱沒辦法，轉頭去問一直安安靜靜幹活的喬裕：「你說。」

喬裕笑了笑：「你見過啊。」

時隱一邊暗暗稱讚這個笑起來溫柔得要人命的男人，一邊回憶：「見過？」

喬裕看看蕭子淵的方向，壓低聲音：「是啊，就是那個福馬林啊。」

時隱很快恍然大悟：「喔……是她啊！」想明白之後，時隱直奔沙發，問老神在在穩坐沙發上，戴著耳機挑婚禮音樂的某人：「會請我當伴郎嗎？」

蕭子淵摘下一隻耳機：「你覺得適合嗎？」

時隱很是認真地建議：「我覺得還不錯，有我這麼帥的伴郎，你多有面子啊！」

蕭子淵瞪他一眼：「我是反問的意思你沒聽出來嗎？你這種智商怎麼在歌壇混的啊？」

還想繼續再煩的時隱被經紀人一通電話叫走了，他嘰嘰咕咕地碎唸著出門，蕭子淵不知道想到了什麼，忽然摘下耳機，一臉算計地笑著看他。

時隱被他的眼神嚇了一跳，大感不妙，立刻閉嘴閃人。

蕭子淵和隨憶結婚的時候，到處抓壯丁找幫手。當年機械系的一群菁英目前散落在各個相關行業，當討論到迎娶新娘破門而入的問題時，醫學系的女孩子們個個熱血沸騰地討論著怎麼為難新郎，隨憶則時不時地瞄一眼蕭子淵。

而新郎及伴郎團則面無表情地坐在那裡聽著一群女孩子出招。

過了一會兒，女孩子們終於安靜了下來，一群男人終於開口。

「看來我前幾天買來健身的破門錘終於派得上用場，蕭學長，那天我會記得帶的。」

「那我只能買點材料現場做炸彈了，蕭學長，防盜門交給我。」

「還不行的話，蕭學長，我們去張老頭的實驗室把那把乙炔焊槍偷出來吧？什麼門都沒事了。」

眾女眷愣在當場。

蕭子淵閒適地坐在那裡，淡定微笑：「很好。」

結婚當天，由於新郎準備的紅包夠多夠厚，於是破門錘、乙炔焊槍沒有了用武之地，蕭子淵順利站在了隨憶面前。

良辰吉時，周圍擠滿了人，歡呼聲、起鬨聲不絕於耳，隨憶坐在萬人矚目的地方抬著手讓單膝下跪的人戴戒指時，突然低頭小聲問：「蕭子淵，我到底有什麼好？你為什麼會喜歡我？」

那天的蕭子淵器宇軒昂得像個王子，穿過伴娘們層層刁難的防火牆卻絲毫不見狼狽，依舊優雅從容。他看著眼前即將娶回家的公主，微微笑著，滿心滿眼都是寵溺：「有一個女孩子，好成這個樣子，而她自己卻不知道，讓我怎麼能不動心。」

說完上前抱起還在出神的隨憶，在她耳邊輕笑著：「蕭太太，我們回家了。」

簡簡單單的幾句話已經讓她臉頰微紅、心滿意足，卻不知道後面還有著更大的驚喜在等著她。

蕭子淵這個男人，從未讓她失望過，給她的永遠都是最好的，且獨一無二，永生難忘。

婚禮的流程都是提前彩排好的，一切都很順利，直到她換了套禮服回來，推開那扇門的一瞬間，忽然一束光打了過來。

她一下子就看到了舞臺中央那個只穿著白襯衫、抱著吉他的男人，領口開到胸前，袖口推到手肘，有種淩亂野性的性感。

那個時候她才意識到，蕭子淵說要帶給她一生一世的儀式，現在才正要開始。

整個宴會廳裡漆黑一片，只有兩束光，一束打在她身上，另一束打在舞臺上，當年學校裡風光無限的四大貝勒，和如今臺上備受矚目的四個青年才俊。

四個都是平日裡深藏低調的人，不知道蕭子淵是怎麼威逼利誘的，他們才願意站在這個舞臺上。

隨憶不知道，不管是蕭子淵還是她，對於喬裕、林辰、溫少卿來說，都是人生路上有著重要意義的人，兩人的喜事，他們會毫無保留地送上最衷心的祝福。

隨憶的眼裡只看得到那個男人，耳邊都是尖叫聲和口哨聲。

光圈裡的男人似乎有些緊張，低頭呼出一口氣，然後抬眸遙遙對她笑了一下，極盡溫柔，下一秒震耳欲聾的音樂聲便響起。

在她的印象中，蕭子淵這個人在外人面前或冷靜自持、或儒雅清貴；在她面前或溫柔體貼、或腹黑毒舌。可無論哪一面，和激情大膽的搖滾一點都也不沾邊。可就是這樣一個人，在婚禮上給了她這麼大一個驚喜，大到足夠讓她在整個餘生慢慢回味。

搖滾，之所以被那麼多人喜歡，是因為它非凡的感染力，當蕭子淵看著他吼唱出那句「I will love you, baby–Always」時，她已淚流滿面。

也許一直以來她對他給予她的感情都存在誤解，他對她的愛是熱情不羈的，是野性張揚的，是瘋狂痴迷的，他做的一切都帶給她最強烈的震撼。他明明一句話都沒說，可她卻清晰地明白了他的意思，今天，他想讓她做全世界最讓人羨慕的新娘。

短短的幾分鐘，她的眼裡只看得到那個男人，到後來，她淚眼朦朧中看到蕭子淵扔了吉他從臺上跳下來，笑著向她跑過來，那個時候她只有一個想法，她，何德何能，今生能得一蕭子淵……

2. 關於哄老婆

近來蕭子淵隱隱覺得他快要壓不住隨憶了。

產生這個想法的時候，兩人正坐在餐桌前進行著不甚愉快的晚餐，隨憶已經「不小心」地撞掉了一個湯匙、一個碗，還都是往他的方向撞。他腳下「屍體」雜亂，而她腳下一塵不染，還在面無表情地繼續吃飯。

蕭子淵挑了下眉，這是針對他啊？這是他們第一次吵架，還摔破了碗呢！要不要開瓶酒慶祝一下？以後每年的今天要不要再過個紀念日？

蕭子淵放下筷子，嘗試著交涉解決一下。

「最近醫院工作很忙？」

「沒有蕭大公僕忙。」

「工作壓力大？」

「沒有蕭大公僕大。」

「和同事相處得不愉快？」

「沒有蕭大公僕愉快。」

隨憶的態度冷淡得狠，堵得蕭子淵沒話說了。

哄老婆這種事啊……他思索了片刻，周圍一群單身狗，沒人可借鑒啊。

交涉失敗，還隱隱有斷交的前兆，這直接導致第二天開會的時候，蕭子淵頻頻出神，視線從與會的每個人身上掃過，神情頗為嚴肅。

眾人不禁正襟危坐，連走神都不敢，效率空前地高。

會議結束後，蕭子淵叫住一個挑選好的人，開門見山地問道：「你和你夫人……平時吵架嗎？」

那人沒想到身上一向見不到一絲煙火氣息的蕭子淵也會有這種困擾，內心有些小激動，語氣都不自覺地放鬆了：「夫妻間哪有不吵架的。」

蕭子淵繼續問：「吵完之後呢？」

那人一臉理所當然：「接著過日子啊！」

蕭子淵似乎有些為難：「我是說……怎麼和好的？或者我問得直接點，你怎麼哄她？」

那人撓撓腦袋，嘿嘿笑了兩聲：「那得看我怎麼惹她生氣了，事情不同，方法就會不同。」

蕭子淵繼續問：「那你都是怎麼惹你夫人生氣的？」

那人一臉高深莫測：「我怎麼知道？蕭部長，你可能剛結婚不久，對女人不瞭解，女人生氣起來是不需要理由的。」

蕭子淵也困惑，說得好有道理啊，他也不知道隨憶為什麼生氣啊。

蕭大公僕在對戰方面深諳示弱的藝術，當晚應酬時難得多喝了幾杯，回到家時對自己微醺的狀態頗為滿意，進了家門就靠在門上笑。

隨憶被他看得毛骨悚然：「你幹嘛？」

蕭子淵低頭沉沉地笑了兩聲才回答：「今晚偷聽別人說話聽了件趣事，妳要不要聽聽？」

隨憶看著狀似站都站不穩的某人，嘆了口氣。她走過去把他扶到沙發上，剛想倒杯蜂蜜水給他解解酒，就被他耍賴拽到懷裡抱住，任她怎麼掙扎都不放手。

最後她只能坐在他腿上，被他若有似無地占著便宜聽那件「趣事」。

「他們當時應該是在討論幾個部長的喜好，我聽到的時候，恰好聽到他們在說蕭部長喜歡打南昌麻將[16]。」

每個人都有死穴，隨憶的死穴就是打麻將，逢打必輸。所以對蕭子淵平時和朋友們玩什麼打法不是很清楚：「然後呢？」

「然後？」蕭子淵在她唇上啄了一口後才繼續：「對於這種和事實不符的言論，我當然要站出去更正啊。我告訴他們，蕭部長不是喜歡打南昌麻將，是喜歡一種南昌麻將的打法。」

隨憶瞪他：「哪種打法？」

「叫回眸一笑。」蕭子淵一臉神祕地笑著：「他們就問我為什麼。」

隨憶也好奇：「為什麼？」

蕭子淵抵在她的唇上，輕輕摩挲著她的唇瓣，溫柔又細緻：「我跟他們說，因為我第一次見到我妻子的時候，她就站在樹下，回頭對我笑了一下，眾裡嫣然通一顧，從此……人間顏色如塵土。」

原本還打算和蕭子淵鬧幾天彆扭的隨憶，就這麼被蕭大公僕哄軟了心，等她反應過來蕭子淵是裝醉的時候，已經衣衫不整地被他壓在了床上……

第二天是週末，天氣晴朗，難得兩人都在家，隨憶坐在電腦前，悶著頭搗鼓了很久都沒動靜，蕭子淵看完最後一份檔案，走過去問：「妳在幹什麼？」

隨憶抬起頭，皺著一張臉抱怨道：「我的狗病了！發不出聲音了！」

蕭子淵上上下下看了一遍，奇怪地問：「哪裡有狗？」

隨憶指著電腦螢幕上的某軟體：「Google！不出聲音了！」

蕭子淵苦笑，他當初到底是怎麼看上這個不按照常理出牌的女孩的啊？

若干年後，隨憶早已不記得當初蕭子淵為什麼會看上她，可她卻記得他曾深情而鄭重地在她耳邊對她說：

某人，我要讓妳在我身邊，倡狂一輩子。

那一刻隨憶心中一動，抬頭去看那雙清涼的眸子，眉眼溫婉。

蕭子淵忍不住吻上她的眉眼。

妳回眸一笑，我記得好多年……

——全文完——

16 南昌麻將：一種不同於國際標準麻將的麻將玩法，流行於中國江西省一帶。

高寶書版集團
gobooks.com.tw

YH 035
那天開始的美好時光（下）

作　　者　東奔西顧
責任編輯　陳凱筠
助理編輯　楊心蘋
封面設計　鄭婷之
內頁排版　賴姵均
企　　劃　方慧娟

發 行 人　朱凱蕾
出　　版　英屬維京群島商高寶國際有限公司台灣分公司
　　　　　Global Group Holdings, Ltd.
地　　址　台北市內湖區洲子街88號3樓
網　　址　gobooks.com.tw
電　　話　(02) 27992788
電　　郵　readers@gobooks.com.tw（讀者服務部）
　　　　　pr@gobooks.com.tw（公關諮詢部）
傳　　真　出版部(02) 27990909　行銷部 (02) 27993088
郵政劃撥　19394552
戶　　名　英屬維京群島商高寶國際有限公司台灣分公司
發　　行　英屬維京群島商高寶國際有限公司台灣分公司
初　　版　2021年 4 月

文化部部版臺陸字第110038號；許可期間自110年2月25日起至114年9月2日止。

國家圖書館出版品預行編目(CIP)資料

那天開始的美好時光 / 東奔西顧著. -- 初版. -- 臺北市：
英屬維京群島商高寶國際有限公司臺灣分公司, 2021.04
　冊；　公分. --

ISBN 978-986-506-058-9(上冊：平裝). --
ISBN 978-986-506-059-6(下冊：平裝). --
ISBN 978-986-506-060-2(全套：平裝)

857.7　　110003768

GOBOOKS
& SITAK
GROUP©